【长篇历史小说系列】

明相汪广洋

汪济 著

辽宁人民出版社

图书在版编目（CIP）数据

明相汪广洋 / 汪济著 . —沈阳：辽宁人民出版社，
2023.1

（长篇历史小说系列）

ISBN 978-7-205-10516-7

Ⅰ . ①明… Ⅱ . ①汪… Ⅲ . ①长篇历史小说—中国—
当代 Ⅳ . ① I247.5

中国版本图书馆 CIP 数据核字（2022）第 137098 号

出版发行：辽宁人民出版社
　　　　　地址：沈阳市和平区十一纬路 25 号　邮编：110003
　　　　　电话：024-23284191（发行部）　024-23284304（办公室）
　　　　　http：//www.lnpph.com.cn
印　　刷：北京长宁印刷有限公司天津分公司
幅面尺寸：165mm×235mm
印　　张：18.75
字　　数：270 千字
出版时间：2023 年 1 月第 1 版
印刷时间：2023 年 1 月第 1 次印刷
责任编辑：贾　勇　赵维宁
封面设计：乐　翁
版式设计：一诺设计
责任校对：吴艳杰
书　　号：ISBN 978-7-205-10516-7

定　　价：59.80 元

序

　　元末明初，江苏高邮出了个鼎鼎有名的人：大明丞相汪广洋。其少时即聪颖过人，博闻强记；喜爱诗文，手不释卷；稍长，经史子集，无不涉猎；兵法战策，亦甚精通，是个文武双全的人。年纪轻轻就中了进士，后来投笔从戎，成了朱元璋的谋士。在历年征战中，屡屡献计献策；在主政一方时，又善于抚军安民，故深得朱元璋的信任，曾将其比作张良。明朝建立后，封爵拜相，位极人臣。

　　古语云：日中则昃，月满则亏。大明建立后，朱元璋惧怕武将造反，从而大肆屠杀功臣宿将；同时又怕丞相分权，便想方设法限制相权，直至最后废除实行了两千多年的丞相制度，从而集军政大权于一身。是以战时意气风发、敢作敢为，治世缩手缩脚、无所作为的当朝丞相汪广洋，竟被朱元璋以浮沉守位的罪名赐死；最终成为君相争权、皇权至上的牺牲品。

　　明太祖大封功臣时，除了封公封侯的诸多战将和李善长外，还有两个封伯爵的：一个是诚意伯、御史中丞刘伯温，另一个就是忠勤伯、丞相汪广洋。

刘、汪虽同为伯爵，但刘的年俸为 240 石，而汪的年俸为 360 石；刘为御史中丞，是御史台的次官，其主官是御史大夫；汪为丞相，不但是中书省的主官，还是百官之首。

刘除任御史中丞外，还曾任掌管天文历法之类的太史令，战时作为军师，其参与了鄱阳湖大战等诸多战役，但很多时候是在京城朝中任职的。而汪则常在军中参赞军机，随军征战，且先后任过江西、山东、陕西、广东等行省参政，成为地方行政长官；至天下大定后，则在朝中先后任过丞相、中书右丞及御史大夫等要职。

很明显，在建明过程中，汪比刘的贡献大，故在论功行赏时，二人虽都封伯爵任高官，但汪的爵禄、职务都高于刘。那么为何在历史上和民间，刘的声名远扬，而汪却几乎默默无闻呢？余考究其因，主要为：汪当时是被贬赐死的，而刘是告老回乡、寿终正寝的。故而人们自然有了褒刘倾向，后世甚至将其神化，竟与诸葛亮相提并论，谓之"三分天下诸葛亮，一统江山刘伯温"。其实，刘伯温好在是早死了几年，而汪广洋则不幸是多活了几年而已！

刘伯温比汪广洋约大二十岁，六十五岁时病死于青田老家。朱元璋其实对其是很不放心的，故对其屡加抑制。刘死后七年，才五十多岁的汪广洋便成了君相争权中的牺牲品。

那时朱元璋为了加强皇权，已在谋划并开始实施清除功臣宿将和废除丞相制度了。从以后朱元璋屡兴大狱，连最早的从龙功臣、曾是百官之首的丞相李善长，在七十七岁时，还要被砍头灭家之事来看，如果刘伯温再多活几年的话，肯定也难以逃脱朱元璋的屠刀！

余览明史至此，深为汪广洋的遭遇而感叹和不平！其早年意气风发，勤学苦读，金榜题名；中年从戎献策，随军征战，参政安民；晚年封爵拜相后，在强君权臣的双重挤压下，变得小心翼翼，浮沉守位，无所作为。即使这样，到后来还是被贬死荒郊，隐葬埋名，以致堂堂宰相竟不显于世，实在可叹可悲！

一部《大明英烈传》，演绎了大明开国的壮阔画面，让元末明初那些叱咤风云的英雄豪杰流传了数百年；然而却也有一些传奇人物，因为这样或那样的原因，湮没在历史长河中，不为人知，甚至被人为地扭曲或误解，汪广洋就是其中的一个典型代表。有鉴于此，故余以《明史·汪广洋传》及地方志为基础，并从其诗集《凤池吟稿》中，寻找其人生轨迹和心路历程，撰成斯书，以期还原历史的本来面目，塑造一个真实的明初丞相汪广洋。

汪济　序于潜阳书斋岁在庚子孟冬

目　录

第一回

汪广洋江南求学　朱重八濠州从军

话说元朝末年，君昏臣庸，政治腐败，民不聊生，加上连年水旱灾害，尤其是黄河屡屡决口，水患频发，这天灾人祸，真是一年胜似一年，社会已显得严重动荡不安了。

是时，一个鼎鼎有名的人来到人间。其姓汪名广泽（结识朱元璋之后改名广洋），字朝宗，号洪波，乃颍川汪氏后裔。祖居江南休宁，世代书香。祖父汪冠世，于元朝中期迁居高邮。其父汪河，亦是个读书人。今喜得贵子，自然尽心抚育教养。这汪广泽不负父祖厚望，少时即聪颖过人，博闻强记；喜爱诗文，手不释卷；稍长，经史子集，无不涉猎；诗词歌赋，尤其精通。其生得眉清目秀，齿白唇红，面稍清瘦，身躯修长，好个一表人才。

至正元年（1341），汪广泽的祖父去世。一天，父亲汪河唤爱子广泽至跟前，郑重其事地道："我家世代书香，先朝也曾为官为宦，只是近代没落了。现时社会动荡不安，天下有大乱之兆，我儿当如何自处？"

广泽道："孩儿愚鲁，年轻学浅，无甚见识，认为还是奉行耕读传家的祖训，作为安身立命之基。父亲以为如何？"

汪河闻言点头道："我儿是个本分人，说的是本分话，践行之，能立于不败之地，我心甚慰。只是古人云：将相本无种，男儿自当强！我儿资质不错，还应立志向上，奋发攻读，学好技艺，以待天时的好。"

广泽道："父亲教训的是。孩儿当发愤读书，精研学问，只是难得要领，恐长进不大，有负父亲厚望。"

"名师出高徒。"听了儿子得体的话，汪河心中很是高兴，知道是该向其说出自己的想法和打算了，"为父虽是读书人，然只粗通经史，故常留意大德高人信息。数年前从休宁老家回来时，曾顺路太平，拜访了江南名士余阙，那真是一个世外高人！"

"啊，什么样的高人？"广泽好奇地问道，"孩儿何时能见一见就好了。"

"这余阙字廷心，合肥人，先世祖居河西武威。"汪河见儿子这样一说，正中下怀，"其博学多才，文武双全。元统元年（1333），进士及第，曾为同知泗州事，执政严明；后回京入翰林院为修撰。因不满朝政黑暗，官场腐败，数年后便以体弱多病为由，辞职隐居，前往江南太平，讲学授徒。"

汪广泽闻得父言，不由得感叹道："孩儿我若能在其门下受教就好了。"

"为父正有此意！"汪河见儿子主动提出离家拜师，心中甚慰，"我儿要想学真知，求实学，将来有大作为，除了勤学苦练外，当然要拜名师，求取真经。"

广泽听父亲这样说，高兴得几乎跳起来，忙问："不知父亲如何安排？也不知余大人肯收我为徒吗？"

汪河见儿子流露出急切的神情，心中无限快意，乃轻轻咳嗽了一声，清了清嗓子方道："以前你祖父年老，我不敢在外长期耽搁，况你们兄弟又年幼，故而送你远地求学之事就暂缓了；现在你祖父已逝，你们兄弟也已长大，我已无后顾之忧，便决定陪你去太平拜师受教。至于余大人那里，我儿放心，凭着你的才智与现在的学问，老师会乐于收留的。"

为了爱子的学业，汪河乃决定留妻子王氏及幼子广湖于高邮，自携长子广泽迁居太平，让其拜在江南名士余阙门下攻读。临行叮嘱妻子道："我今去江南，打算就地找个蒙馆之类的事以糊口，恐怕一年半载甚至两三年才得回来一次；好在家里还有点薄产和积蓄，够你们几年生活的，只是广湖尚年幼，要将其照顾好并督促其上进，勿荒了学业。"

王氏道："家里的事，我等自会料理，相公放心就是了。"

汪河连说了两声："好，好！"便又转过头来谓次子广湖道："你在家塾中好好学习，听老师教导，不可偷懒顽皮，要努力上进，勿负我望。以后你兄长若有了出头之日，自会带挈你的。"

广湖点头道："孩儿虽然年幼，也已晓事，自会将父亲教导记在心头，以哥哥为榜样，刻苦攻读；同时在家听母亲的话，好好做人，父亲不必挂心。"

汪河安排好家中事，便与长子广泽带着简单的行李，晓行夜宿，奔波数日方到太平。

余阙见汪河慕名送子远来求学，很是感动；不过其做事认真，收徒严格，不仅要考察学识，也讲究人品，非品学兼优者，决不接纳。经过与汪广泽几天的交谈和观察，见其不仅言辞清朗，博闻强记，诗文俱佳，而且见识非凡，尤其推崇读书学习应先学做人的观点，深得余阙赏识，认为是个正人君子、可以造就的栋梁之材，遂欣然接纳。

汪河大喜，乃择了个吉日，给儿子举行了一个郑重的拜师之礼。自此汪广泽便在余阙门下虚心受教，昼夜攻读。虽是以学文为主，考虑到世道混乱，也兼学些兵法战策，以备不时之需。余阙得如此高徒，甚是高兴，自然是尽己所能，毫无保留地倾心传授。

汪河从长远考虑，在附近寻了个学馆，教几个顽童，收点束脩，以维持父子俩的日常生活开销。

自此，汪氏父子便在太平安顿下来。汪广泽日间在老师处虚心受教，晚上便在家复习功课，或与父亲研究经史，探讨时事，以提高自己的学识素养和应对社会经济的能力。

光阴似箭，日月如梭。转眼已到元顺帝至正年间，朝政一天不如一天，水患灾害，更是一年胜似一年。虽然有个较为贤能的丞相脱脱当政，然而在那样大厦将倾的形势下，也是独木难支。偏偏此时朝廷又决定采取塞北疏南、恢复黄河故道之议，大发河南、山东民工二十万以治河。其具体做法就是自河南黄陵冈起，在北面加固黄河堤防，在南疏凿黄河故道，使黄河之水南流与淮河汇合，然后入海。这虽看似一劳永逸之举，但当时国库空虚，百姓困苦已极，尽管在军兵的弹压下，河道工程于元顺帝至正十一年（1351）底告竣，却已弄得天下大乱！

早在头一年河道工程尚在勘察酝酿而未正式动工前，黄河两岸就传有"石人一只眼，挑动黄河天下反"的童谣。后来在开凿黄陵冈时，果然在众目睽睽之下，从地下挖出一个只有一只眼的石人！此事立即引起轰动，一传十，十传百，消息像长了翅膀一样，立即传遍黄河两岸、大江南北！于是各地饥民纷纷揭竿而起，江淮间登时动荡起来。

颍州人刘福通，以白莲教惑众，诡称韩山童为宋室后裔、弥勒佛转世，当为华夏真主。于是，头裹红巾，称红巾军，首先起事！无何，韩山童被官府擒杀，刘福通便奉其子韩林儿为主，称"小明王"，横行河南，据有亳州，国号"宋"，改元龙凤，继续对抗元廷。

随后，萧县人李二及赵均用等攻占徐州；罗田人徐寿辉与陈友谅等占据蕲水、黄州，国号"天完"；定远人郭子兴据有濠州，称"元帅"；泰州人张士诚占领泰州、高邮，称"诚王"，国号"周"，建元"天佑"；台州人方国珍则劫掠漕运，进攻温州，称霸沿海。数年之间，已是群雄蜂起，四海纷争，八方骚乱。

元廷虽遣将调兵，四面征剿，却收效甚微；各路反王倒是日盛一日，眼见得天下大乱，不可收拾了！

时势造英雄！在这群雄中，濠州的郭子兴帐下，有一个大英雄渐次露出头角。其人姓朱名重八，濠州钟离县人。元代一般的下等贫贱人，是不配有大名的，只能胡乱用数字起个小名而已。朱重八发迹后，才起了一个响亮的大名：朱元璋！

这朱元璋生得身长力大，身材魁梧，骨格奇特，且勇猛多智。只是家境贫寒，时运不济。十七岁时，便父母双亡；随后，家乡又连遭灾荒，更兼时疫肆虐，三个哥哥在贫病交加中先后去世。只剩下嫂侄两三人，伶仃孤苦，忍饥挨饿，艰难度日。

朱元璋见实在难以为继，却也不甘等死，乃前往离家不远的皇觉寺剃度为僧，法号如净。

地方上灾难频生，寺中也是僧多粥少。朱元璋在寺里待了数月，仍是昼难饱腹，夜难安眠，只好离乡云游，托钵乞食。是以登山涉水，风餐露宿，四海为家，受尽了人间的白眼，吃尽了行脚的困苦，乃暗暗发誓："我朱某若有飞黄腾达的一天，必要让天下人吃饱饭。"

一晃数年过去，朱元璋仍是光头一个，乃回到本乡，复入皇觉寺。只是此时寺院残破，僧众散去，无处化斋，真是到了山穷水尽的境地！不由得仰天长叹："一个七尺男儿，难道真的无路可走了？"

是时，朱元璋的同乡好友汤和，已在濠州郭子兴的帐下吃粮当兵，闻得其如此窘境，乃托人带信给朱元璋，劝其从军，以求生路。

这几年的游历，让朱元璋熟知民间疾苦，身心也得到了磨炼。当接到汤和来信时，虽知造反是杀头的大罪，但到了快要饿死的份儿上，也就顾不得许多了，不觉奋然道："大丈夫不趁此乱世立功创业，大大拼搏一番，怎能畏首畏尾，甘心饿毙道旁呢？"想罢，将钵盂一掷，迈开大步，义无反顾地朝濠州奔去。

这天，朱元璋路经不惹庵乞食，遭僧人百般盘问，不觉触动心事，为抒发心中豪迈之气，乃随手拾起灶边炭末，于庵壁题诗一首：

> 杀尽江南百万兵，腰间宝剑血犹腥。
> 山僧不识英雄汉，只顾哓哓问姓名。

朱元璋来到濠州，大剌剌地口称要见主帅。将士们疑为奸细，便将其绑了，推至帅案前。朱元璋立而不跪，却大声道："大帅不欲成大事吗？为何不问缘由，绑缚壮士，自失人心？"

大帅郭子兴见朱元璋生得雄壮奇特，额突面凹，目光炯炯，声如洪钟，且语言不俗，乃令左右松绑，并亲自问其籍贯、家庭及有何特长等情况。朱元璋不卑不亢地如实回答后，并特别说道："小可为僧数年，游历四方，也曾拜师学艺防身，刀枪棍棒很是精通，故来投军效力。"郭子兴闻其言，观其人，认为是个人才，乃收入麾下，作为亲兵，跟随左右。

朱元璋得郭子兴收留，心存感激。以后每逢战阵，都奋不顾身，勇敢冲锋，渐得郭子兴赏识，遂拔为队长。有了出身之阶，朱元璋更是为之出谋划策，尽心报效。为了进一步笼络朱元璋，郭子兴便将养女马氏许配给朱元璋为妻。这马氏便是被后人称道的仁厚贤惠的大脚马皇后。

后来，朱元璋得郭子兴允许回乡募兵数百，其中的徐达、胡大海、郭英等二十四人，均为智勇之士。郭子兴见招了许多人马，很是高兴，乃署朱元璋为镇抚，即将所募兵士归其统率，独当一面。朱元璋初得兵权，即严明军纪，不准所部扰民滋事。

朱元璋既得郭子兴赏识，益发尽力报效，为其筹划。因郭是定远人，乃进言道："主帅声名显赫，若还军乡里，定能一呼百诺，从者如云。末将不才，请为先行，往略定远如何？"郭子兴闻言，欣然应允，即命朱元璋率部南行。

途中得遇当地名士李善长。朱元璋乃叩问天下大势及进军方略，以试其才。

李善长从容答道："昔暴秦无道，海内纷争，汉高祖刘邦崛起布衣，三年亡秦，五年灭楚，即成帝业。盖因其知人善任，约法三章，惜军爱民，顺势而为也。今天下纷乱，百姓疾苦与秦时同，明公若能效汉高所为，何愁胡虏不灭、大事不成？"

朱元璋幼年常在皇觉寺玩耍，曾得寺中长老指教，对文字典故，已是粗通，再加上长年在外游历，更是见多识广。如今听了李善长一番宏论，甚合己意，很是高兴，乃当即委其为掌书记兼管钱粮，俨然已有萧何的影子了。

来到定远妙山时，有冯国用、冯胜兄弟二人率部前来归附。朱元璋见冯国用儒冠儒服，温文尔雅，乃向其询问平定天下的大计。

冯国用答道："集庆路古称金陵，为虎踞龙盘之地，世代帝王的都城，可先夺之作为根本；然后四出征伐，倡导仁义，广收人心，则天下不难平定。"冯胜亦道："有德昌，有势强。明公修德重才，何愁天下不平！"

朱元璋闻二人之言，甚合己意，当即将他们留在身边听用。自此，朱元璋一面小心侍奉郭子兴，免得其疑忌和掣肘；一面留意笼络人才，同时招兵买马，积草屯粮，以备伺机而动。

却说汪广泽少时即聪颖过人，在老家高邮得父祖庭训，学业已有了一定根基；如今又在太平名师余阙指点之下，苦读数年，已是精通经史，才华横溢，便轻松地考中了秀才。

元顺帝至正十三年（1353）八月，汪广泽参加乡试，又得以中举。

有了举人功名，便有了晋身之阶、做官的资格，汪广泽自然满心欢喜。虽然此时父亲业已去世，未能等到这一天，但在九泉之下也可瞑目了。汪广泽祭过父亲，便来拜谢恩师。

余阙见自己的心血有了收获，高兴非常，道："贤契年纪轻轻便中了举，前途不可限量。"汪广泽叩谢道："学生愚鲁，得恩师教诲，才侥幸取得功名。恩师大德，学生没齿不忘。"

余阙问道："以贤契的学识，中个进士已是不难；只是近年红巾军起事，去京的路上不太平，不知贤契有何打算？"

"学生本想就此事向恩师请教。"汪广泽躬身答道，"今既蒙老师动问，愚生还是想进京一试。一来可去见见世面，古人云：读万卷书，行千里路。学生原只在高邮、太平这大江南北往来打转，见识有限；近闻老家一带又被张士诚占据，已是乱得一塌糊涂，眼见得短期回不去了。今有此北去的机会，乃想到中原腹心、燕赵大地，去看看那里的山川形势、人文地貌，以开阔眼界，或许将来能有些益处。二来若能侥幸取得更高层次的功名，虽然不一定入仕，但对后半生发展应是大有好处的。至于路上安全之事，想我一介书生，两手空空，应该也没大的妨碍吧？况且生死有命，富贵在天，不出去闯一闯，也不甘心啊！"

余阙闻言，点点头道："贤契言之有理！出去看看，历练历练，总是有收获的。人生苦短，何况科考三年才一次，有此机会，不可轻失。老夫在家静候佳音吧。"随后便把路上和应试须注意的事，详细交代了一遍。

汪广泽准备停当后，就辞别恩师上路了。

欲知汪广泽进京会试能否得中，请看下回。

第二回

朱元璋采石渡江　汪广洋太平出山

话说元顺帝至正十四年（1354）时，虽然中原大地、江淮之间，已是烽烟四起，但春闱大比，仍照常进行。会试三场，分别在二月初一、二月初三、二月初五举行，录取贡士一百名；随后，于三月初七日在翰林国史院举行了殿试。高邮人汪广泽得中进士。

按照惯例，新科进士一般不会马上分配职事，而是要等待一段时间的，名曰"待职"。元朝时，将人分为四等：蒙古人为一等，色目人为二等，汉人为三等，南人为四等。汪广泽属南人，能侥幸得中，已属幸事，此时当然是回原地太平待职了。

再说余阙。其虽看破红尘，归隐田园做学问，但当红巾军起事后，又被朝廷起复；余阙推脱不得，只好勉为其难，奉命代理淮西宣慰副使、都元帅府佥事，镇守安庆。

当时天完红巾军徐寿辉部将赵普胜，正率军围攻安庆。余阙从小路入城，即开仓赈济饥民，亲率民兵士卒，与赵普胜部苦战数十日，将其杀退；后陈友谅率大军前来，余阙与之战于清水塘，终因寡不敌众，身负重创，因见大势已去，遂自刎而死。部下遂将其运回太平安葬。

当汪广泽回到太平时，得知恩师余阙已故，大为悲痛，乃亲往墓地祭奠。随后就在墓地附近觅得茅舍数间，开馆授徒。既有为恩师守孝之义，同时也有自甘淡泊之意。暇时便赋诗以自娱。

一天夜里，明月当空，人静更深之际，汪广泽立于茅舍旁的竹林边，望月怀远，想起李白那"举头望明月，低头思故乡"的名句，乃赋诗一首，以寄托怀乡思亲之情：

对竹

我家湖水上，长与竹为邻。

今夜月明里，相看如故人。

当时江南一带暂无战火。新科进士不奔走官府而在乡间办学，自然成为一时美谈。远近学子纷纷前来求学。汪广泽日间为诸生授业解惑，夜来便将进京路上的所见所闻，详细梳理，并结合当下时事局势，精心研究，以备将来用场。

元至正十五年（1355）初，朱元璋率军连下滁州、和阳，又收得勇将怀远人常遇春，乃将郭子兴迎往滁州称王。

无何，滁阳王郭子兴卒，众将议奉朱元璋为王。朱元璋自知根基浅薄，怕树大招风，遭人嫉妒，是以执意不从；后经众人一再恳请，方权为统帅。

朱元璋掌得权柄，正与心腹将佐商议进军之事，忽接到亳州来檄，上书"大宋龙凤元年封朱元璋为都元帅"。朱元璋谓左右道："小明王传檄至此，意欲令我归附。只是大丈夫当自创基业，岂能甘为人下？"

李善长道："元帅不愿受制于人，确实高见；但韩林儿自称宋裔，又有刘福通辅佐，占据中原，气势甚大，我等不妨权且与之虚与委蛇，以免四面受敌。"

朱元璋闻言，稍一沉吟即道："先生言之有理。眼下元廷虽窘，但百足之虫，死而不僵。我等任重道远，必须灵活变通，见机而作。"于是，接受封号，遣使往谢，同时令军中称龙凤元年。

是年六月，朱元璋与众将计议："江淮纷乱，民生凋敝，不如进军江南富裕之地以创大业。"众人齐声称是。只一时难觅得大量舟船，难得成行。

正踌躇间，忽有巢湖水寨寨主廖永安、廖永忠兄弟，俞廷玉、俞通海父子，以及张德胜等众多水军，先后来投，谓："我等愿率水军及战船千艘归附。"朱元璋大喜，以手加额道："此天助我也！"乃整顿兵马，挥师渡江。

一时间，江面上千帆竞发，百舸争流，大军直扑江南。

才至江心，那上游忽驶来数十艘大船，旗号分明，正是元中丞海牙率巡江大军杀到。本来是时正是江水漫涨的汛期，元军不提防义军渡江，未做准备，到了此时，只好匆忙拦截。

朱元璋知道，不杀退眼前元军，怎能进军江南？乃亲自擂鼓，命令全军奋力向前。廖永安、俞廷玉等水军将领得令，立即率军向元舰围裹上去。其船小轻便快捷，忽东忽西，忽来忽去，活动自如；元舰船高身重，进退不灵，顾了左顾不了右。双方摇旗呐喊，乱箭对射，相持了一个时辰，尚不分胜败。

忽江上狂风骤起，波浪滔天。朱元璋不失时宜地命座舰上升起两红一绿的三面大旗，这是发动火攻的信号。廖、俞等遂遵令射出火箭。元舰高大面阔，中箭之后，风助火势，火仗风威，顿时烟雾缭绕，火苗乱窜。海牙见形势不妙，赶紧一面灭火，一面急忙率兵向下游驶去。

朱元璋见元舰逃去，心中大喜，乃重整旗鼓，兵锋直指采石矶。

这采石矶陡立江滨，高出江面丈余，如同临江城墙一般。守矶元军头目老星卜喇见敌军乘船杀来，忙令部下放箭抛石，拼命抵挡。大将郭英、胡大海亲冒矢石，带头冲锋，皆身中数箭，跌倒船舱，只好退还。

朱元璋见此情形，知道气可鼓不可泄，乃高呼："先登此矶者，受上赏，封先锋！"然后亲擂战鼓，挥师猛进。众将闻令，人人奋勇，个个争先，舟船如蜂向前。

看看将至矶下，只见一舸疾至，立于船头的常遇春，左手执盾护身，右手将长戈朝船舱一点，奋勇一跃，如撑杆跳般飞上石矶，那小舸却倒退了数丈。

元军守将老星卜喇见敌军飞了上来，大大吃了一惊，挺矛便刺。常遇春一闪，让过矛尖后，却用右臂一夹，夹住了矛杆，再用力一推，竟将敌将推翻在地，顺手夺过长矛。此时十几个元军已刀枪剑戟一齐杀来。好个常遇春，一手挥盾护住己身，一手挥矛将老星卜喇刺死，并连杀数敌。敌军大骇，连连倒退，不敢上前。

趁常遇春大战敌军之际，徐达、廖永安等已率军抢上石矶，元军见大头目已死，敌军蜂拥而上，知大势已去，便一哄而散。

攻下采石矶，朱元璋非常高兴，当即任命常遇春为先锋，且谓之道："将军神勇，无人能及！"

朱元璋见元残兵望风而逃，己军亦疲惫不堪，且天色已晚，乃传令收兵。

当晚，朱元璋召集诸将计议行止。李善长道："元军虽败，但元气未伤；我军初胜，而过江者，不过万人；若明日敌军前来决战，胜负未可料也。不如收拾此处钱粮，暂且班师北归。"

朱元璋道："自古长江天堑。今日渡江，实出其不意，故得以成功；若引兵归去，元军复至，想再南渡，就绝非易事了！"

徐达道："太平近在咫尺，何不趁势取之以为根据？"

常遇春奋然道："徐将军言之有理！末将既为先锋，愿率一支人马，连夜袭取太平！”

朱元璋闻徐、常二人之言甚合己意，乃大声道：“今日之事，当破釜沉舟，有进无退；成就大业，在此一举！”于是下令斩断自己座船的缆索，使之顺流漂去，以示死战决心；一面大犒士卒，然后命常遇春为前锋，自督大军在后，连夜直扑太平。

太平元军本就不多，见常遇春舍命猛攻，哪里抵挡得住？均纷纷抱头鼠窜，作鸟兽散。红日东升之时，义军便掌控了太平。

初至江南，朱元璋知道若不得民心，大事难成。是以入得城来，立即出榜安民，并严申军纪，大有刘邦约法三章之象。不过半日，全城安定，百姓欢悦。同时又急调滁、和之兵南渡以备征进。

朱元璋虽读书不多，但知道士为秀民；士者归，则民易附，乃遍访名士贤良。

当地有个名士陶安，字主敬，少时就很聪敏，悟性极高，其博涉经史，尤擅长《易经》。因见世道黑暗混乱，便不愿出去做官，只隐居乡里，在明道书院充任山长，以培养地方才俊为己任。今见朱元璋所作所为，认为是个干大事的，乃偕好友李习前往谒见。

朱元璋也已访得二人底细，正欲遣人去请，却见其主动前来，当然高兴，乃拱手请教道：“请先生就当下时事与今后行止发表高见。”

陶安见朱元璋果然神采奕奕，气度不凡，且谦逊有礼，乃进言道：“今朝政腐败，民不聊生，致海内鼎沸，群雄并起；然而那些人不顾百姓死活，只知掠夺财物，根本没有治理乱世、拯救黎民、安定天下的胸怀。今明公飞渡大江，迅猛破敌，非常人所能为，实天意也；轻取太平，安抚百姓，不妄杀戮，军民悦服，得人心也。以此应天顺人之师，行吊民伐罪之举，天下不难平也！”

朱元璋闻言道：“先生高看，恐不敢当。下一步我欲取金陵以为家如何？”

陶安道："金陵六朝古都，龙盘虎踞，形胜称最；若取为根本，号令四方，何患大事不成？"李习亦道："金陵依钟山，临大江，王气所在。当趁元兵尚未大聚，速速图之，勿失此良机。"

朱元璋道："二位言之有理！"当即授二人为左司员外郎，留在幕府备咨询，一面命徐达率众将士抢修城郭以防敌军来犯，同时命李善长积极筹备粮草以备军需。

越日，陶安谓朱元璋道："现有一文武全才之人，主公愿破格任用否？"

朱元璋一听，精神为之一振："好啊，什么大才之人？"

陶安道："此人姓汪名广泽，是个新科进士，乃名士余阙的高徒，现在此乡间设馆授徒。其性格宽厚温和，处事简练慎重；通经善文，知兵能武；善篆、隶大书，特别擅长诗词。"

"新科进士？能为我所用吗？"出身寒微的朱元璋显得有些底气不足地说。

"其在乡野处为师守墓并设馆，也就是隐居待时之意。主公初至，难知下情；属下与其颇有交情，故冒昧荐之。"陶安语毕，在旁的李习亦道："卑职也曾中过举，故与其有些来往，知其颇有才干；若比诸葛亮不敢说，但足与鲁肃比肩。"

朱元璋闻言大喜，霍然而起道："既二位相荐，定然不差。眼下军务繁忙，我无暇亲往，且请二位代我前往请来如何？"陶、李二人齐道："属下遵命！"

汪广泽见陶安、李习来访，欢欣非常。寒暄毕，陶、李二人将来意说明后，汪广泽略一沉吟问道："如此说来，这朱元璋真像是个干大事的了？"

陶安道："以在下愚见，这朱公是个能成大事的人。"李习接口道："若是泛泛之辈、草莽枭雄，我等也不敢自误，更不会举荐先生的大才了。"

汪广泽闻言连连点头："在下去年赴试南归时，正好路过滁、和两地，虽未与朱公谋面，但也闻得其一些作为和善政。只是百闻不如一见。当今乱世，君择臣，臣亦择君；一旦失足，后悔莫及。既然二位好意前来相邀，我且亲往拜谒，那时再定行止如何？"

二人见汪应允入城相见，大喜道："先生此举最当，进退自如，有益无损。"

三人来到太平府衙，左右通报进去，朱元璋倒屣相迎，拱手道："不知汪先生驾到，有失远迎，敬请海涵！"说罢，一面做了个手势，一面连连称请。

汪广泽见状，便也一躬到地，道："承元帅抬爱相邀，山人理当拜谒。元帅请！"朱元璋闻言哈哈大笑道："先生请，同请！"说着，携了汪的手同进府门。

来到大堂，又谦让了一番，朱元璋方坐了主位，汪广泽在宾位坐下，陶安、李习及李善长、徐达等侍立两旁。

朱元璋道："朱某久仰先生大名，今日一见，足慰平生。"汪广泽亦回敬道："元帅威名，如雷贯耳。既蒙相召，得拜尊颜，三生有幸！"

客套已毕，话入正题。

朱元璋道："某率兵至此，进退去留，徘徊未定，请先生教我。"说着，连连拱手。

"山人才疏学浅，请教不敢当。"汪广泽道，"愿先闻明公之志。"

"天下纷乱，民不聊生。朱某虽不自量力，尚望廓清环宇，还百姓一个安居乐业的太平世界。"朱元璋毫不隐晦地道出自己的远大志向。

"元朝酷虐，人神共愤，今已无救药矣！但百足之虫死而不僵，而群雄纷争，四海鼎沸，一时间怎得太平？必当分步量力而行。"汪广泽见朱元璋有如此志气和见识，心知遇到了明主，便将总的形势做了一个概括。

"先生高见！如何分步量力而行，还请不吝赐教。"

"元廷虽对江淮地区失控，但北国还在其手里，况且蒙骑余威尚在，故而现在还不能北征打他的主意。"汪广泽稍停顿了一下，又接着道，"中原之地为小明王红巾军所据有，其既是遮挡元军南来的屏障，又能为我外援，是为友；占有东面高邮、泰州一带的张士诚，盐贩出身，重利轻义，无远图大志，宜暂结盟好，免得其妄生事端而掣我肘；唯独西边的徐寿辉、陈友谅，称霸湖广，却心狠手辣，少仁寡义，其仗着地广人众，将来必为我之劲敌，不可不防。这就要积攒实力，依当时形势，逐步量力而行。"

"请问先生：那眼前应如何动作？"

"山人以为，当务之急是速速倾全力拿下金陵，以为立身之本！"汪广泽一挥手，做了一个决然的动作道，"然后经营江浙，实仓廪以待天时。"

朱元璋听了汪广泽一番宏论，连连赞道："好，好！先生妙策胜过诸葛亮的《隆中对》！当为我军今后行动指南。只是金陵为历朝古都，城高墙厚，守将福寿，智勇双全，更兼有海牙水军相助，恐不易攻克。"

"元廷人心尽失，金陵已处群雄包围之中，实外强中干；大军一到，必能摧枯拉朽，何虑不克？只是进军宜早不宜迟，迟则恐生他变。"汪广泽分析了当前形势后，又复郑重地补上一句，"如若被张士诚早一步抢占去就不妙了！"

"对，对！兵贵神速。"朱元璋说罢，环顾四周道，"诸位还有何高见？"

徐达道："主公高见！兵贵神速，末将愿为先锋，往取金陵。"

"对，对！兵贵神速，请主公决断令下！"李善长等将佐，异口同声，请下令进军。

"好，好！"朱元璋见众口一词，很是高兴，"那明日便发兵往取金陵。为除旧布新，自即日起，改太平路为太平府，置太平兴国翼元帅府，元帅府总管一切军政。"

众人齐声道："元帅英明！"

朱元璋笑着起身向汪广泽一拱手，道："本帅想请先生屈尊帅府令史一职，以共创大业，望勿推辞。"汪广泽闻言，心中一热，连忙起身稽首道：

"蒙主公收录，广泽自当效犬马之劳。"

朱元璋见其慨然应允，心中大喜，乃亲手扶起道："先生慷慨出山，生民之幸，何必行如此大礼？"稍一沉吟乃道，"我欲将先生改名为汪广洋如何？"

汪广泽闻之大喜，心想："这'广洋'名字响亮多了，而且又能避免连累老家亲属。"遂拜谢道："谢主公赐名。昔日元朝汪广泽脱胎换骨，如今已成义军一卒汪广洋了！"

欲知朱元璋能否拿下金陵，请看下回。

第三回

吴国公奠基金陵　汪朝宗游说平江

话说朱元璋夺得太平这个江南的立足点，又收得了汪广洋、陶安、李习等谋士，很是高兴，乃大宴将佐，犒赏三军，委官派将，大举东征。

朱元璋拜徐达为大将，遣常遇春为先锋，率军先行；同时命廖永安、俞廷玉及张德胜等，率战船沿江东下，作为声援以牵制蛮子海牙水军；任李善长为帅府都事、陶安为幕府参赞，与帅府令史汪广洋一同执掌军机；又委李习为知府，与大将花云留守太平，总管军政兼筹钱粮，以供军需。又用汪广洋言，遣使驰往滁州，邀郭子兴之子郭天叙率滁州兵夹攻金陵。

分派已毕，朱元璋然后亲督大军三万，浩浩荡荡直扑金陵。

风华正茂的汪广洋见朱元璋行事果断，调兵有方，深为佩服；自己初来乍到，便受到重视，很是踌躇满志。回望西南方向那夹江对峙的两梁山，其壮观美景和大江奔流的气势，不由得心潮澎湃，便借景言志，吟诗一首，以抒发满腔的激情和旷达的胸襟。

两梁山

两梁雄跨大江湄，高出云霄控碧漪。

天遣骑鲸人去后，淡烟恒似锁蛾眉。

却说那金陵城属集庆路，由元南台御史大夫福寿屯兵把守。闻敌军分水陆两路杀来，福寿一面命海牙率战舰逆江而上迎战，伺机夺取太平；自己则督兵巡城，严防死守。

郭天叙率兵来到江北，闻元朝水军西去，乃督军连夜渡江。

天将拂晓，来到秦淮河畔时，便冒失登岸，本想袭取金陵，以抢头功。哪知一阵鼓响，万箭齐发，元军呐喊着冲杀过来。

郭天叙见偷袭不成，反中了元军埋伏，大吃一惊，忙转身欲逃，却被自家溃兵裹住践踏而死。全军失去指挥，船上的慌忙扬帆北去，岸上的四散逃命，顿时溃败。

元将蛮子海牙仗着舰大兵多，顺风西进，正和廖永安水师相遇于大江之上。双方相距尚有两里之时，风向突转，由西向东劲吹。廖永安大喜，立即下令全速扑向敌舰，顺风频发火箭，乱抛火炬。

那元军大船一经着火，登时慌乱。海牙前不久已吃了这方面的亏，此时还是三十六计走为上，调转船头一溜烟向东逃去。廖永安则挥军随后顺流紧追。

越日，先锋常遇春已率军杀到金陵城下。福寿前一日曾杀退江北来的敌军，正沾沾自喜，今又见太平方面的敌军前来，便开门迎敌。

两下鏖战多时，元军已有些支持不住；远处又见旌旗招展，尘土飞扬，原来是徐达催军杀至。福寿见寡不敌众，又恐城池有失，忙传令鸣金收兵，败回城中。

徐、常趁得胜余威，连日围城猛攻。金陵虽是坚城，但此时元兵已经气馁，况又闻水师败绩，孤城无援，怎肯齐心死战？看看已是抵挡不住了。

至第三日，常遇春身先士卒，口衔利刀，一手扶梯，一手持盾，径直冲上城头。挥动盾牌，立即格飞了三四件兵刃；舞起短刀，顿时劈了数名敌军。元军大骇，纷纷倒退。

趁此空挡，邓愈、吴桢已先后跳将上来，把住垛口；后面的将士，则如蚂蚁上树，陆续拥上城来。

福寿正带亲兵督战，见此处危急，赶紧过来拦截，早被一箭射中大腿，跌翻在地。此时城门已被打开，敌军如潮涌入。福寿见城破兵溃，知道大势已去，无法挽救，不由得长叹一声，自刎而亡！

朱元璋一入金陵，即命人竖起免死旗，传令众将士：降者勿杀！同时出榜安民，严禁掳掠。又召集官吏父老，温言抚慰道："元廷暴虐，生灵涂炭。我率军至此，志在为民除害，复我汉室江山。所有官吏，各司其职，听候任用；将士百姓，各守旧业，安心过活。贤人君子，愿意投效者，当量才任用；暴政陋习，请当面直陈，我立即废除。"大众闻言，尽皆欢欣而去，人心顿时安定下来。

越日，朱元璋以徐达为大将，率邓愈、汤和等东向用兵，连克镇江、金坛、丹阳等地，声势大振，各处义兵亦闻风来投；又礼聘得名士孙炎、杨宪、夏煜等十余人来帅府任职。

一时间，金陵人才济济，兵强马壮。朱元璋与帅府都事李善长以及因功升为照磨、负责财务收支审计的汪广洋等商议，改集庆路为应天府并分设主事各官。

众将帅以朱元璋威名日著，同时自己也想水涨船高，乃劝其称王。朱元璋推辞道："我本一介草民，自起义以来，蒙诸位帮衬，才得有今日；何能何德，竟敢称王？此议不妥。"

众人一再恳请，淮西老部下汤和、吴桢、胡大海、郭英等尤为激烈：

"天下称王称帝者比比皆是，主公有地千里，拥众百万，威名远扬，为何称不得王而要自矮半截？"

朱元璋神色庄重地摇了摇头："我等起兵，乃是为了天下苍生社稷，岂能称王称霸？"

汪广洋这时方慢条斯理地道："诸位拥戴主公称王，原是正理；主公坚辞，更是审时度势，免得树大招风，惹来麻烦。"

李善长道："汪先生之言虽有道理，但主公若仍以小明王的都元帅名义行事，实为不妥，也恐冷了众人之心。"徐达亦道："我等俱崛起田垄，人微言轻，如不假以名位，难以服众啊！"

汪广洋微微一笑："诸位言之有理。将相本无种，男儿自当强，但这事须一步一步来才好；否则有树大招风之嫌，易遭人妒忌。此地古属吴国，愚意请主公先称吴国公如何？"

众人闻言齐道："好，好！汪先生此言最当，就请主公先称吴国公！"

朱元璋见自己如此受人拥戴，也不好拂了大家的美意，方才点头答应了。

随后选了个吉日，众将佐奉朱元璋登了吴国公位。一切礼仪均由李善长、汪广洋主持操办，同时大宴群僚，犒赏三军。

接下来，吴国公朱元璋依元廷格局，开府委官。置江南等处行中书省，亲督省事；授李善长为参议，陶安、李梦庚等为左右司郎中、员外郎；又置江南行枢密院，以徐达、汤和同签枢密院事，汪广洋为枢密院掾史；另置帐前亲军，以冯国用为总制都指挥使，设前后左右中五翼元帅府及五部都先锋等职。至此，军政衙门职事等，已初具雏形，俨然一国了。

汪广洋见一些将士仍时有扰民违法之事，乃郑重其事地向朱元璋进谏道："自古以来，有至理名言：得人心者得天下！主公虽能行仁义，尊贤士，除暴虐，但据属下所知，仍时有少数将士扰民；恳请主公严肃军纪，禁兵掳掠淫杀，以收人心，图大事。"

朱元璋闻言道："啊，还有这等事？"乃立召徐达、汤和等将帅严申军纪："你们要明白一个道理，那就是鸟不会投到老鹰盘踞的树林，百兽不会进入布满陷阱的地方，祸害老百姓的军队是不受人欢迎的。今后若再有扰民之事发生，行为者军法从事，长官亦连坐受惩！"

就在朱元璋拿下金陵之时，张士诚亲率大军南渡长江，命弟张士德为先锋，连下常州、平江、松江、湖州等处，因见江南地肥民富，平江城高大坚固，城内更是物丰民稠，园林如画，心中大喜，乃将国都从高邮迁来，就将承天寺修整一番，改为王宫。

张士诚占有大江南北后，原在长江游弋的元水军海牙遗众，遂无出路，乃归附了张士诚。

朱元璋见张士诚声势陡增，而自己在金陵这块地区还立足未稳，便想起数月前，汪广洋提起东面和张的策略，乃召集众谋士道："时下张士诚声势浩大，又与我紧邻，我欲与其修好，避免争战，诸位意下如何？"

李善长、汪广洋等异口同声道："主公高见。我等正应休养暂歇，方好准备下一步大的行动。"

于是，朱元璋亲自修书一封，问道："谁敢为使往平江传书，以示我主动修好之意？"

汪广洋拱手向前道："属下愿往平江走一趟。"

朱元璋大喜道："有先生亲往，其事必成。"

汪广洋双手接过书信道："属下遵命。事不宜迟，即刻便动身前往。"

朱元璋连连道："好，好！如此就有劳先生了。"

汪广洋一路快马加鞭，风尘仆仆地来到平江，见到张士诚，恭恭敬敬地行礼罢，说明来意，道："在下汪广洋，奉我主吴国公之命，前来下书，一来叩问大王金安，二来请两家结为盟好。"说罢，双手呈上千金珍宝及一封书信。张士诚自恃财大气粗，做出对财物不屑一顾的样子，只对来书瞟了一眼，但见书信云：

"昔隗嚣据天水以称雄，今足下据姑苏以为王，吾深为足下喜。吾与足下，东西境也。睦邻守圉，保境息民，古人所贵，吾甚慕焉。自今以后，通使往来，毋惑于交构之言，以生边衅。"

张士诚瞧信罢，心中好笑："这个才吃了几天饱饭的光头和尚，便想与我平起平坐了。"即将书信掷下，冷笑道："朱某将我这千里之王比作隗嚣，其仅据金陵便以光武帝自居吗？"

汪广洋见张士诚一脸的不屑，连忙道："大王别误会，我主连王都不敢称，怎会以帝自居？不过是遣在下前来问候，互结盟好而已。"

张士诚见汪广洋这样说，越发觉得朱元璋没什么了不起，乃把手一挥道："好啦，你可以走了！"

汪广洋大声道："大王啊，大敌当前，我们两家要齐心合力，才能立于不败之地啊！"

张帐下谋士施耐庵道："金陵来书文辞，虽有些不妥，但其使者朝宗先生之言有理。元朝虽然失政，可百足之虫死而不僵，况且其铁骑天下无敌，要想将其驱回北漠，实在不易，这就需要我们携手对敌，才能共创大业啊！请大王三思。"

张士诚大笑道："你也说要与朱元璋合力抗元？笑话！前年元相脱脱亲率大军百万来犯，本王在高邮尚且岿然不动；于今元朝日渐衰微，我在江南又拓地千里，其更奈我何！"

张的另一个谋士罗贯中亦进言道："大王，小可以为，合则力大而双赢，分则力弱会两害。当今形势，就如三国那孙、刘联手抗曹故事啊！汪、施两先生言之有理，望大王勿计较其言辞欠恭之罪，携手抗元才是。"

施耐庵再次谏言道："想当年宋江、方腊若南北联手反宋，岂会昙花一现？今日之势，我义军一旦内讧，便给了元廷可乘之机！大王啊，此事不可不慎。"

张士诚听施耐庵这样一说，顿时不悦，道："你怎把本王比那宋江、方腊？"

帐前将佐张士德、吕珍等，自恃兵多将广，也都不把金陵方面放在眼里。及见张士诚斥责了施耐庵，乃纷纷嘲弄道：

"施、罗二位先生还真高看朱元璋，为其做说客啦？"

"二位尽拿前朝说事，也不过是纸上谈兵而已，有何益处？"

张士诚是个自大执拗之人，见武将与自己意见相合，乃向汪广洋挥了挥手道："你哪来还回哪里去吧，本王也不罪你了。"

汪广洋至此也不好再说什么，心想："这厮井底之蛙，见识短浅还自大得很，量其也成不了气候，那就待以后再与之计较吧。"乃拱了拱手道："大王前程万里，在下告辞。"

张士诚回绝了金陵来使，心尚不甘，乃索性大发水陆两路兵马，溯江而上，往攻镇江，意欲威慑朱元璋。

却说汪广洋平江之行，虽然没有达到与张士诚结好的目的，但也摸到了其虚实。尤其是经过太湖时，见碧波荡漾的湖面上，雕梁画栋的船只来往行驶，湖边的亭台楼阁，也很华丽，确实有些祥和之象。不是亲眼见到，真难相信在这乱世，江南竟有如此图画般的美景，这从侧面也看出其社会较为稳定。于是触景生情，赋诗赞叹道：

画桨经过碧浪湖，水晶台阁翠云铺。

蓝田空老王摩诘，肯信江南有画图。

汪广洋驰回金陵，将张士诚的言行向吴国公朱元璋做了详细禀报，且自责道："属下无能，有辱使命。"

事情居然变成了这样，倒是出乎朱元璋的意料，乃大度地道："张士诚狂妄自大，又见识短浅，岂能怪先生？"

这边朱元璋尚未发作，那边的汤和、常遇春等一班战将，早已按捺不住，纷纷嚷道：

"这个井底之蛙的盐贩子，自以为了不起，真不识抬举！"

"张士诚欺人太甚，我等不如起兵将其灭了，以绝后患！"

"各位将军少安毋躁，且听我一言。"汪广洋见群情激愤，乃摆了摆手道，"看起来这一仗迟早是要打的，不过目前我们这里军民初附，地面未静，尚须整顿养息，不宜勉强用兵；即使不得已而为之，也应有理有力有节，不能与其彻底闹翻。我这次出使平江虽不成功，但一路留心观察，也很有收获。察看到其兵强马壮，民心归附，气势甚大，我们一时还奈何他不得。故而只能暂时与其周旋，虚与委蛇；而不能过分用强，致四面树敌，自取其败！"

听到这里，徐达点头道："汪先生言之有理。我们虽已有这立足之地，但还不能与周围的强敌抗衡，当向敌之薄弱处发展，才能生存、扎根，开花、结果。"

李善长亦道："对，对！我等应经营好现有之处，就如汉高祖稳据关中一样，先立于不败之地。不过就怕那盐贩子不安本分，前来找茬。"

正说着，有探子来报："张士诚兵分两路，向镇江杀来了！"

欲知朱、张首次交战的胜败如何，请看下回。

第四回

张士诚兵败江南　朱元璋军阻徽州

话说朱元璋闻张士诚无故兴兵来犯，不觉勃然大怒："那厮当真以为我软弱可欺，居然敢前来挑衅？待我亲率大军前往，杀他个片甲不留！"

徐达忙道："何用主公亲往！请给末将一队人马，保管镇江无虞。"众人亦道："主公不宜轻动，有徐将军挂帅，必能克敌制胜。"

朱元璋见众口一词，乃命徐达率军往救镇江，同时遣廖永安率水军沿江东下接应。

汪广洋见双方真的打起来了，乃对朱元璋道："张士诚实力不小，我等不可轻敌。纵然打胜了，也不宜穷追，要留点余地，以后才好见面。"

朱元璋闻言点头道："对，对！那厮既然不知天高地厚来找茬，那先给他点颜色看看，狠狠敲打一下；然后见机而作，给其留点面子，来个打中求和的好。"

徐达答应一声："是！"乃率兵至镇江，来了个里应外合，便大破敌军。

张士诚水军以元军海牙降众为先锋，那本是廖永安的手下败将，先已气馁，不敢出战；及至闻得陆师败退，连忙拔锚遁去。

徐达见己军两路皆胜，便遵朱元璋行前所嘱，并不穷追猛打，而是收兵进驻镇江城，以观动静。

张士诚虽首战受挫，并不认输，乃令大将张德潜袭宜兴，居然轻易得手。

朱元璋闻得宜兴失陷，忙聚众商议对策。众人大都主张立即全力讨伐张士诚。唯独汪广洋道："愚意目前还不宜与其大动干戈。其一，给双方都留点余地；其二，也给自家集结兵力、准备粮秣，腾出些时间。现在可一面命徐达率兵攻取常州，一面致书平江，责张无理取闹，并与其约：其若还我宜兴，赔礼道歉，我则撤回常州之兵，永结盟好，否则严惩不贷。"

李善长道："汪先生此言虽是不差，但张某是个贪利小人，到嘴的肉岂会吐出来？"

胡大海、耿炳文等亦道："张士诚目光短浅，他是不见棺材不掉泪的。我等还是迅速出兵，打他个措手不及的好。"

朱元璋此时也冷静下来，乃道："你等说的均有道理，但与张士诚恐怕还得长期打交道。目前就依汪广洋意见，做两手准备吧。"于是一面命徐达兵发常州，一面致书张士诚，说以利害。

张士诚自以为兵强马壮，哪里把朱元璋当回事？一面遣大将吕珍率军驰援常州，一面令各处小心防守；同时，仗着气大财粗，令人携重金前往镇江，诱上次役中降敌的将士反水。

果然钱能通神。镇江新附之军，纷纷叛变，与吕珍合击徐达军。双方在常州城下相持，一时胜负难分。

朱元璋见与张士诚较上了劲，乃与众人商议应对之策。大家均谓应与张士诚一决雌雄，汪广洋亦道："既然张士诚目空一切，不知好歹，那就狠狠教训他一下，只有将其打痛了，他才会老实，那时我们方可腾出手来向别处用兵。"

于是，朱元璋命耿炳文率兵攻长兴，俞通海率舟师略太湖，张鉴、何文正率师攻泰兴，赵继祖、吴良率兵分头往攻江阴、常熟。各路一齐动手，环击张士诚；同时催徐达速下常州，不得有误。

张士诚迭接数处军报，大为震怒："这秃驴不自量力，竟敢与我叫板？"乃调兵遣将，分头抵御。无何，败报频至：长兴、宜兴、江阴、常熟、常州先后失守，连率兵往援的大将张士德亦被徐达部将赵德胜生擒活拿去了。

张士诚不料己军一败涂地，方知朱元璋不好惹，只好传令各处严防死守。

朱元璋自知羽翼未丰，也见好就收，一面置永兴翼元帅府，任耿炳文为元帅，率兵驻守；一面采纳汪广洋的建议，命徐达礼待张士德并将其送到应天来。

张士德乃张士诚之弟，今既将其擒来，应天诸将颇为高兴："这下盐贩子蔫了吧。"

朱元璋则亲自接见张士德，温言慰抚，放归平江，令其劝兄与应天修好结盟。

张士诚经此一仗，虽信心大失，但仍看不起朱元璋，骂道："凭那个光头和尚还真能成得大气候、修成正果？"乃计议降元。

张士诚之弟张士信及吕珍等一些将佐，贪暂时富贵，均附和降元：

"群雄纷争，我等背靠元廷这棵大树，以静观其变，不失为上计。"

"天下大乱，豪杰蜂起，也不知要征战到何时，我等借降元之机，以休养生息，是为上策。"

唯施耐庵提出反对："元廷虽还貌似强大，但绝对维持不了多久，我等何苦为其殉葬？"

张士诚道："记得先生说过，历史上都是北方一统天下，而南方北伐从未成功；所以我想先投元廷，养精蓄锐，再择时而动有何不可？"

罗贯中道："大王啊，元亡指日可待，冰山岂能靠得住？朝廷统治者主宰江山已近百年，专横残暴，鱼肉百姓，我等正当奋起将其逐之，以还我汉唐社稷，才是正道；我等降之，实有失节之嫌，恐遭他人耻笑，遗恨千古，愚意实不可取！"

张士诚道："金陵近在咫尺，朱元璋虎视眈眈，形势堪忧啊！我等现在是不得已暂时与元廷媾和，岂是真降？"

罗贯中道："朱元璋地狭兵微，四面受敌，目前其能奈我何？当今之势，就如三国时吴、蜀联盟抗曹魏一般。朱元璋正是看到了这一点，故才有主动修好之意，我等何不将计就计，暂时与其修好，各安本位？"

张士信道："纵与金陵修好，亦是权宜之计，能得何利？"

张士诚出身盐贩，重利轻义，见自己的兄弟及战将们多愿附和己意，乃决定降元，便把手一挥道："元朝虽是日薄西山，但毕竟是朝廷，我既归之，其必然厚待；若与金陵结盟，我们图个啥？至于以后嘛，我等再见机而作。眼下就这么定了，你等不必多言！"张士诚一锤定音，众人齐道："大王英明！"

张士诚既决计降元，遂遣人带了金银珠宝，致书江浙平章达什帖睦尔，请其代为转奏。

元顺帝此时已是焦头烂额，闻张士诚有意归顺，当然乐意接纳，立即授予太尉之职，并给予若干空诰，让其自封部属将佐。一时间，平江内外，喜气洋洋。

施耐庵、罗贯中二人见张士诚如此行事，暗中嗟叹，料其终将无所作为，遂渐生离去之心。

话说张士诚降元的消息传到应天，诸将不免疑惧："那厮若引元兵前来，其害不小。"

汪广洋道："张士诚狡猾多变而逐利，岂会真心降元？不过因此时处于下风之际，欲暂借元廷之势，拉虎皮做大旗吓吓人而已；哪敢引狼入室，请元兵合攻我等？"

徐达道："汪先生言之有理！张士诚不过是想抱元廷的大腿，让我们不敢去打他，他好享几天所谓的荣华富贵；我们正好趁机向南向西发展，待到了合适的时候再来收拾他不迟。"

邓愈等一班战将闻言，均道："对，对！我等先向西南元军薄弱处进军，必大有斩获。"

李善长、汪广洋亦向朱元璋建议道："众人说的是，请主公发兵往攻徽州一带，以打开通往赣浙之路。"

于是，至正十七年（1357），朱元璋令徐达往镇常州，以防张士诚兼拱卫应天；而令邓愈、胡大海率兵往攻宁国、徽州。

邓、胡二将连下宁国、绩溪，长驱直入，兵围徽州。

徽州乃江南重镇，水陆交通的要道。其城高墙坚；元守将福童，文武双全，能攻善守，且深得民心。料早晚必有敌军到来，乃一面深沟高垒，一面积草屯粮，积极备战。

先锋胡大海虽是一员悍将，然面对坚城，猛攻数次，只落得损兵折将，毫无进展。只得远远安营扎寨，静待邓愈前来。

邓愈闻前军受挫，心中大怒："些小陋城，何能挡我大兵？"乃催军前往。二人合兵一处，将徽州城团团围住，并力攻打，仍是有力使不上：督兵攻城，则城上箭矢齐下，你只好望城兴叹；死死围困数月，城里有吃有喝，其照样不惧。

邓愈见久攻不下，只好分兵攻取休宁、黟县等外围城镇，以孤其势，绝其援，做长久打算；同时将战况上报应天。

朱元璋接到谍报，乃聚众计议进兵之策。

新收的猛将朱亮祖欲逞能建功，乃道："末将愿借一支人马拿下此城。如若不成，甘当军令！"

朱元璋道："将军英勇无敌，忠心可嘉。但邓、胡二将屡临战阵，并非贪生怕死之辈；今久不能克此城，必有大大的难处。我欲亲往徽州一行，你等意下如何？"

汤和、冯国用、华云龙等战将纷纷上前请战道："小小的一座孤城，何劳主公亲自出马？待我等前往将其踏平！"

汪广洋道："诸位不要焦躁，依在下愚见，还是请主公亲往徽州督阵最为妥当。"

众将齐道："汪先生也太小题大做了！量一个小小州城，下之何难，为何非得主公亲往？"朱亮祖则卷袖挥拳，大声道："那厮如此不识相，待某攻进城去，杀他个鸡犬不留！"

"诸位没有领会主公的深意。"汪广洋见众将这样说，连忙摆手道，"那徽州古称新安，地处江南腹心，为水陆交通枢纽；人多聚族而居，宗法势力极强。是西入江西、南进浙江的咽喉要道，我们当然要尽快拿下。但我军初到彼处，恩信未立，不可依仗武力，以杀人立威；而应像昔日诸葛亮征南蛮那样：攻心为上，攻城为下；心战为上，兵战为下。如此才能广得军民之心，成就一代伟业。"

李善长闻言点头道："汪先生言之有理。如此说来，主公徽州一行，不仅值得，也是必须的，他人难以替代。"

众将听了二人一席话，纷纷交头接耳，窃窃私议。

朱元璋见状，乃把手一挥道："汪、李二位先生之言甚合我意。我决意率兵亲征。"随后，委李善长全权掌管应天军政兼筹集粮草；令大将廖永安、缪大亨分统水陆大军，拱卫金陵；同时令养子朱文逊与大将花云同守太平，以护住上游根本。分拨已定，自率两万人马，兼程赶往徽州。

这天的黄昏，大军来到皖南山区的咽喉、商旅通衢的要道宁国。只见夹路的青松，遮住了天边的晚霞；满河的流水，冲刷着溪间的泥沙；山中云彩飘游，民居柴门掩闭。汪广洋不禁赞叹道："好一幅幽静家居图！"乃于马上口占一首：

夹路苍松锁暮霞，满溪流水带寒沙。

荆扉不掩云长住，此是山中静者家。

朱元璋鼓掌赞道："先生好诗！"汪广洋谦逊道："主公谬奖！属下触景生情，胡诌几句而已。但愿天下早日太平，百姓都能安居乐业就好了。"

又行了两天，大军便到了徽州。

邓愈闻朱元璋亲自率兵来援，乃率众将迎接。参拜毕，朱元璋说了几句赞赏抚慰的话后，邓愈便将徽州战况详细禀明，最后叹道："福童这厮，软硬不吃。属下也曾强攻数十次，无奈其拼死抵抗，防守甚严，况又城坚濠深，故虽将士伤亡惨重，仍未得手。末将后来也曾亲至城下劝降，许以高官厚禄，其仗着粮草充足，竟置之不理，无奈只得将其团团围住。末将无能，有负主公重托，愿受责罚。"

朱元璋倾听着邓愈的诉说，时而点头，时而蹙眉，最后将大手一挥，道："将军不必自责，胜负乃兵家常事。你能爱惜将士生命，不蛮干强攻，便是深得兵家精旨。我们只有这点本钱，若硬拼光了，要这城又有何用？"说着，看了看邓愈、汪广洋等一班将佐僚属道："智取！我们要开动脑筋，设法智取，才是上策！"

汪广洋点头道："主公高见！我们必须智取！"说着，转过头来问邓愈，"邓将军，在下闻得此地有个高人名叫朱升的，将军可曾拜访请教过？"

邓愈道："末将也曾闻其大名，差人去请，被其谢绝了！"

"老先生说乡野腐儒，不谙时事，唯授徒著述自娱吗？"

邓愈惊讶道："正是如此！先生如何知晓？"

汪广洋笑了笑，还未来得及回言，朱元璋已开言道："汪先生就是高人，能不知道？"说着向汪广洋一拱手："朱升是何等人物，请先生赐教。"

汪广洋道："这朱升字允升，乃徽州休宁县迴溪乡人。因出生于旭日东升之际，故以名之。其好学深思，见识非凡，勤于著述。三十几岁时，便有《墨庄率意录》《刑统赋解》等书问世。至正元年（1341），四十多岁的朱升，登乡贡进士。四年后，授池州路学正。其见朝政腐败，直拖到五十二岁才赴任。任上整治儒学，制定校规，成效卓著，甚得民心；学者闻风趋附，云集池州，盛况空前。三年后，因见时局日趋动乱，乃辞职南归，隐居歙县石门讲学著述。其虽无权柄，但声望颇高，有很强的号召力。算起来其已年近六旬矣！"

朱元璋听罢，"啊"了一声："照这样说，那老先生的确是个德高望重的饱学之士、世间少有的高人，我当亲往请教定国安邦的良策。"

汪广洋欣喜道："主公若能屈尊前往，一定大有收获。属下虽与朱老先生从未谋面，但愿随主公前往并打前站。"朱元璋闻言，连连称好："事不宜迟。今天已晚，待我沐浴更衣，明早微服前往便了。"

欲知朱元璋拜访朱升之事如何，请看下回。

第五回

朱升进献定国策 福童退让徽州城

话说朱元璋得知此地有个名叫朱升的高人，便于次日天刚蒙蒙亮，就带了几个随从，早早由连岭大营动身，前往石门去拜访朱升。

凉风习习，寒露湿衣。一行人于红日初升之时，已抵石门。汪广洋抢先一步，来到学宫。只见一中等身材、精神矍铄的老者，正在门前空地上打太极拳。

汪广洋忙上前一躬到地，深深施了一礼，道："敢问可是朱升老先生吗？"

那老者放下身段，拱手还礼道："不敢，老朽正是朱升。请问先生何人，到此何事？"

"小可汪广洋冒昧打搅，请恕唐突之罪。"

"啊，您就是大名鼎鼎的朝宗先生汪广洋？久仰，久仰！失敬，失敬！"说罢，做了个请进屋的手势，道声，"汪先生请！"

"吴国公朱元璋特从金陵赶来拜访老先生，现命在下先行通报，望乞接纳。"

"吴国公驾到？快请，快请！待老朽往迎。"

朱元璋闻言，大步上前，高声道："岂敢劳老先生相迎，朱某来也！"说着，声到人到，一躬到地。

朱升见其身材高大，声如洪钟，相貌奇伟，料是个非常之人，赶紧还礼："老朽不知国公爷驾到，有失远迎，敬请海涵！"

两人寒暄毕，携手登堂落座。汪广洋与邓愈随后趋入，立于堂下。

朱升道："二位请坐呀！"汪、邓同声道："有老先生与吴国公在上，我等理当侍立。"

"您二位来到寒舍就是客，哪有客人站着的道理！请坐，坐了好说话。"

朱元璋亦道："汪先生、邓将军，不必拘礼。朱老先生说得好，来的就是客，坐了好说话。"至此，汪、邓二人方才在下首告坐。

对于客人的来意，朱升已猜着大半，便开口道："国公爷忙于国事，日理万机，山野腐儒能得拜尊颜，实三生有幸！"说罢，连连拱手。

朱元璋见朱升虽须发斑白，却面色红润，言辞清朗，神态安详，心中顿生几分爱惜与敬意，便也拱手回礼，然后言归正传道："元朝入主中原，蹂躏华夏，已近百载。今天下大乱，看来其气数将尽。元璋有志还天下百姓一个安居乐业的清平世界。然德薄才疏，成效甚微。久闻先生大名，有经天纬地之才，子房孔明之智，故不远千里而来，请教安邦定国之策。望先生不吝赐教。"说着，又连连拱手致意。

朱元璋的直白与志气，让朱升很是感动："近年来，闻其能得军民之心，且行事亦甚有章法。今听其言，也确实像个有抱负、做大事的人。与前些年率兵到此蹂躏郡乡的徐寿辉、陈友谅大不相同。我已年近花甲，当助其一臂之力，使之早日平定天下，岂能怀玉地下、吝啬一言？"想罢，干咳了一声，清了清嗓子，方道："村野朽儒，才识浅薄。既蒙国公垂询，敢不尽言？我今献一个九字方略，请国公爷斟酌。"

"什么样的九字方略？请老先生明示。"

"说起来也很简单，那就是：高筑墙，广积粮，缓称王！"

朱元璋是何等聪明之人，一听便击案叫绝："好一个九字真经！城坚本固，不惧敌犯；粮草充足，军民心安；虚王实祸，岂能作众矢之的！老先生归纳得好！使元璋顿开茅塞，受益匪浅。"汪广洋与邓愈亦同声赞道："老先生高见！"

朱升微笑道："诸位过奖。这不过是老朽以当前形势，提出这项策略，仅供参考而已。"

见提到当前形势，朱元璋立即接过话题道："眼下徽州之役，已使我焦头烂额，请问老先生有何妙法解之？"说着，便叫邓愈把徽州胶着的战况大概说了一遍。

朱升眯着眼认真听完邓愈的介绍，稍一沉吟，便道："强攻劳军伤财，实为下下策，不可取；智取虽好，但一时难有良策，也是枉然；最简捷之法莫过劝降，方是双赢局面。"

邓愈叹了口气道："唉，末将无能，也曾亲至城下劝降；无奈那福童心如铁石，软硬不吃，是以延俄至今，两下胶着难解。"

朱元璋接着邓愈的话道："俗话云：一把钥匙开一把锁，这也怪不得将军。"说着，转过面去谓朱升道，"老先生德高望重，又久在乡里，必然对此了如指掌。请问能否帮忙推荐一个合适之人去劝降，以解开此结？"

朱升沉吟半响，方道："承蒙国公爷高看，同时也为生灵考虑，老朽愿到徽州城下走一遭；如若能侥幸进城，那就有点希望了。"

朱元璋原本只想让朱升出个取城的主意，或者推荐一个能去劝降之人；今见其毛遂自荐，主动请缨，料得此事有八九分把握，当然十分高兴："若得老先生大驾亲往，此事必谐。只是太有劳老先生了！"

"为了避免军民无故流血，老朽焉敢辞劳？"

"老先生如此大仁大义，元璋我表个态：只要问题解决，无论什么条件都可答应；而且所有人原来的过恶，都一律不究。福童等一班将官士卒，愿与我一同创业打天下，热烈欢迎，量才任用，妥为安置；不愿留者，礼送出境，不敢勉强。老先生您看这样行吗？"

"国公爷能如此体察下情，还有何话说？老朽当尽力而为之。"

"为给老先生助威，"邓愈见朱升愿去劝降，很是高兴，乃自作聪明地出个主意道，"待末将将这里大军全部带往，将徽州里里外外加围三层，不怕那福童不就范。"

朱升闻言，连连摆手道："将军若如此，老朽就去不得，去也无功了。"

邓愈问道："却是为何？"

未等朱升解释，汪广洋即道："将军这一举动，大有威逼之嫌，只会把事情弄僵；以在下之意，不仅不能增兵重围，最好主动退兵数里，劝降才易成功。"

朱升闻言，连连点头，抚须微笑。邓愈却十分不解地愣在那里。

朱元璋哈哈大笑道："英雄所见相同。邓将军，回去传我将令，将围城大军后退十里，待我亲送朱老先生至徽州城下，以示诚意。"

邓愈应了声"是"后，又迟疑地问道，"那时若敌军趁机杀出或逃走怎办？"

汪广洋答道："将军多虑了。福童善于用兵，必然四下派出密探。主公率兵前来，其必然早已知晓了。此时我军却突然退兵，不合常理，其怎敢不防而贸然出城呢？当然，他如真要逃走，那早弃城潜逃了，不必等到现在。可他能逃到哪里去？元廷法律甚严，弃城逃走，不仅要杀头，而且还会连累全家的！故而其苦苦坚守到现在，已是进退两难，可这也正好给了我们劝降之机。"

朱元璋听罢，鼓掌大笑道："好，好！汪先生分析得十分有理。"说着，向朱升一拱手道，"既如此，请老先生大驾，现在就同往徽州大营如何？"

朱升闻言站了起来，也拱了拱手道："老朽理当陪国公爷走一趟。"

朱元璋命邓愈安排妥帖轿夫抬了朱升上路，自己骑着马，与众人一起往回赶。

汪广洋见自己推荐的朱升竟毛遂自荐去劝降，料定必能成功，心中很是高兴，路上一直傍着轿子走。看着白练样的溪水和碧绿的山色，以及远处茶农们采摘新茶的辛劳景象，心中十分愉悦，乃情不自禁于马上口占一首六言诗：

上行

溪光净如白练，山色碧似朝霞。

最是一春好处，雨晴人采新茶。

朱升闻之，赞道："汪先生吟得好诗！以江南的山水美景和茶农忙采新茶的辛劳，生动而巧妙地表达自己的愉悦心情，这手法实在高妙！"

汪广洋笑道："谬奖，谬奖！在下偶然乘兴胡诌两句，实班门弄斧，让老先生见笑了！"两人一路聊着诗文，大有相见恨晚之意。

一行人来到大营，朱元璋便对胡大海道："胡将军，你立即率军后退十里下寨，我与邓将军几个人要到城下去走走。"胡大海虽然随口答应了一声"是"，但不知朱元璋葫芦里卖的什么药，不由得迟疑地问道："那敌军趁机杀出来又该如何应对？"

朱元璋微微一笑道："无妨，待一会我陪朱老先生前去会会福童。"说完，稍事歇息，便与邓愈、汪广洋仍旧带着十来个亲兵、抬着朱升，向徽州城下奔去。

徽州城里的福童，早已得到敌军又在增兵的消息，正在城头眺望，却见敌军竟拔营退去，心中不由得疑惑起来："难道是诱我出城？"正盘算着如何应对，一个眼尖的将士把手一指道："将军，敌营那边有人向这里来了。"

福童定睛一看，果然有几个人悠闲地走来。奇怪的是，人群中竟然还抬着一顶轿子！

那个眼尖的将士道："将军，趁敌不备，待末将突然杀出，将那些人擒来如何？"

福童冷笑一声："这分明是个陷阱，且莫管他，静观其变吧。"

正说着，来轿渐近。只听得一声弓弦响，一支利箭从城上射将下来，伴随着一声断喝："何人到此？若再不止步，我们就万箭齐发了！"

轿夫闻言，赶忙放下轿子。只见轿子里出来一个老头子，径直来到城边，且向上招手道："福将军，老夫朱升看您来了！"

福童定睛细看，竟然是恩师朱升。原来福童少时曾在朱升门下受教数年。多年未见面，学生已是领兵大将，老师也已发白背驼了。

非常时期，虽是恩师前来，福童也不敢疏忽，乃命人找来箩筐，将恩师缒上城来。自己上前行礼道："两军对阵之际，学生不敢开门迎接，敬请恩师恕罪。"

朱升道："国事重于私情，贤契何罪之有？"说着，朝城外挥了挥手并喊道："请回吧。"

福童眼看着朱元璋一行人转身走了，方谓朱升道："且请恩师至敝衙歇息吧。"朱升点了点头道："好！"

对于朱升的来意，福童已猜到大半。朱升见福童将自己接进城中且执礼甚恭，亦心中暗喜："此事十有八九能成功。"

入衙后，福童吩咐备酒与恩师压惊。两人互道了别后之情，均感叹岁月沧桑，人生无常。

酒过三巡，福童屏去从人，亲自与恩师把盏，问道："这兵荒马乱之际，不知恩师何故到此？"

既已接触主题，朱升自然实话实说，便将来意说明，最后郑重其事地晓以大义道："元朝入主中原数十年，待国士为奴仆，视百姓如草芥。今天下大乱，群雄蜂起，元廷气数已尽！何去何从，贤契须当机立断，不可自误。"

福童答道："恩师教诲，学生当然遵行。只是元廷如百足之虫，死而不僵，我既食其禄，自当忠于其事，否则身死族灭，恐为他人所耻笑。而当今群雄逐鹿，到底鹿死谁手，也还是未知数。若一朝不慎，投错门路，亦悔之晚矣。故而进退维谷，不得已死守孤城，听天由命。今恩师到此，请为学生指条明路。"

"贤契所言不无道理。"朱升听福童这样答话，心中暗喜，乃点了点头道："元廷现时已自顾不暇，哪有余力来解你困境？纵观群雄，湖广徐寿辉、陈友谅，虽地广兵多，然其内部倾轧，行事荒唐，不以百姓为念，我料其终究难成正果；江东张士诚贪利忘义，鼠目寸光，又怎能成得大事？至于台州方国珍、四川明玉珍等，偏据一隅，苟且混日，更不值一提。唯有吴国公朱元璋，心怀天下，任人唯贤，惜军爱民，坚忍不拔；虽然现在实力尚不强大，但将来一统天下者，必是此人。贤契要把握时机，早作决断。"

福童闻言，沉吟半晌方道："恩师所言，使学生顿开茅塞。明天就开城迎降，只是请恩师善言，不能为难满城军民；有罪唯学生一人当之。"

朱升闻福童愿降，心中大喜，道："识时务者为俊杰。贤契此举，近能全众多生灵，免受战火之苦；远看能加速天下一统进程，功莫大焉！岂论罪责？此事包在老夫身上。贤契有何想法和要求，尽管说出，老夫当设法满足。"

福童闻言顿了顿，方道："只要干戈停息，我还有何求？只是学生的去留，自己一时还未考虑好，请恩师帮忙裁定。"

朱升闻言道："贤契献城，立有大功，当然受重赏，得重用，将来要做一个开国功臣的。何必迟疑？"

福童叹道："学生守城数月，伤人无数，本已把生死置之度外；今既得脱此厄，很是侥幸，便把功名利禄看得淡了。我想遁隐山林，不问时事了。"

朱升闻言，未免心中一怔："贤契正当壮年，何谈归隐？"

福童又叹了口气："人生如白驹过隙。我在此伤人太多，双方都饶我不得；纵然侥幸熬成开国元勋，到那时高处不胜寒，恐怕也会落个鸟尽弓藏的下场。说真的，若不是上有高堂，下有妻儿，我现在就遁入空门，落发为僧了。"

这下轮到朱升暗自沉吟了，好一会儿，方道："贤契见识，胜老朽十倍。不过若见了吴国公，千万不可提落发为僧之类的话。"福童觉得很奇怪，忙问："那是为何？"

朱升下意识地左右看了看，放低声音道："其早年曾为僧侣，故这类话题，当避嫌为妙。不仅如此，就是光啊、贼啊之类的词语，亦须忌讳些才好。"

福童闻言，连连"啊，啊"，作声不得，心中倒更是打定了解甲归田的主意。

次日清晨，朱升辞别福童出城，早有胡大海带着几个将校远远迎将上来了。

朱元璋闻得福童愿意献城，当然大喜过望，连连向朱升拱手相谢："老先生果然德高智广，建此不世之功。"朱升谦逊道："托国公爷虎威，才免得军民涂炭，老朽何功之有？"

日上三竿，云淡风轻。朱元璋率了大队人马，来到徽州城外。

胡大海陪着朱升并马缓缓向前，并连连向城上招手，且高喊："福将军，吴国公前来看你，请开城门吧！"

话音刚落，城上旌旗扑倒，吊桥缓缓落下，城门也慢慢打开了。

福童青衣小帽当先出城，后面跟了一个小伙子，赶着一辆骡车随行。

胡大海一见，连忙将朱升扶下马。福童趋步向前，朝朱升深深一躬道："学生就此拜别恩师，回归乡里了。"说着，又朝胡大海拱了拱手。

胡、朱二人也拱手还了一礼，便导引福童来见朱元璋。

此时朱元璋也已下马相候，左有汪广洋，右有邓愈。数十名盔明甲亮的将校一字儿排开，后面是持枪握刀、雄赳赳的士兵。虽然上万人马，却鸦雀无声。

福童瞟了下这阵势，便缓步来到朱元璋面前，一拱手道："小可福童拜见国公爷！"

朱元璋也拱手还礼道："将军不必客气，请带我们进城，再好好说话。"

福童道："大军进城，还请勿扰百姓，亦请国公爷善待众将士。"

朱元璋道："那是自然。朱某起兵就是上为国家，下安黎民。将军放心好了。"

"国公爷一诺千金，如此小可就放心了。"福童闻言，当即一躬到地道，"只是小可命乖福薄，素身患恶疾，近日因操劳过度而复发，只得退归乡里，不能在麾下效命了。"

朱元璋诧异道："将军立如此大功，正当厚赏重用；纵有小恙，金陵城中，名医甚多，尽可疗治，何必归隐？"

福童道："谢国公爷盛情。只是小可此病，须远离繁华，至林下静养，才可稍延日月。富贵于我已是浮云，无福享受。"说罢，一揖到地，便扬长而去了。其身后的小伙子，将手中鞭梢一举，便赶着骡车缓缓行去。

福童此举，不仅邓愈、胡大海等百思不得其解，连朱元璋也深感疑惑："这人好奇怪！是怕我还是怀疑我？"只有汪广洋往深处想："是怕朱元璋难成正果呢，还是怕其秋后算账？从福童这些军事才华和处事手段来看，还真是一位高人，确实能给人一些启示和借鉴。"

欲知朱元璋得了徽州后如何动作，且看下回。

第六回

议征战广洋献策　禁杀戮吴军克婺

话说朱元璋招降了江南重镇徽州，自然高兴非常。于是犒赏三军，宴请诸将。

宴罢，朱升起身告辞。朱元璋道："朱某与老先生一见如故，本欲同回金陵，早晚请教，共图大事。何故归去？"

朱升道："山人才疏学浅，又年老体衰，只能苟活于田园之中，实在难以在军旅中奔走，恳请国公爷见谅。"

朱元璋挽留道："老先生德高望重，智慧超群，朱某正欲请大展子牙雄才，以救民水火，万望勿却。"朱升仍是坚辞。

朱元璋没法，只好退求其次："既老先生执意归隐，朱某也不好勉强。只是今后当遇有军国要事难决之时，还要再去请教的，那时务望指点迷津。"朱升道："如蒙不弃，自当效劳。"

朱元璋闻言大喜："朱某与老先生相见恨晚，且请老先生再小住三两日如何？"朱升点头道："既蒙盛情，老朽自当从命。"

次日，朱元璋与众人计议进军方略。

邓愈、胡大海等武将，或谓西进入赣，或谓南下入浙，一时间朱元璋也举棋不定。唯汪广洋道："以在下愚见，当分两步，见机而行。"朱元璋道："此话怎讲？"

汪广洋答道："第一步，暂息兵安民。数月征战，军民疲惫，须要修整，以利再战。况且东边张士诚贼心不死，常思犯边；西边徐寿辉、陈友谅之流，亦虎视眈眈，若我现在西进，必与其立即发生冲突，于我大大不利。"汪广洋见众人倾耳静听，知道自己说到点子上了，便干咳了一声，接着道，"数月之后，形势如无大变，便走第二步，南征。南征建德、婺州、处州有三利：那里仍为元廷所有，与张士诚、方国珍无涉，二人井底之蛙，不会冒险往救，故易于攻取；其次，三地富庶，实乃粮仓，能供我军需；另外，彼处地灵人杰，有刘基、宋濂、叶琛、章溢等名士奇人可为我所用。"

众人闻言，尽皆点头称是。朱元璋虽心中赞成，然仍转头征求朱升意见："老先生意下如何，有何高见？"

朱升道："汪先生有王佐之才，所言不仅面面俱到，而且高瞻远瞩，确实高论！尤其是提到的浙东四杰，国公爷如能延揽之，必定大大受益。"

汪广洋谦逊道："过奖，过奖！在下考虑不周之处，还请老先生不吝指教。"

越日，朱元璋改徽州路为兴安府，就命邓愈、胡大海一同镇守。自率军回应天府。

一天路过绩溪，汪广洋看到那里百姓，破衣烂衫，面瘦体弱，纷乱来去，如蚁寻食，不由得赋诗一首，以感叹贫民不如溪水的困苦人生。

绩溪民

扰扰绩溪民，叠叠去如蚁。

问之何为来，与人送新米。

鹑衣不掩身，鹄面半成鬼。

嗟尔绩溪民，不若绩溪水。

汪广洋正在马上感叹战乱给百姓带来的苦难，忽连接有两起谍报飞来：一是廖永安与张士诚将吕珍战于太湖，因轻敌而败亡；一是陈友谅遣将来争池州，为常遇春、廖永忠击走。

朱元璋闻得谍报，乃谓汪广洋道："依先生看，当如何应对这东西两境之事？"

汪广洋道："属下以为，这两边战事，皆属试探性，只要应对得当，暂时并无大碍。西兵既退，可令常、廖二将紧守池州，不可轻出，竭力避免与其冲突，以暂缓局势；太湖之战我军虽败，在于轻敌，无关大局，主公只要星夜赶回应天，足可应对张士诚。"

朱元璋闻言点头道："言之有理！我不放心的还是西方，且请先生前往池州营中参赞军机如何？"

汪广洋道："属下遵命，这就前去便了。"

朱元璋大喜道："有先生前去，我就放心了。"说罢，两人拱手而别。

汪广洋来到池州与常遇春等相见，转达了吴国公的旨意，并提出自己暂和西兵之意。常、廖二将素来敬重汪广洋，自然紧守城池并约束部属，不准无事生非。

贵池是南朝梁昭明太子萧统的封邑，当地百姓视其为神灵。这战火中的池州，城池残破，草木焚毁，已全然没有了生机；受到战争伤害的百姓，现在又想起来祭祀昭明太子了。汪广洋看到这里，感慨万端："为民谋福祉的人，是不会被历史忘记的！"乃赋诗一首，以记其事：

望梁昭明松林

两江笳鼓竞分争，城郭全非草树平。

十里茂林无恙色，贵池今日祀昭明。

汪广洋见此时西军退走，而当地百姓怀念昭明太子，心想："文化传承，人心怀古，我辈当引导之，也不负圣贤所教。"乃将昭明太子故事说与常、廖二将细听。二人虽身为武将，亦同声赞叹道："啊，这可真是一位贤德的太子明君。"

汪广洋闻得二人之言，心中甚喜，乃不失时机地道："既然二位称赞贤太子，我想趁暂无战事之时，做点功德之事，请予以支持。"

常、廖二人忙问："先生有何要事？我等当尽力帮忙，不必客气。"

汪广洋向二人拱了拱手道："这一是请调三二十个军士，将太子坟好好修葺一下，并帮忙安个像样的碑，然后在墓旁建个茅舍；二是想借修坟之机，将昭明太子的故事大大宣讲一番，然后在附近找个乡间先生来茅舍，教当地一些顽童识字习礼。当然，这事由我出钱来办，不用你等劳心。"

常遇春道："这公益之事如何要先生一人承担？"廖永忠亦道："军费不可挪用啊，我们私人也帮忙凑点钱吧。"

汪广洋知道二人并无多余财物，忙摆了摆手道："二位误会在下之意了。军费岂能挪用？我只需借点人力和将军的虎威镇镇场子而已。至于用度，我还有点积蓄，先垫起开个头；以后的事，主要还要靠地方上去办。"

常、廖二人"啊"了声，点了点头道："如此积德之事，我等当然听先生的。"

得到军方的支持，汪广洋立即筹划并操作起来。指挥军士除草平地，培坟立碑，伐木筑墙，搭建房屋，忙得不亦乐乎。

数日后，太子坟茔一新，不远处也建起了一座草堂。汪广洋乃请地方里正乡绅，召集远近乡民千余人至坟前，祭祀叩拜，自己亲读祭文，并宣讲昭明太子功德，然后领大家至草堂道："读书明理，人之大事，有了知识才能改变命运。孩子是国家的未来，我用自己的俸禄，聘得当年在此主持学政的朱升朱大人高足吴先生，至此任教一年，希望大家将自己的孩子送来受教读书。哪怕读个一年半载，甚至一两个月，能识些字，都会终身有益的。"

众乡民闻言，一齐叩拜道："谢汪大人为我地方造福！"

此后，汪广洋暇时也常来草堂走走，看看蒙校的师生，方便时还亲上讲堂，挥鞭指教。

再说当时朱元璋刚回到应天，便接到徐达已将吕珍击走并收复了宜兴的捷报，方才放下心来。一边整顿军务，令众将操练兵马，一边命各处修城补廓，积草屯粮，以备征战。

次年，朱元璋见东西两境无事，乃决计南征。

于是，令李文忠率军一万，会同邓愈、胡大海南下，经昱岭关，攻取建德。沿途元兵纷纷逃窜，大军进逼建德城下。守将不花料难以坚守，乃趁夜色弃城逃去。

朱元璋接得捷报，心中大喜，乃改建德路为严州府，擢李文忠为亲兵指挥使，入城镇守。随即命邓愈西取婺源，打开入赣之路；同时命胡大海往略浙东诸州，并嘱留意人才。

胡大海首攻婺州，却屡攻不下。原来守将石抹厚孙乃处州守将石抹宜孙之弟，两州互为掎角，齐心抵抗，故胡大海屡屡不能得手。

谍报到了应天，朱元璋乃将徐达、汪广洋、常遇春等召回，聚众商议应对策略。有谓须增兵添将，有谓隆冬之际，不如息兵暂歇。

朱元璋心中本想率兵前去，又恐东张西陈趁隙起衅，反为不美，是以犹豫不决，于是问汪广洋道："汪先生有何高见？"

汪广洋道："在下以为，浙东之役，关系重大，不能迁延日久。还请主公亲自督兵前往，捷足先登才是。"

朱元璋闻言，很是高兴，道："先生之意与我暗合，我当亲往走一遭。只是这根本之地，还须顾及，不能有失。"

汪广洋道："金陵城高墙厚，民心已服。以徐达主军，李善长掌政，必万无一失。同时遣使主动与张士诚、陈友谅结好，便可安定一时，利我南征。"众人齐称有理。

朱元璋之意遂决，乃率兵五万，用常遇春为先锋，由宁国经严州，直奔婺州。

途中有和州士人王宗显求见。言谈之后，朱元璋见其甚有才智，且曾寄居婺州，此时又是从徽州拜访朱升过来，便心中一动，谓之道："我急于进兵，无暇西顾。今修书一封，命你前往徽州，向朱老先生讨教平婺方略如何？"王宗显道："在下即日前往，当不辱使命。"

大军来到婺州，胡大海等将朱元璋接入营中。参见已毕，胡大海将此军情详细做了介绍后，道："末将无能，耗去钱粮，空费时日，未能克敌拔城，请主公降罪。"

朱元璋道："敌内有坚城，外有声援，诚不易破，非你等作战不力，岂能怪罪？"遂与汪广洋、常遇春及杨璟等，在胡大海导引下，绕城一周，探察敌情，计议破敌之策。

依常遇春、杨璟之意，凭一股新来的锐气，以击婺州的疲惫之师，用不了多少时日，即可攻克此城。胡大海却道："在下久未拿下此城，皆因关键时刻，其处州有援兵到，我军常功亏一篑；今我大军至此，当分兵预阻其援，断了城内指望，那时才有可能成功。"

汪广洋眯着眼，静听着众人之言，然后慢条斯理地道："我大军云集，必能下得此城，诸位将军虽然均言之有理，但在下认为，并非十全之策。"

朱元璋闻言，立即问道："先生有何高见？"

"婺州长期未下原因，除有处州外援外，城内军民的坚决抵抗，实为重要因素。"汪广洋说着，不由自主地朝胡大海瞟了一眼，道，"据在下所知，我军在攻取建德时，沿途元兵纷纷逃窜，元将弃城夜遁。那时若严肃军纪，不扰百姓，善待已降，则城乡立定，军民可安，这婺州城下也不会遭到如此坚决抵抗了！"

朱元璋听汪广洋这样一说，顿时沉下脸来，叫了一声："胡大海！"

胡大海先听了汪广洋之言，已心内不安，今见朱元璋声色俱厉，慌忙站起来，结结巴巴地答道："有，有！末将在！"

"我早已三令五申，不得扰民，不许杀降，你身为方面大将，为何不遵号令？"

"这，这，末将无能，甘受军法。"胡大海连连叩头请罪。

汪广洋、常遇春、杨璟等见状，便一齐上前求情："胡将军虽有治军不严之罪，但眼下正是用人之际，还请主公开恩，让其戴罪立功。"

胡大海本是朱元璋从老家带出来的爱将，屡立战功，甚为倚重，此时不得已，只好做做样子。见众人讲情，朱元璋便借坡下驴："此次出兵，李文忠身为主将，当为此事负主责。虽是我的亲外甥，也不可轻易放过。"说罢，叫过身边的一个亲兵道："你飞驰建德，传我口谕：命李文忠整肃军纪，戴罪立功；如今后有乱军扰民之事发生，定斩不饶！"亲兵口称"得令！"便立即飞身上马而去。

这时朱元璋才对胡大海道："胡大海，今看众人之面，饶你不死。他日如再违令不遵，必当军法从事！"

胡大海得了性命，连忙答应声"是"，又磕了个响头，才爬起来，灰溜溜地站立一旁。

朱元璋见了胡大海窘相，乃借机再次严申军纪，开导众将："我等若掳掠百姓，滥伤人命，那与无道统治者何异？与山贼草寇有何不同？若杀降虐俘，岂不自树敌对，天下何时能平？"众人闻言，齐称："主公所言甚是。"

正议论间，左右来报："王宗显从徽州回来了！"朱元璋道："快快请进！"

王宗显见过朱元璋道："朱老先生近日偶感风寒，动弹不得，特命其子朱同前来回话。"

朱元璋忙问："朱公子现在哪里？"王宗显答道："就在帐外。"朱元璋连声道："快请，快请！"

朱同进入帐中，叩见朱元璋，道："小人父亲卧病在床，特命小人前来军中听用。"

朱元璋连忙问道："老先生是何病症，不要紧吧？"

"家父感受风寒十来天了。"朱同答道，"虽无大碍，但毕竟是六十来岁的人了，难以复原，实在不能前来，故命小人先来驾前效命。待日后病体痊愈了，当亲自前来谢罪。"

"不知老先生有何锦囊妙计，能助我破得婺州？"

"家父云：得民心者得天下。为今之计，一不杀降，二不扰民，自然军民悦服，群贤毕至，天下归心。"

朱元璋闻言，一拍案桌，大声道："好，好！一不杀降，二不扰民，英雄所见略同！汪先生也是这个意见，那就按此方案进行。"

于是，一面令胡大海、常遇春率兵团团围住婺州城，一面令杨璟率兵三万南下，扼守咽喉要路，以阻处州援兵；同时命王宗显、朱同写上千张告示，时时射入城中，晓谕城中军民人等：城破之日，不妄杀，不扰民；投降者免死，立功者受奖；开城迎降者不仅受重奖，还量才任用！

婺州守将石抹厚孙，探知朱元璋自率大军前来，乃一面日夜督兵防守，一面遣人飞报处州，请求发兵来援，想里应外合，以退敌军。哪知处州兵半路中了敌军埋伏，大败而归；这婺州城外，不仅天天有人高声劝降，而且还时时有告示射入。如此不过半个月，救兵败还的消息传至婺州，城内军心顿时大乱。

朱元璋看时机已到，乃挥军攻城。石抹厚孙提剑督兵，又勉强支撑了两三天，士气已是大大低落了。

　　东门裨将宁安庆，料此城已万难守住，乃于半夜遣都事李相缒城请降。朱元璋闻之大喜，当即允降，并厚赏李相，约其返城后即大开城门迎降。

　　五更时分，东门城楼上红灯晃了三晃，接着"吱呀呀"，城门大开。胡大海挥刀纵马，率兵拥进婺州城，"咚，咚，咚！"放起号炮；常遇春在后督兵继进，并令将士高喊："婺州城破啦，降者免死，抗拒即诛！"

　　守将石抹厚孙慌忙督军迎敌。那已是兵不由将，将难统兵，各自逃命。慌乱中，石抹厚孙被自家兵将挤落马下，践踏为泥。

　　是时，天色微明。失去主将，元兵更乱。好在大家闻得"降者免死"之言，乃纷纷放下武器，跪地请降。

　　日出之时，城中初定。朱元璋入得城来，再次传令不得妄杀一人，不得掠民一物，违令必斩！城中军民闻得此令，无不欢悦诚服。

　　欲知朱元璋下一步如何动作，请看下回。

第七回

行反间广洋报仇　从良策大海建功

话说朱元璋得了婺州，乃将其改为金华府，就委王宗显为知府，命朱同为通判。

休兵数日，朱元璋正欲率兵往攻处州，忽接到李善长密信，云陈友谅有东下动作，请速回应天，以早作准备。

朱元璋遂召汪广洋、常遇春、胡大海等密商去留进止。

常遇春道："大军到此不易，不如乘胜拿下处州，再回应天不迟。"

胡大海道："处州事小，末将在此可见机行事，早晚必能将其拿下，应天乃是根本，不容有失啊。"

汪广洋道："二位将军说得都有理，处州要打，应天更要保，当视情势而定。"

朱元璋问道："就现在情势，先生以为当如何决定呢？"

汪广洋道："当务之急，主公即刻赶回应天，这既可稳定人心，也示有所准备，使陈友谅不敢轻举妄动。其次这打处州的事暂且放一放，一来这里争战已久，军疲民贫，人心未附，暂时休养生息，才有利于再战；二来如陈友谅东犯，这里无战事，便可随时抽兵北往，断其后路，使其有所顾忌，不也很好吗？"

常遇春、胡大海闻言，连连点头道："先生所言极是。"

朱元璋亦道："汪先生所言正合我意，我们既修整待敌，又抚民蓄势，可谓左右逢源，立于不败之地了。"

朱元璋主意已定，乃召集众将佐，谓自己将回应天，特委胡大海为金华主将，常遇春为副将，且嘱咐道："金华乃越东重地。南有处州，守将石抹宜孙，能攻善守；西有衢州，守将宋伯颜不花勇猛多智；东部绍兴，为张士诚将吕珍所据，其坚忍不拔，能得人心。此三地与我紧邻，守将亦系劲敌。你等须同心协力，时机一成熟，便可趁间往取三郡。"

众将一齐称："是！"

才回到应天的朱元璋便得到军报，知水师主将俞廷玉率舟轻进遇伏，为天完安庆守将赵普胜射杀，心痛不已。

俞廷玉早在巢湖时便投奔朱元璋，屡立战功。今既为天完军所杀，诸将皆欲为之报仇，纷纷请战。

唯汪广洋道："此仇必报。但以目前形势，还不宜与天完军大动干戈，以免顾此失彼。"朱元璋道："先生此言，甚合我意。只是赵普胜那厮勇猛善战，将来必为我大害，要设法将其除之，才解我恨。"

汪广洋道："赵普胜勇而无谋，陈友谅贪而多疑，可用计离间，让其互相残杀，我可收渔人之利。"

朱元璋道："先生高见！若能借陈友谅之手，将赵普胜杀之最好；即使能让其互相猜忌，也能迟滞其东进步伐，亦于我有利。只是不知先生有何妙策？"

汪广洋道："有钱能使鬼推磨。可遣机敏之人携重金，往陈友谅那里，买通其左右，散布谣言，就说赵普胜恃功而骄，口出怨言，恨陈友谅不升其官，正联络人谋叛，要自寻去路。如此，则陈友谅必然生疑，赵普胜也会心中不安；两强相争，那就有好戏看了！"

一席话，说得大家连连点头。朱元璋问道："诸位，谁部下有伶牙俐齿之人可用？"

俞廷玉之子俞通海道："末将身边有一人，名唤赵盟，曾在赵普胜左右多年，与陈友谅手下人也有些熟悉。其父为赵普胜所害，甚为愤恨。主公若重用之，必有收获。"

朱元璋闻言欣喜道："如此甚好。"说着，命人取来千金，交给俞通海道，"你命其携此重金速速前往行事，许事成之后，大大有赏。"

俞通海道声："末将遵命！"便立即回营命赵盟按计行事。

却说赵普胜斩将立功，难免趾高气扬，便有人心中妒忌；再经赵盟暗中活动，三人成虎，陈友谅果然起疑，乃遣人假借徐寿辉之名去探虚实。赵普胜见了来人，侈谈战功，骄矜之色，溢于言表。

陈友谅得使者回报，便认定赵普胜有二心，乃带了重兵，乘船至安庆，只说与之会师，共同攻取池州。

赵普胜未识其诈，忙登舟迎接，便立被拿下。陈友谅只说了一句："查赵普胜图谋叛变！"左右便当即一刀，将赵普胜砍为两段。

陈友谅斩了赵普胜，命心腹张定边镇守安庆，自回九江去了。

消息传到应天，朱元璋以手加额道："此天助我也！"

汪广洋闻得此讯，亦喜极而泣，当即设了恩师余阙灵位，然后捧香祭拜道："恩师在上，徒儿使了个离间计，杀了仇人赵普胜，您的英灵升天无憾了！"

新年过后，朱元璋料中计的陈友谅近日不会东来，乃命胡大海图谋进取。

话说金华知府王宗显，送走朱元璋后，一面抚民众，劝农桑，积草屯粮；一面开郡学，聘硕儒，先后延得浦江名儒宋濂及叶仪、戴良等主持教学，使得因战乱日久而湮废的学宫里，始闻诵读之声，社会上也呈现一片祥和之象。

胡大海一接到朱元璋进取的手谕，便与众人商讨进军方略。

常遇春道："衢州夹在婺源与金华之间，我攻之易，敌守之难。末将愿率兵前往攻取。"

胡大海道："常将军之言甚合我意。主公临走之前，我曾私下向汪先生请教过攻战方略。先生也是这么说的，要先易后难，以打通金、婺间隔膜为上策。"

"既然广洋先生也是这个意思，那我常遇春更是信心百倍了。"

"好，那你三天后，悄悄兵发衢州，打他个措手不及！我自率大军随后接应。"

"是！"常遇春答应一声，即刻去做准备。

胡大海则一面遣人去婺源，请邓愈出兵，以分衢州心力；一面令杨璟率兵大张旗鼓南下，佯攻处州，实则扼守要路，以阻其援衢之兵；同时留耿再成镇守金华，兼顾各路；自己则整顿兵马，带上粮草，接应常遇春。

衢州元军守将宋伯颜不花，虽勇猛多智，善于用兵，但此时民生凋敝，军心不稳。忽闻敌军大至，将士已无斗志，百姓惶恐乱窜。

副将张斌料不可守，索性遣使约降，大开城门迎敌。常遇春挺枪纵马，奋勇当先，杀入城中。元军顿时溃散，各自逃命。

宋伯颜不花见大势已去，欲夺路出城，被常遇春拦住，慌乱中，才一交手，便被常遇春大喝一声，挑下马来，死于非命。

轻取衢州，常遇春很是高兴，乃重赏张斌，令其招抚降卒，同时出榜安民。衢州遂定。

衢州既下，处州益孤。

胡大海报捷应天，并请趁势攻取处州。朱元璋闻捷大喜，考虑处州重地，攻取不易，乃命汪广洋前往劳军，兼参赞军机。

胡大海见汪广洋前来，高兴非常："有汪先生相助，取处州易如反掌！"乃向汪请教道："处州兵强马壮，守将又坚忍不拔；该如何用兵，请先生为我筹划。"

"处州坚韧，攻取不易。"汪广洋道："应仿伐树法，勿求速效；而应先去其枝叶，再掘土刨根，自然事半功倍，水到渠成。"

"言之有理！那具体如何操作才好？"

"兵法云：上兵伐谋。"汪广洋道，"我军当一面广布告示，声明不妄杀，不扰民，投降免死，立功受奖，以先声夺人，乱其军心；一面遣得力人持重金，潜入处州、龙泉，策反劝降，伺机内应，同时分兵合进，稳健而行。将军之意如何？"

胡大海道："先生之计大妙！"乃命杨璟为先行，自率大军继进；又命耿再成兵发龙泉，遏敌援要路；而留常遇春镇守金华，以固根本，兼供应粮草。

处州守将石抹宜孙，见婺、衢二州相继失去，知敌军早晚将至，乃分兵遣将，坚守要塞，积粮备战；同时遣使入闽，联络请援。

龙泉守将胡深，早已闻得胡大海、常遇春的威名，又曾数次为耿再成所败；今见其率军大举前来，城中一日数惊，知军心已乱，城池难保，乃索性率众开城迎降。

耿再成未费张弓支箭，便轻取龙泉，当然高兴万分。为安抚城中军民，仍命胡深镇守龙泉，同时令朱同与己子耿天璧率兵三千，于险要处下寨，与龙泉互为掎角，以防敌闽、赣援兵到来。自己则率军前往处州，以配合胡大海行动。

石抹宜孙见敌军初至，乃开城迎战，却连战连败，只好退守州城，静待援兵。

胡大海见石抹宜孙死守不出，乃召诸将商量对策。有人主张强攻，有人主张死困；独汪广洋道："强攻伤亡太大，非为将之道，亦非王者之师；死困不仅空耗钱粮，旷日持久，且又恐生他变。以在下愚见，不如围三缺一，既易成功又可减少将士伤亡，岂不是好？"

胡大海闻言，连称："汪先生此计大妙，只可惜让敌军轻易逃遁了。"众将亦道："只是到嘴的肥肉吃不到不甘心！"

"围三缺一，只是表面现象。"汪广洋微笑道，"石抹宜孙内乏粮草，外绝救兵，其一见有生路，必然慌忙弃城而逃；我大军可于三十里外的石头岭设下埋伏，那里虽是通往福建的大路，但两山夹一沟，易进难出，虽不能全歼敌军，但可命耿再成在出口处以逸待劳，那时料石抹宜孙必是插翅难飞了。"

众人听得汪广洋如此这般一安排，连连点头，齐称："好计！"

再说石抹宜孙见外援久久不至，城中军民又尽皆惶惶不可终日，料处州万难守住，乃亲自在城头督兵防守，同时留心观察敌情。

这天夜里，石抹宜孙望见南门外敌营里灯火稀少，不觉心里一动："是敌情有变，还是诱我出城？"乃密令全军饱餐后听令行动，同时派出数人打探消息。

三更过后，探子回报："南门外只有少数灯火，敌军不多且无备。"石抹宜孙把牙一咬："无论如何闯出城去，逃得性命再说吧！"遂率了所部兵将，悄悄轻启城门，急溜溜地往闽中逃去。

胡大海闻敌军果然逃去，乃聚集人马，在后不紧不慢地追赶。

石抹宜孙率军来到石头岭后，两边山上伏兵突起，箭石齐下，胡大海则又督大军从后追杀。元军一见中伏，斗志全无，乱哄哄拼命逃奔。跑得慢的不是投降，就是被杀死。

不多时，天色大明。

石抹宜孙带着残兵败将正逃间，突然一声炮响，耿再成率精兵从半路截杀出来。那时敌军已是人困马乏，如何逃得脱？被耿、胡二军前后夹击，只落得非死即降。石抹宜孙知无法走脱，恐被擒受辱，乃拔剑自刎了。

胡大海得胜回城，宴请众将，亲自为汪广洋把盏，并伸出大拇指夸赞道："汪先生好计谋，一切皆如你所料，莫非你是诸葛武侯转世？"

汪广洋连连摇手道："将军不要取笑，此次大捷，一仗将军虎威，二是将士用命，在下出个小点子，怎当谬奖？"

众将亦齐声称赞："汪先生文武双全，智谋超群，不知得自哪位名师指点？"

"在下恩师是江南名士余阙！"谈起恩师，汪广洋是感慨万分，"恩师是元统年间进士，文武双全。曾官至浙东廉访司佥事，因不满官场腐败，数年后便辞职归隐，讲学授徒。红巾军起事后，又被起复为淮西宣慰副使，镇守安庆。终因寡不敌众，城破殉职。唉，实在可惜，可叹！"

说至此，汪广洋见众人均侧耳倾听，乃接着说下去，以宣扬师德："恩师不仅道德文章为世人所称颂，而且精通兵法，善于治军。先父慕恩师大名，将我送至其帐下受业多年，是以获益良多。譬如此次我说的围三缺一，就是恩师常教导的'围师必阙'，这是其儒学仁心的体现。俗话说困兽犹斗，何况人到绝境乎！你放敌一条生路，其就会斗志涣散，各自逃生，我就可以最小的损失换取最大的胜利；否则真蛮干强攻，虽杀敌一万，而自损八千，那于心何忍，又有何益？"

胡大海闻言，大为感叹道："真是听君一席话，胜读十年书！"

众将亦啧啧称羡：

"汪先生真是了不得！"

"名师出高徒啊！"

"难怪主公常把先生比作张良张子房，真能运筹帷幄之中，决胜千里之外啊！"

众人的夸奖，倒让汪广洋不好意思起来，乃站起来朝大家连连拱手，道："承蒙诸位谬奖，汪某如何敢当？"

衢、处二州既下，汪广洋便动身回应天复命，这天路经兰溪县西时，忽然遇雨，只得在一个名叫柳湾的村落暂歇。

入夜，春雨初停。只见一弯峨眉月挂在柳湾的上空，照得这越中山清水秀的景色，实在美极了，还有那纷纷上涌的鱼群，显示出无限的生机。戎马倥偬的汪广洋，在战争间隙中，得此良辰美景，心中大为快慰，不觉吟诗一首：

兰溪棹歌

凉月如眉挂柳湾，越中山色镜中看。

兰溪三日桃花雨，夜半鲤鱼来上滩。

欲知汪广洋赴京路上还有何见闻，请看下回。

第八回

孙总制礼聘贤才　刘伯温直言恶习

话说汪广洋怀着愉悦的心情，于次日继续赶路。一天下午，来到了歙、宣两州的界关丛山关。只见其处崇山峻岭，地势险要，一轮红日正从隘口缓缓西沉。那幽深的丛林中，还传出阵阵野鸡的鸣叫声。来到关前，只见石壁上有几个遒劲且光亮如漆的大字："丛山天险"。走近后细瞧落款，才知道原来是孙炎醉酒后题写的。汪广洋在这座空旷的雄关前，见到既是同僚又是好友的题壁，很是感慨，乃情不自禁地吟诗一首：

过丛山关观孙炎题壁

空翠深深啼竹鸡，丛山塞口日沉西。

数行大字光如漆，知是孙炎醉后题。

吟罢，信步登上关头。汪广洋举目眺望，只见云淡风轻，晚霞满天，山峦起伏，竹木青翠，暗香徐来，沁人心脾。不由得感叹道："大好江山美如画，但愿天下早太平！"

且说朱元璋接到汪广洋带回应天的捷报，当然大喜，乃命耿再成驻守处州，胡大海还镇金华，同时命礼聘龙泉章溢、丽水叶琛、青田刘基三位名士出山相助。

章溢、叶琛对朱元璋的所作所为，早有耳闻，今见礼聘，知道遇到了报国为民的机会，乃欣然应聘，前往金华。

胡大海得报，亲自出迎，并请与宋濂等相见，随即便上报应天，听候任用。只有刘基却聘未至。

青田名士刘基，字伯温，自幼聪明好学，智慧过人。十二岁便考中秀才，乡间父老皆称其为"神童"。十四岁入郡庠，从名师郑复初就读，博览群书，诸子百家，无一不窥。弱冠之年，便博学广智，精通经史，天文地理，兵法战策，无所不通。元统元年（1333），二十三岁时赴京会试，即得中进士。至元二年（1336）才被授为江西高安县丞，其勤于职守，执法严明，能体恤民情，且不避强权，是以常遭责难；因见朝政日非，天下将乱，乃辞官归里；人谓之文同司马相如，智比诸葛孔明，有经天纬地之才，其自己亦自命不凡。后方国珍起事，江浙大吏闻刘基大名，便屡次征用，其常托辞不就；至石抹宜孙守处州，更强征为府判。后逢母丧，乃趁丁忧之机，回归故里，从此托病坚辞不出。

朱元璋接得胡大海之报，一面命其将宋濂、章溢、叶琛等三人护送来应天，一面命人前往徽州，将朱升接来；同时令有司筑礼贤馆以待诸贤。

对于刘基却聘，朱元璋心中不解："闻得这刘基十分了得，为何不肯出山？"少不得私下与李善长、汪广洋等商议此事。

李善长道："也许刘基对主公还不甚了解，不愿匆匆前来；也许是仗着有几分能耐，要拿拿架子吧？"

汪广洋道："当今乱世，不仅君择臣，臣亦择君。刘基自负才华，未见真佛，当然不肯盲目就道；况且其为元朝进士，又曾出仕为官，不能不有所顾忌，须全面斟酌考虑，也在情理之中。"

朱元璋道："二位言之有理。那该如何办才好？难道要我学刘备三顾茅庐，亲自去请不成？"

汪广洋道："主公军务繁忙，且青田又在千里之外，而刘基也非孔明可比，岂须主公亲往？其既抱经世之才，亦必不肯终老田垄中，愚意遣一专使往聘即可。"

朱元璋问道："谁可为使？"

李善长道："解铃还要系铃人，此事非汪先生不可！"

汪广洋道："不，不！不是在下推脱，我与其并未谋面，更无交情，其怎会信我言语？但属下知孙炎与刘基交情素厚，若命其前往代聘，晓以大义，动之以情，必能成功。"

李善长道："先生高见！孙炎能言善辩，又与刘基交厚，必能完成使命。"

于是，朱元璋用汪广洋之言，任孙炎为处州总制，命其往青田去请刘基。临行再三嘱咐道："爱卿既早年便与刘基相交莫逆，此去一定要将其劝出山来，共图大业，勿负我望。"

孙炎稽首道："刘基自负甚高，但也并非是怀玉而没之人；其之所以屡不应聘，乃怕所托非人，有误终身。属下此去，凭三寸不烂之舌，必会使其倾心来归。"

"孙兄高见！"汪广洋道，"刘基乃智谋志士，非胶柱鼓瑟之人。其托病隐居故里，实乃静待天时与明主。老兄只需详述主公德政，并责以大义，其必会欣然出山。"

"但愿如此。"朱元璋点了点头，又谓孙炎道："爱卿此去，勿辞烦劳，更要有三顾茅庐的准备哟！"

"请主公放心，属下此去，定会不辱使命！"孙炎胸有成竹地上路了。

孙炎来到处州，向耿再成说明了来意。次日清晨，带了一个随从做向导，便直奔青田。

一路上，时或纵马飞驰，时或按辔徐行。午后时分，随从遥指前面一茂林处道："那里即是刘先生家。"

孙炎见已离刘家不远，心情一放松，便打量起四周景物来。只见这里山陵起伏，树木森森；溪水蜿蜒，清澈缓流；田野上，十几个农夫低头劳作；竹林间，三五只喜鹊鸣叫飞翔。孙炎不由得感叹一声："此处真是个修身养性的佳所啊！"说着，翻身下马，缓步徐行。

尚未来到庄前，便闻得屋内传来高昂铿锵的琴声。孙炎心中暗暗高兴："弹得好一曲十面埋伏！果真是身在茅庐，心怀天下！"直待琴声停止，屋内传来一声叹息时，孙炎才举手"当、当"轻轻敲了敲门环。

"谁呀？"里面传来略微有些苍老的询问声。

"一个不速之客，千里来访。"孙炎欢快而幽默地搭着话。

随着一阵脚步声传来，门"呀"的一声开了。孙炎看着身材修长，面容清瘦，两眼却炯炯有神的刘基，心中道："虽然鬓毛斑白，神情还似当年。"便满面堆笑并连连拱手道："伯温兄别来无恙！还认得小弟否？"

刘基睁大眼睛一瞧，顿时欢叫起来："哎呀！原来是孙兄驾到，恕刘某未能远迎，屋里请，屋里请！"说罢，便携了孙的手，进入厅堂，分宾主落座。

孙炎开言道："老兄在这青山绿水的清静环境中，读书吟诗，抚琴观云，过着桃花源式的田园生活，令人好生羡慕啊！"

刘基苦笑着摇了摇头道："老兄只知其一不知其二。远的不说，这里近几年更是战火纷飞。一时陈友谅杀来，一时方国珍兵至，直到前些时方才稍稍安定，但往后怎样，谁又能料到呢？"

"是呀，覆巢之下安有完卵！"孙炎见其一开口便上了正题，自己乐得跟进说辞，"所以刘兄就应及时出山，展吕望之才，以安民定国平天下啊！"

"孙兄见笑。在下有何大才安天下？不过是勉强做了两年县丞、御史罢了；后虽为帅府都事，也只是帮着当地平定了浙东一带的毛贼而已。想想都有些害臊，故而屡征不出，或旋出旋归。眼见到了知天命之年，能够躬耕田垄，落个寿终正寝足矣！不似老兄意气风发，胸怀壮志，鹏程大展。"

孙炎听出了刘基这怀才不遇之叹，乃趁机将朱元璋的现时情况，做了详细介绍，最后才说明自己的来意："吴国公久闻仁兄大名，故特遣小弟前来诚聘，请出山共图大事。"

虽然刘基先时曾婉拒胡大海之聘，今又见好友孙炎代吴国公前来郑重礼聘，便觉得是该好好考虑考虑，但自己必须首先摸清情况，才能再定行止。于是没有直接回答是否出山之事，而是问孙炎道："据孙兄适才所言，那吴国公确是个胸怀天下、大有作为的英雄人物了？不知老兄现居何职？"

"是啊，那吴国公举义以来，亲贤纳谏，严军纪，不扰民，伐无道，除凶暴，才几年时间，便在这江淮之间站住了脚跟，大有问鼎天下之势。小弟庸人一个，先在帅府为参谋，现忝任这处州总管之职。若老兄出山，必能大展雄才，安邦定国，留名青史。"

"吴国公帐下除老兄外，想必能人也不在少了？"

"是啊，文有李善长、汪广洋、朱升等智谋之士，武有徐达、胡大海、邓愈、常遇春等英雄之辈；至于如小可者，那车载斗量，不可胜数。"

刘基闻言，沉吟良久，不觉忽然立起，慨然道："我昔日游西湖时，见西北方向现奇云异彩，便认为千里之外有天子气，不久将有圣人出。如今吴国公应天顺民，举义兴兵，创业金陵，正应天子之气。我当出山助其一臂之力，倘能一统华夏，复国安民，也不负我平生之愿了。"

孙炎见刘基慨允出山，大喜过望，欣然道："以兄大才，此去必能如张子房辅汉高祖，建不世之功！"

刘基谦逊道："老兄过誉，小弟实不敢当。"

次日，刘基束装就道。临行，嘱妻子道："吴国公屡屡遣使诚聘，我不得不出。二子尚幼，烦卿督其勤学上进，不可荒废学业。待天下太平之日，我即回归故里，怡享天伦之乐。"

孙炎请得刘基出山，异常高兴，便当即陪同其赶往应天。

朱元璋闻刘基来了，大喜过望，连忙下阶恭迎，道："刘先生大驾光临，朱某深感荣幸！"

刘基道："在下蒙国公爷高看频顾，怎敢不效犬马之劳？"说罢，两人相视而笑，携手登堂。

朱元璋随即召李善长、汪广洋、朱升、宋濂等前来相见叙话，同时吩咐准备盛宴，为刘基接风。殷勤之至，不亚于刘备待孔明。

刘基由是感激，誓死报效。朱元璋与之谈经论史及咨以军政时事，见其应对如流，有理有据，清楚明白，甚合其心意，乃虚心请教："以当前时势，请先生为我谋划一可行良策。"

刘基摸着胡须，神色庄重地道："主公起兵举义，逐除鞑虏，应上天之意；今据金陵，北临大江，南依钟山，得地理形胜之利；奖励将士，安抚百姓，得军民之心。三者俱全，大事可成。然西有陈友谅，劫主握兵，时欲顺江来侵；东有张士诚，占富庶之地，借暴元之势，常存忘我之心。二寇不除，难以北定中原，完成一统大业。"

朱元璋听罢，连连点头道："先生言之有理，汪广洋原也有此高论，此即英雄所见略同吧。只是陈、张二人，势强人众，兵多将广，怎能剿灭？"

刘基答道："用兵当权衡缓急，贵在有序。张士诚一守财奴，无远谋，实不足虑；陈友谅心狠手辣，狂妄自大，当择时将其灭之，以除后患。陈灭则张孤，可依次剿除也。不过眼下趁周边暂安之际，我们当抓紧时机，休养生息，训练士卒，积草屯粮，以备征战。"

朱元璋闻言，不由得击案称赞："先生妙算，真吾之子房也！"

朱元璋见刘基果然智慧非凡，便将一个困惑许久的问题拿出来，向刘基请教："史上义军甚多，为何屡起屡灭，始终难以成事？先生对此有何高见？"

"虽然历代差不多都有义军起事，却鲜有成功者，在于其有九恶的通病。"

"九恶的通病？"这话从未听说过，朱元璋忙问，"哪九恶？"

刘基瞟了朱元璋一眼，略一沉吟，才一字一句地答道："一是不敬孔孟，乏治国之术；二是攻伐无度，实为流寇；三是时降时叛，猜疑无信；四是粮饷不足，不知养民；五是军无纪律，掠人财产；六是心胸狭隘，难以容人；七是将帅不知兵法，士卒缺乏整训；八是胜时争功，败不相救；九是彼此不容，滥攻内斗。"

朱元璋听着听着，初时色变，继而汗流。

此前，为倡导官员上谏，朱元璋设立执法议理司，任汪广洋、李胜瑞为执法都谏官。规定遇有政事失误处，都谏官即可持写有"执法议理"的白牌直言极谏。汪广洋为人谨慎平和，虽任谏官，也不轻易谏事。此时恰在一旁，深恐惹怒朱元璋及众将佐，便连连向刘基使眼色。心中早有准备的刘基，对此视而不见，继续侃侃而谈："九恶不除，虽称义军，实则草寇流贼，怎能成就大业！"

朱元璋是何等聪明之人，虽然听了逆耳之言，也知良药苦口利于病之理，竟然耐着性子，倾听刘基的高论。待刘基说完，朱元璋不但不怒，反而如获至宝，谓之道："刘先生这振聋发聩的高论，真是千古名言！我当力除九恶，尤其是重点严肃军纪！绝对要打造成一支王者之师，否则与流寇何异？"

汪广洋接口道："主公高见！虽然尊孔储粮重要，但军纪军规更应严格实行，才能得人心。得人心者才能得天下啊！近来浙西之战就是明证。"

众将佐到了此时，方才真正认识到原来军中存在的问题，是关系到事业成败的大计！不由得心悦诚服，尽皆频频点头，连连称是。

朱元璋向刘基拱手道："此后军旅征战，全仗先生筹划决策，元璋拱手领教。"

刘基也大为感动道："蒙主公如此信任，属下岂能不效犬马之劳？"

朱元璋得浙西四杰来辅，很是高兴，乃委宋濂为儒学提举，并为儿子朱标等兄弟几个讲经授业；委章溢、叶琛为营田司签事，以管钱粮税收；唯留刘基参赞军机，言听计从，依为军师。

欲知得刘基后朱元璋如何动作，请看下回。

第九回

汪广洋建言献策　陈友谅弑主称帝

话说汪广洋见应天已是人才济济，文武齐备，兵精粮足，唯待时而动，考虑到野战的需要，乃谓朱元璋道："昔日蒙军天下无敌，一是仗铁骑驰逐，二是借大炮扬威，故而西征万里，灭国数十；南侵中原，占我华夏。主公今欲驱逐鞑虏，恢复中华，早晚与其必有一场恶战，这就不能不预先有所准备。"

朱元璋点头道："先生深谋远虑，此言甚当。只是当如何着手呢？"

"这除了严明军纪，亲贤爱民外，愚意眼下应办理两件事。"汪广洋伸出两个指头道，"这两件事不难办，故而应尽快办，办好了就足以与元廷抗衡了。"

朱元璋闻言忙问："哪两件事？请爱卿大胆陈述，不必忌讳。"

"一是要召集能工巧匠，依样画葫芦，制造大炮。"汪广洋道，"有了大炮，既可惊杀蒙骑，又可攻城击舰，同时还能振奋军心，威慑敌胆！"

李善长点头道："汪先生博古通今，若有了大炮，那攻城杀敌就容易得多了。"说着挠了挠头，把手一摊，"只是没有现成的样子，工匠们如何制造？"

朱元璋亦道："是呀，没样子，如何造得出来？"

汪广洋微微一笑，从袖子里掏出一张纸，指着上面道："请看，这就是属下画的大炮样式。"

二人闻言，伸头一看，只见差不多是一高一矮的板凳上，架着一节长长的巨竹筒。

朱元璋似信非信地道："这就是大炮的模样？"

李善长亦问道："汪先生，你这是哪里学来的？"

"说来话长。"汪广洋笑了笑道，"这都是先师余阙密传在下的。随后我入京会试，便留了个心眼，常装作散步，路过兵营旁，或登高远眺，终于有机会见到了实物，便仔细观察测度其长度粗细及各部比例，并默默追记，使之烂熟于心。因打算今天说事，故而我昨晚才绘成了此图。"

朱元璋闻言赞叹道："先生真是个有心人！"

李善长躬身一揖道："先生真是个高人！不仅心灵手巧，而且高瞻远瞩，未雨绸缪，实在是高！不过你这没标具体尺寸，如何叫工匠们制造？"

"先生客气了！"汪广洋赶忙恭恭敬敬地还了一礼，"这没标尺寸，主要是怕失密，而且还要在具体制造中摸索，才能恰到好处，才能成功。不仅如此，在下认为，在今后的研制中，还要注意保密，即使自家人也尽量分开制作和试验，以后才能出其不意制敌于死地。"

"先生真诸葛再世，鲁班重生！"朱元璋得了汪广洋这个高招，心中大喜，乃道："既如此，那就请李先生统筹安排有关事宜，请汪先生负责监制。成功之后，必当重重嘉赏！"

汪、李二人同声道："属下遵命！"

"好，好！"朱元璋转头问汪广洋，"你说的那第二件呢？"

"第二是加速组建骑兵。"汪广洋不紧不慢地道，"但巧妇难为无米之炊，这马匹是最重要的。自古道：有钱能使鬼推磨。主公只需差妥帖人怀揣重金，悄悄往北方收购便了。"

"对，对！先生言之有理。"朱元璋经汪广洋提醒，立即感到此事的紧迫，"那就从现在起，我们立即行动起来！李善长，命你遣得力之人收购马匹，并速速召集匠工。"

李善长爽朗地答应一声："得令！"

"虽然战马以公马为好，但那是指战时。"汪广洋见朱元璋立即采纳了自己的建议，很是高兴，又接着道，"目前我们以购母马最适宜！因为有了母马就有了繁殖的本钱，哪怕价高很多，都是划算的。"

"先生深谋远虑，面面俱到，非常人能及。"朱元璋由衷地称赞道，"只是恐一时难买到许多。"

"谢主公谬奖！"汪广洋道，"眼下我们只是准备阶段，买到多少算多少，慢慢来，何况也还可以四下里搜罗一些。有了相当的战马，就可在这南方征战中用上，权当练兵，一举两得。"

"先生言之有理。兵要常练，马也要常驯，才能上得战场，打得胜仗。"朱元璋对汪广洋的说法很赞同，又问："先生还有哪些高招呢？"

汪广洋干咳了一声，清了清嗓子方道："属下确实还有一个建议，只是牵涉面大，目前恐难以实行，故未上献；既然主公问起，属下敢不尽言？那可是个长久的根本大计啊！"

"还有个长久的根本大计？"朱元璋似信非信地自言自语着。

"对，是个长久的根本大计！即朱升先生所说的广积粮。"汪广洋干咳了一声，清了清嗓子，继续道，"老百姓之所以造反，都是因饥寒所逼；军队打仗要粮草，皇帝也差不动饿兵啊！兵荒马乱，民众流离失所，土地抛荒，哪里搞到粮食？所以除了让老百姓安居乐业外，属下以为要采取汉时赵充国军垦屯田的策略。使之亦兵亦农，战时为兵，闲时为农；做到种田收谷，就地筹粮。这样就可少扰或不扰民。生产发展了，老百姓徭役减轻了，粮食丰收了，才能筹到粮，才真能广积粮。同时军队有事做，生活也好了，既避免无事生非，又能以逸待劳，养精蓄锐，岂不是一举数得？主公以为属下此议如何？"

"好，好！"听了汪广洋一番宏论，朱元璋两手一拍，连连称赞，且道，"这的确是个长久的根本大计！等到那天下一统了，亦不失为安邦定国的好策略！妙，妙！"

汪广洋见自己的意见得到朱元璋的认可，心中无限畅快："此议得行，利国利民，也不负我平生所学，但真正行动起来，也不是那么容易。"乃继续建言道，"属下虽有此议，但还要主公立意坚定，同时也要将佐们理解和支持才好施行。"

"对，对！这一项虽要紧，但急不得。"朱元璋点头称是，"要待机而动，稳步推进，欲速则不达嘛！"

汪广洋衷心赞道："主公英明！"

朱元璋听了刘基之言，又接纳了汪广洋的建议，乃决心从整顿军旅开始。于是与李善长、徐达、朱升、刘基、汪广洋等熟商后，设大都督府，并正式确立军规二十二条，同时在南京设刑台，公开斩了二十多名犯事军官，从而震慑全军。有了自上而下完备的军事制度和条令森严的军规后，全军面貌为之一新。

当朱元璋正在整兵积谷、养精蓄锐之时，陈友谅则挟徐寿辉大举东进了。

徐寿辉，湖北罗田人，原是个布贩，经常被元朝的官吏勒索，因此心怀不满。当至正十一年（1351）刘福通率义军至罗田时，徐寿辉便率乡民加入红巾军，手下先后聚集了倪文俊、陈友谅、彭莹玉、邹普胜、丁普郎、赵普胜、傅友德等一批战将，并攻克黄州和浠水，不久便在浠水称帝，年号"天完"。其在"大元"两字的上面，分别加上"一"和"宝盖头"作为年号，意为压大元一头。

后来，徐寿辉部下大将、镇守安庆的赵普胜被陈友谅诱杀，接着彭莹玉战死，丁普郎、傅友德又投靠了朱元璋，是以徐寿辉势力渐弱。是时，身为丞相的倪文俊便欲取而代之，密谋叛变，却不料谋泄而失败，只好仓皇逃到黄州，想借原部下陈友谅的势力卷土重来。哪知渔民出身、曾为县吏的陈友谅心狠手辣，狡猾多智，见老上司失势，便也翻脸不认人，趁机将其杀死，并吞其部众，于是实力大增，便取代了倪文俊的位置，掌握了天完的实权。

徐寿辉几经折腾，声势更弱，差不多成为了傀儡，当然也不甘心。自思南昌守将胡廷瑞、赣州守将熊天瑞乃自己心腹，且均手握兵权，便欲迁都南昌，好与陈友谅抗衡。

陈友谅洞知徐寿辉心事，本想硬行拦阻，转念一想，乃道："迁都事大，要做多方准备，起码要建造宫殿吧，待微臣筹划。"

徐寿辉急于摆脱陈友谅的控制，便道："非常时期，不宜大耗财力民力，只减省着办，修葺修葺就行了。"

"遵旨！"陈友谅答应一声，"微臣即日就前往南昌传旨，命胡廷瑞从速准备，并沿途视察下军务，做到两不误。"

徐寿辉本想让亲信人前往南昌督办，今见陈友谅主动前去，只好道声："那就有劳元帅大驾了！"

陈友谅到南昌说明了来意，随后便把胡廷瑞大大夸赞一番，并与之称兄道弟，又私下赠与许多金银珠宝。

胡廷瑞见陈友谅如此相待，倒弄得受宠若惊，道："属下何能何德，受元帅如此恩惠？"

陈友谅轻声道："主上奢侈昏庸，不惜军民财力，大兴土木，此时又要迁都，而对下又吝啬不恤，让我等如何活？这是为兄积攒的一点小意思，送给贤弟，不成敬意。我们兄弟们好自为之，以待天时吧。"

对于这明显的拉拢，胡廷瑞当然明白。但转念一想，徐寿辉虽是自己的旧主子，可现在已经是空头皇上，能说不能行；而陈友谅却手握实权，又有大将张定边、张必先、邹普胜等支持，谁敢不听其言而自找倒霉？乃知趣地奉承道："蒙大帅不弃，末将自然唯命是从。"

安顿好南昌这边，陈友谅又遣次子陈理带上千金，前往赣州拉拢熊天瑞，自己则转道江州，与心腹张必先密谋一番，才回武昌向徐寿辉复命，道："南昌胡廷瑞已将衙门腾出，不过月余时间便可修茸一新，作为陛下的宫殿使用。"

徐寿辉闻得不久就可迁往南昌，心中大喜，连连谓陈友谅道："元帅办事雷厉风行，有劳了，有劳了！"

陈友谅嘴上连称不敢，心中却暗暗好笑。

不过月余，陈友谅谓徐寿辉道："陛下，南昌宫殿想已修茸完毕，微臣请圣驾择日起程如何？"

徐寿辉闻言，高兴万分，道："那当然越早越好！三日后如何？"

陈友谅道："后天正是黄道吉日，这两天收拾东西也还来得及，微臣现在就去调十只大船听用。"

届时，十只大船浩浩荡荡向东而去。邹普胜率第一只船开路，徐寿辉带着家眷及众亲信在第二只船上，陈友谅的第三只船紧随其后，其余船只依次鱼贯而行。

这天来到江州，张必先与从安庆赶来的张定边率众伏地相迎，请徐寿辉入城歇息。徐寿辉不知是计，将大军留在城外，自己带亲信卫队数百人坦然而入。

张必先将徐寿辉、陈友谅请上大堂，盛宴款待。张定边便在城外掌控并犒赏大军，而邹普胜则将徐寿辉的卫队安排在府衙旁的酒馆中欢饮。在江上颠簸数日的人们，早已疲惫不堪，见了酒食，自然开怀畅饮，尽情欢饮取乐，深夜方罢。

第二天，日上三竿，徐寿辉方才悠悠醒来。唤呼左右，竟全是陌生面孔，不觉大骇！乃壮着胆子道："有请元帅！"

少时陈友谅入内觐见，徐寿辉问道："朕身边的人呢，为何一个不见？"

陈友谅奸笑一声道："闻得南昌那边宫室出了点问题。臣见陛下酒醉，不敢惊动，便自作主张打发御林军前往处置了。"说着又补充一句，"这边龙驾的护卫，就由臣负责了。"

话说到这份上，徐寿辉自知着了陈友谅的道，但这里是他的地盘，自己已是光杆一个，怎敢发作？

数日后，徐寿辉趁陈友谅来见时，试探着问道："南昌那边情况如何？我等何时启程？"陈友谅道："南昌那边看样子还早得很，我看陛下就安心在这住下来，把这暂当国都吧。"徐寿辉一听，愣了半晌，方徐徐道："那暂回武昌旧都如何？"

陈友谅道："也好，那臣立刻命犬子陈理赶紧将原宫殿修葺一下备用。"

这都是堂堂正正的理由话语，徐寿辉无法反驳，只好点头道："就依爱卿所奏。"

无何，张必先、邹普胜等联名上奏："元帅陈友谅劳苦功高，军民敬仰，宜加封为汉王。"徐寿辉此时已是傀儡，形同囚禁，怎敢不从？于是封元帅陈友谅为汉王，都督天下兵马，总理朝政，得专征伐。

至正二十年（1360），陈友谅见自己地位稳固，兵精粮足，乃亲率水陆大军三十万，并挟持徐寿辉，沿江东下，来攻太平。

朱元璋接到消息，正拟遣将前往增援，忽有谍报飞来：太平失陷，守将花云、朱文逊及知府许瑗等城破殉难。原来连日大雨，江水暴涨，陈友谅督船急进，便迅速攻破了城池。

陈友谅轻取太平，自以为上天眷顾，乃急谋称帝。经过两天秘密准备，闰五月初一这天，陈友谅以请徐寿辉至采石矶的五通庙拜神为名，将其骗入庙中。

两人才一入庙，陈友谅便做了个手势。就见一个提着铁锤的随从过来，"砰"的一声，立即将徐寿辉的脑袋打得粉碎。这个起事称帝十年的义军大首领，终于抱恨归天。

外面风雨正骤。陈友谅则在五通庙大殿的血泊中登基称帝，定国号为"汉"，年号"大义"。群臣弃旧迎新，山呼"万岁"，拜舞称贺。

陈友谅既称帝，便一面大封功臣，封邹普胜为太师，张必先为丞相，张定边为太尉，其余将佐尽皆升赏，并犒赏三军；一面遣使约张士诚会攻金陵。

朱元璋闻得陈友谅杀主称帝，料必将进犯应天，乃聚众谋士及心腹将领计议应对之策。

众人闻敌军势大，大多主张暂避风头：或云走据钟山，凭险而守；或谓渡江前往滁州一带，与小明王互为掎角；但也有人摩拳擦掌，欲率兵迎头痛击。

大将徐达道："敌大军远来，人多粮少，利在速战；我军凭坚城固守，待敌粮尽退走时追击之，必能大获全胜。"

汪广洋道："徐将军所言甚是。放弃应天，人心浮动，于大局不利；况且陈友谅弑主自立，人心未稳，不足惧也；我军同仇敌忾，大可与其一战！"

李善长道："与其退避江北，不如调江北兵往袭安庆，使其有后顾之忧。"

朱升道："对，还可飞调胡大海往攻信州，牵制陈友谅后路，使其首尾不能相顾，我即可从容破敌。"

汪广洋道："对，其一路来，我数路去。只要我们这里坚守一段时间，陈友谅就会七处冒火、八处冒烟，阵脚大乱，必然败走。"

刘基倾听着众人议论，半晌不语，至此方道："言走避者，尽皆误国之言！敌军远来乏粮，更兼地理不熟；而我城坚心齐，其能奈我何？若其贸然轻进，山人我略施小计，以逸待劳，必能大破之！"

朱元璋闻言大喜，道："军师所言，正合我意。就请排兵布阵，以却强敌。"刘基摇头道："现在还有一机密事要做，派兵尚早；请主公下令众将整顿军马，随时听调就是。"说着，对朱元璋附耳密语几句。

朱元璋听罢，道："好，好！一切听从军师安排就是。大家各司其职，不可懈怠。"随后又问了一句："诸位还有何妙策好计，尽可献出。"

汪广洋道："虽然大家所言甚当，但在下认为还有一个大大的疏漏之处，须尽快加以弥补好，才能万全。"

欲知汪广洋有何说辞，请看下回。

第十回

汪洪波智拆连横　康茂才奉命诈降

话说朱元璋本对刘基的安排很是满意，今猝然听汪广洋说还有一个大大的疏漏之处，很是意外，乃道："请先生说出来听听。"

汪广洋不慌不忙道："诸位所言均为有理，但却忘了东面的隐患。孙子兵法云：'上兵伐谋，其次伐交'。陈友谅此来，必有联合张士诚之意。我等当急遣人往说张士诚以为我所用，起码也要让其保持中立，以免我方陷入两面作战的困难境地。"

朱元璋闻言大悟，连连点头道："张士诚素与我为敌，若其与陈友谅联盟，对我东西夹击，确实为害不小！只是何人能去说服张士诚呢？"说罢，环顾四周并不由自主地挠了挠头。

此言一出，人们顿时窃窃私语，均知道这是此役关键的一着，但谁能担当说客的重任，大家心里都没有数。解铃还须系铃人，一些人便向汪广洋投来询问的眼光。

胸有成竹的汪广洋知道大家没主意，便向朱元璋拱了拱手，道："主公，属下毛遂自荐，到姑苏去一趟如何？"

"当下时局凶险，张士诚又非善良之辈，一旦有变，恐于先生不利，如何是好？"

"情况紧急，军情瞬间万变，属下岂能顾及自身安危？大不了没说动他，把我一刀杀了，但这可能性不大，而是很可能将我押送交给陈友谅。"汪广洋停顿了一下，又接着道，"我若见了陈友谅，则别有说辞。反正即使不成功，我也可让他们犹疑一番，为我们这里备战，多争取点时间也好。"

汪广洋的话让所有人都大为感动，纷纷点头示意，投去赞许的眼色。

朱元璋道："既然先生舍身前往，我也不能吝惜钱财，可多带些珍宝去。张士诚商人出身，轻义重利；看在孔方兄的份上，纵然其事不谐，也可能对先生网开一面。"

汪广洋站起来，一躬到地："谢主公看重。只是事不宜迟，属下这就动身，连夜赶往姑苏。"

朱元璋道："好！早去早回！祝你马到成功！"说罢，便叫左右："快准备奇珍异宝，随汪先生前去。"

汪广洋唯恐陈友谅占先，遂星夜向东飞驰。

一到姑苏，汪广洋便重贿门官，见到了张士诚。

张士诚端坐殿上，待汪广洋拜罢，方懒洋洋地问道："先生来此何事？"

汪广洋双手将珠宝举过头顶，道："奉吴国公之命，特来献宝，敬请两家修好。"

张士诚冷笑一声："是陈友谅叫你来的吧？"

"两家修好是吴国公的夙愿，小可数年前不是就来朝见过大王的吗？此来与陈友谅何干？"

"说是修好，每次都是打打杀杀结束。老实说吧，得知陈友谅大举而来，老朱吓坏了，才叫你来讨救兵吧？"

"大王虽是聪明透顶，但也只猜对了一半。"

"此话怎讲？"

"陈友谅大举而来不假。但这所谓讨救兵嘛，既是吴国公自救，也是救大王您哪！"

"嘿，嘿！"张士诚又是一阵冷笑，"老朱已是火烧眉毛自顾不暇，还说救本大王，本大王要他来救？笑话！"

侍立一旁的罗贯中朝汪广洋微笑着点了点头，接口道："汪先生，请把话说明白点。"

"话不说不明，理不点不透。"汪广洋回了一个微笑，侃侃而谈，"当下形势，如同当年的三国赤壁之战时。陈友谅弑主自立，仗着兵多将广，顺江东下，犹如曹阿瞒；我们两家就如孙、刘了！如不结盟自保，共抗强敌，则唇亡齿寒，就有被其各个击破的危险了。"

听了汪广洋之言，罗贯中点了点头，怀着敬意地朝着汪广洋的大号道："洪波先生的比喻很有道理。"

张士诚却忽地沉下脸来："你不要危言耸听。陈友谅此来是要攻取金陵，你不要扯上本王；本王背靠的是大元，量陈友谅不会也不敢打本王的主意。"

汪广洋微微一笑："陈友谅当前不仅不会打大王的主意，还会像当年的曹操对孙权那样说的'与将军会猎于吴'。不日他就会来请您出兵会攻金陵的。"

张士诚诧异问道："你如何知道？"

"时势如此，谁能不知！"汪广洋说罢，环顾四周，点头示意。

罗贯中、施耐庵等闻言，均频频点头。张士诚也嘿嘿一笑："你知道就好！"

"在下不仅知道这，还知道陈友谅接下要吃掉的就是您，大王。"

"他敢！"

"他有什么不敢的！当年他扶徐寿辉称帝，改元天完，就是要压大元一头；如今杀徐自立，改称大汉，要恢复汉室江山，更是与大元势不两立。大王现为元臣，他不是接着先吃掉您，夺了这天下粮仓，一统南国，断了大元一臂，还会匆忙去取大都？留着你抄他的后路吗？"

汪广洋一席话，说得张士诚汗流浃背，半晌作声不得。正尴尬间，门官来报："陈友谅遣使到来，立等觐见。"

张士诚闻报，一时不知所措，不由自主地瞟了汪广洋一眼。

汪广洋立即站起来，一拱手道："大王贵客到，在下先行告退。"张士诚把手一挥，左右便将汪广洋带下去回避了。

汉使大踏步来到殿中，朝着当中宝座上的张士诚一拱手道："大王请了！外臣奉汉帝之旨前来，商量合兵夹击金陵之事。"说罢，将书信呈上。

左右接过，呈于案桌之上。张士诚见使者大咧咧而来，已是不悦；又见其口称帝旨，心中更是无名火起，却待发作，转而一想："这厮地广兵多，得罪不起，还是小心应酬为妙。"乃漫不经心地瞟了一眼来书，便谓来使道："承蒙你家主上看得起，来约夹击金陵，只是治下灾难频作，粮食歉收，且本王近日有恙在身，发不了兵啊。"

汉使见张士诚婉转回绝，当然不肯罢休，乃口若悬河地来了一通说辞。无非就是朱元璋不堪一击，若两家联手，必能将其灭了，那时再平分其地等话。

张士诚本是个无利不起早的人，加上回味刚才汪广洋所说的话，两下一比较，便心中盘算着："陈友谅既称帝，我已是矮了半截，难道要向他称臣？朱元璋还算识相，只称个吴国公，论起来我还胜他一筹。也罢，姑且两不得罪，任他们鹬蚌相争，我且稳坐钓鱼台，来个渔翁得利吧。"便回话道："既然姓朱的不过如此，你主自然胜得了他。我这边出兵的事，待过些时日再说吧。"

当汉使退出后，汪广洋便出来复见张士诚道："大王，小可见识如何？陈友谅遣使到来，是约你夹击金陵，平分其地吧？"

张士诚道："这当然是明摆着的事。同是义军，何必互相争战？你们两家能罢兵最好；如不然，我也不偏袒哪边。"

汪广洋见张士诚如此说，心中大喜，便顺着杆子奉承几句，以坚其心："大王高见！大家不好好过日子，何必自相争斗？我家主公也是这样想的，故而特遣在下前来问候大王并永结盟好。"

张士诚见汪广洋谦辞恭态，心里受用多了，便道："好，好！既如此，我们两家就永结盟好，互不侵犯。"

汪广洋见此行目的已达到，便满心欢喜地告辞，星夜往回赶。当经过太湖边时，见到湖水茫茫，波浪滔天，吴歌夜唱，风雨潇潇的吴地水乡美景时，联想到自己圆满地完成了这次使命，心中无限快意，不由得诗兴大发，口占一首：

东吴棹歌

太湖茫茫水拍天，吴侬只惯夜行船。

《竹枝》歌罢灯将灭，风雨潇潇人未眠。

汪广洋一路马不停蹄赶回应天，将出使平江的见闻和结果，向朱元璋详细做了禀报："陈友谅那厮果真遣使去邀张士诚，欲来个东西对击；幸好属下早到半日，以当年三国赤壁之战的时势说事，终于说动其君臣，拒绝了陈友谅。临行，张士诚指天发誓，亲口答应两家永结盟好，互不侵犯。"

朱元璋闻得张士诚回绝了陈友谅，保持中立，那一直悬着的心，终于放了下来。对着汪广洋拱了拱手，道："先生果有诸葛之才，舌战姑苏，拆散了陈、张联盟，真是首功一件！"

汪广洋谦逊道："此乃主公洪福所致，属下何功之有？只是不知近日陈友谅有何动作？"

刘基接口道："据探马来报，太平方面并无动静，想是坐等后援到来时，再与我决战。"说罢，转过头来谓朱元璋道，"主公，既然东边威胁解除，那我们就全力对付西边；趁其后援未到之前，与之决战，则更有把握将其击溃。那时其后援纵然来到，也就自然无用了。"

"对，对！军师所言，正合我意。"朱元璋闻言很是兴奋，"那就请军师调兵遣将，择日破敌。"

刘基道："既如此，那山人连夜筹划，尽快发兵。"说着，谓汪广洋道："请问汪先生还有何高见？"

汪广洋谦逊道："鄙人哪有什么高见。只是依当前形势看，最好想个法子，叫陈友谅不等援军到来，便仓促上阵，送上门来，那我们以逸待劳，就更有胜算了。"

刘基微笑着轻声道："英雄所见相同。山人日前已与主公商量过，必要时可遣人诈降，诱其冒失前来，如今可真用得着了。"

汪广洋惊喜道："那得赶快进行！若待其全军大至，就麻烦了。不知当今的黄盖为谁？"

刘基点头道："对！得赶快进行。"转而谓朱元璋道，"那请主公现在就命康茂才按计行事吧。"

朱元璋连连说好，便立即将康茂才召入道："你既与陈友谅相知，现遣人前往诈降，让其速速率兵来袭能行吗？"

康茂才道："行！我家有一个心腹老丁，曾在陈友谅身边侍候过，且善于言辞。若遣其前往，陈必然深信不疑。"

朱元璋见康茂才慨然应允，心中大喜，忙拿出白银一百两，道："交给老丁，叫其按军师所授计谋而行。此关大局成败，事成之后，还重重有赏。"

刘基见康茂才连连点头称是，乃拿出降书底稿，叫其抄了一份，然后又附耳交代一番，方才叫其回去速速行事。

再说汉使回到太平。陈友谅闻得张士诚不愿出兵，顿时大怒："盐侩不来，我就不能拿下金陵吗？到那时，哼，再与他算账！"说罢，便聚众计议进兵。

张定边道："张士诚不来，我军兵力不足，还须多调一些兵来，方有胜算。"

邹普胜道："陛下初登大位，不如暂回江州，待诸事安稳后，再发兵东征不迟。"

陈友谅道："若此时回师，岂不遭那盐侩耻笑？况且好不容易得了太平，如若回师，太平岂不得而复失？不趁有此立足之地进军，更待何时！"说罢，回过头来问张必先道："丞相之意如何？"

张必先瞟了陈友谅一眼，不紧不慢地道："微臣以为，金陵城池坚固，朱元璋善于用兵，我等不可掉以轻心；当今之际，应该一面在此整顿军马，一面飞调国中大军前来助阵，到时合兵齐进，才可一举拿下金陵。"

陈友谅闻言，连连点头道："此乃两全其美之计！就晚几天进军，也不怕那朱和尚飞上天去。"

正议论着，忽门官来报："金陵故人有机密事求见！"陈友谅闻金陵故人有机密事，心中一动，便道："且唤其进来！"

老丁一进来，自然跪下叩头，高呼："万岁，万岁，万万岁！"

陈友谅见是老丁，满心欢喜，忙道："果然是故人，平身，平身！赐座。"

老丁又叩了一个响头，方才起来："我一个下人，能见到皇上已是三生有幸的事，怎敢落座？小的还是站着自在。"

陈友谅闻言笑了笑，问道："你现在何处高就，找朕有何机密事奏闻？"

老丁答道："小的现在金陵混饭吃，今有人命我前来。"说着，左右看了看便不语了。

陈友谅见状，便挥了下手，待左右退出了，老丁才从贴身处掏出一纸，双手呈上道："康公有密信在此，请陛下御览。"

　　陈友谅正为进军之事急躁，一接到康茂才的降书，欣喜若狂，以手加额道："天助我也！"乃问老丁："康公现在何处，如何接应？"老丁答道："现在离金陵不远的卢龙山下的龙湾守着江东桥。陛下去时，只需一个暗号，康公便可立即倒戈接应。"

　　陈友谅闻言甚喜，乃赐以金银及酒食，令其速回，道："你速回禀康公，我到江东桥时，三呼'老康'为号，即请其倒戈，不可误事。"

　　老丁道："小人记下了。不过陛下发兵，要越快越好。"

　　"为何如此急迫？"

　　"康公已奉命将于三日后渡江北去，为大军撤退预先做准备。若去晚了，康公一去江北，良机就失去了。"

　　"既如此，寡人连夜调兵遣将，明天即可出发。"

　　"那就最好，可趁乱袭击，一战成功。小人这就星夜赶回，请康公准备接应便了。"

　　欲知陈友谅是否中计，请看下回。

第十一回

陈友谅兵败龙湾　汪广洋谋袭江州

话说陈友谅性情急躁，利令智昏，见了康茂才的一封诈降书，便欲聚将派兵。

大将张定边久经战阵，熟知兵法，乃谏道："仅凭康茂才一信便仓促发兵，恐怕不妥，须防有诈。微臣以为待大军聚齐时，并力前往，才能万无一失。"

邹普胜亦心存疑虑，劝道："太尉所虑极是。陛下初登大宝，万事小心为妙的好。"

陈友谅见张、邹二人一齐劝谏，登时不悦道："你等也太小心了！我大军压境，金陵已是慌乱，不趁康茂才来降这好契机出兵，更待何时？"

张必先见陈友谅固执己见，乃出来打圆场道："闻我数万水军已到安庆，一两天便至，可飞骑催其速来接应，也就是了。"

陈友谅闻言，方才欢喜，于是传令："明天将一切准备就绪，后天一早，水陆两军，一齐出发。这样各方面都能赶上并衔接起来，就万无一失了。"

陈友谅急不可耐，越日便亲率水师顺流而下。数百艘船舰，偃旗息鼓，鱼贯而行，次日中午，便冒冒失失来到龙湾江东桥，连声呼叫："老康！老康！老康！""康茂才！康茂才！"哪知四周静悄悄的，竟无人答应。

此时，陈友谅方才怀疑被骗。但事已至此，心有不甘，乃仗着人多势众，仍令士卒离船登岸，上卢龙山扎营，意欲待大军齐集，再杀往金陵。

是时盛夏酷热，烈日炎炎。挥汗如雨的将士上岸后，纷纷钻进丛林和一些看似被人遗弃的草棚中去避暑。

猛然间，"咚！咚！咚！"三声炮响，两边山上旌旗顿竖，战鼓雷鸣，随着呐喊声，无数火箭一齐射来，早将茅棚及地上枯草引燃，顿时烟生火起。接着，徐达率兵从左边山上杀将下来，常遇春率兵从右边山上杀将下来。

汉军将士猝不及防，一见中伏，大呼小叫着一窝蜂齐向江边狂奔，争抢上船。跑得快的，上了船；那慢的，不是跪地请降，便是被统统赶到江中去了。

这龙湾虽与江通，却是个绝地，口大里小。船易进难退，大船更难掉头。加上来时潮涨，去时潮落，汉军船只或搁浅，或相互牵扯，竟大多移动不得。正慌乱间，下游江面上，旌旗飘飘，吴军大将廖永忠、张德胜等率舟师杀来。这下把陈友谅吓坏了，只好弃了大船，改乘小舟，在张定边等保护下，飞桨向上游逃去。

朱元璋见夺了舰船上百艘，歼敌上万人，大获全胜，很是高兴。因见天色已晚，便准备鸣金收兵。时汪广洋在侧观战，赶紧进言道："敌军大败，锐气尽失。我军当趁势追逐，不给其喘息之机，方可毕功于一役。"

朱元璋皱着眉头道："兵法云：穷寇莫追。夜幕将临，我军已疲，若穷追之，诚恐有失，反而不美。"

"不然，此时势不同也！"汪广洋固争道，"今日我以逸待劳，我军虽疲而敌军更疲，敌锐气失而我气势尚盛；但敌军本来势大，若不趁其败势紧追，一旦让其缓过气来，则胜负未可知也！请主公明察。"

朱元璋闻言顿悟，乃亲擂战鼓，传令水陆两军星夜追赶，无令不准收兵！此令一出，诸将督兵猛追，水军尾随敌舰趁势溯江西上，紧追不放；陆军也仗着一股锐气，将懵懂而来的敌军冲垮，然后趁势穷追到太平。

来到采石矶，正撞上陈友谅援军来到。不待其列阵，张德胜便奋勇当先，冲入敌群中，乱砍乱杀；毕竟四面皆是敌军，乱箭齐射，张德胜顿时成了刺猬。

常遇春、华云龙等随后杀到；闻得张德胜战死，不禁义愤填膺，均舍命冲杀。

时张德胜的养子张兴祖在后军中，闻得义父阵亡，不由得放声大哭，纵马舞刀，如飞向前，咬牙切齿地冲入敌阵，逢人便砍，虽身中数箭，亦浑然不觉，仍如疯如狂，拼命冲杀。真是一人拼命，十人难挡。敌军见了，均纷纷避让或倒退。

一场生死搏斗，惊心动魄。陈友谅军新败，心悸犹存，斗志大衰，故仍被杀得大败，只好放弃太平，星夜退往江州。

这一仗，陈友谅自恃有雄兵数十万，便轻信冒进，被朱元璋杀得大败亏虚，损兵数万，辎重尽失，后悔不已。在回江州的路上，又闻胡大海乘虚攻破了信州，更是懊恼得了不得，但因新败，军心不稳，只好暂时隐忍，待机复仇。

话说朱元璋打了大胜仗，无比高兴，乃犒赏三军，抚恤伤亡将士，尤其痛悼任枢密院判的水军大将张德胜。因其子张宣尚幼，故以养子张兴祖嗣承其职，以鼓舞士气。

这张兴祖，本姓汪，自幼聪明好学，尤其喜爱练武；十二岁时已长得健壮结实，力大无比，便外出寻师学艺。恰巧碰上了武师张德胜，两人一见如故，竟十分投缘，汪兴祖便拜张德胜为师，苦练武艺。三年后，张德胜见汪兴祖德艺俱佳，对其喜爱非常，胜过亲生，乃将其认为义子，汪兴祖遂随义父姓，改称张兴祖。这次采石大战中，张德胜不幸阵亡，张兴祖当然痛彻心扉，故而拼命杀敌，以报不共戴天之仇。朱元璋见张兴祖忠义勇猛，亦非常赏识，故让其承义父之职而重用之；张兴祖感朱元璋知遇之恩，亦立志报效。

为下一步西讨陈友谅，朱元璋除训练士卒、积草屯粮外，又命打造巨舰战船以备用。

那朱元璋出身贫寒，起兵后仍不忘初心，尚节俭，恶奢华，尤其是对酒后乱性，很是反感。

元至正十九年（1359）正月，朱元璋趁群臣聚会之际，命都谏官汪广洋为大家讲解《诗经·小雅·宾之初筵》这篇有关饮酒的诗。

汪广洋自己喜欢饮酒，对酒文化很有研究。现身为谏官，知道朱元璋的用意，乃遵命直言讲解该诗。首先讲祖国的酒文化有悠久的历史，再说酒宴应合乎礼制，最后强调饮酒一定要适量适度，不能饮酒滋事、醉酒发疯，更不能酗酒误事，不分尊卑上下。讲解后，还将自己的体会作了数百言的《奉旨讲"宾之初筵"》一诗。

朱元璋对汪广洋的讲解很满意，对其为此作的诗更是大加赞赏，并命人将其誊写了几十份赐与朝中大臣，让他们悬挂厅堂，以为警戒。

话说陈友谅虽然此次兵败龙湾，却心有不甘，乃命勇将张定边镇守安庆，待机东进。

朱元璋闻陈友谅屡屡向安庆增兵，乃聚将佐商议对策。

汪广洋道："安庆重镇，敌据之，可为江州屏障；我得之，则为攻取江州的跳板，不可不争。今我军已修整半年，士气正盛，何不趁陈友谅心有余悸之际，前往拔之。"

刘基道："汪先生高见！我得了安庆，应天就有了保障，甚至还可以威胁江州，可陈友谅要东来就难了。"

李善长及徐达、常遇春等亦谓："此时不取安庆，更待何时？"

汪广洋道："张士诚既然上次没有配合陈友谅行动，我料其此时更不会有所动作，主公放心向前攻取安庆好了。"

朱元璋见众口一词，乃大手一挥，道："好！那三日后，大军分水陆两路，沿江西进。"

汪广洋乘船西行，经过太平采石矶时，回想当年朱元璋，在此顶风破浪，挥师渡江，终于创出了一番大事业；今日竟能千帆西征，自己心中也为之自豪。乃乘兴赋诗一首：

> 蛾眉今日为君开，一色青天绝点埃。
>
> 浩想昔年经济事，赤龙风雨过江来。

却说镇守安庆的张定边，忠心耿耿，且智勇双全，仗着城高濠深，率兵死守，任凭朱元璋督军猛攻，竟岿然不动，固若金汤。

汪广洋见状，乃谓朱元璋道："既然安庆城池坚固，急切难下，我何不避实就虚，直扑江州？江州一破，安庆还不是掌中之物？"

朱元璋经此一点拨，顿时明白，立即传令当夜撤围西进。

张定边见敌军突然撤走，恐是诱己出城，不敢追赶，而是小心防守。

陈友谅素来瞧不上朱元璋，托大无备。直至敌军兵临城下，才慌忙整顿兵马守御，同时飞调各路人马前来救驾。

当朱元璋率大军来到九江时，汪广洋瞧了瞧这九江城，谓朱元璋道："这九江城三面陆地、一面临水，易守难攻，若不能速下，一旦武昌、南昌、安庆三面敌兵齐来，我军危矣！"

朱元璋一闻此言，顿时着急，道："是呀，只是陈友谅仗着兵精城坚，与我耗着，这城岂能短期攻下？"

汪广洋道："在下有一计，请主公斟酌：可密测城堞高度，令木工在船尾搭建天桥，使那天桥与城堞高矮相仿，然后于夜间悄悄将船倒撑至城下；当与城堞距离不远时，命将士们缘桥而上，纵身跃到城头，出其不意，杀入城中。"

朱元璋一听，连连点头道："有理！陈友谅素来自大，轻视于我，必然疏于防备，此计可行。"

是以，吴军日间虽然攻城，声势不小，却是懒懒散散，并不十分上紧；夜间将士们虽常在城外嬉闹喊叫，也并无突袭迹象。

陈友谅先时猝见敌至，真有点慌乱，及至望见敌军那三三两两的散懒架势，看看自家的坚城，陈友谅一阵冷笑："朱元璋这家伙如此孤军深入，真是找死！凭你这样能攻上我这坚城？老子回宫睡大觉也无妨！等我外兵齐至，看你这个猪和尚能往哪里跑！"

九月初一日的四更时分，万籁俱静，漆黑一片。

吴军悄悄将船撑至城下，再调过头来，船尾对城墙，落锚停住。当守城的汉军听得动静惊醒时，吴军大将汪兴祖、朱亮祖、郭英等，在晨曦中，早已由天桥纵身跳上城头，逢人就砍；尤其是张德胜的养子汪兴祖，才二十岁，虎一样的后生，欲报父仇，踊跃向前，一把钢刀舞得如风车样，挨着的血肉横飞，不死也伤；后面的吴军将士又鱼贯杀将上来。汉军无备，顿时大乱。

这汪兴祖不仅勇猛，而且机智，趁着敌军慌乱，招呼身边一些将士，冲下城头，来到城门边，杀散守军，打开城门；等在城外的常遇春，立即挥军杀将进去。一时间，城头响炮咚咚，金鼓雷鸣，城中人喊马嘶，杀声震天，乱成一锅粥。

正做好梦的陈友谅这才惊醒了，以为是神兵天降，只好在亲军护卫下，仓皇而逃，连夜向武昌奔去。

攻克九江这天的早晨，汪广洋、郭奎这两个同为余阙弟子的师兄弟一同出门，看着这刚刚经历过血雨腥风的战后城市，到处是满目疮痍的惨景，既有胜利者的喜悦，也有对生灵涂炭的哀叹。汪广洋是以触景生情，步郭奎韵吟诗一首，以勉励自己与郭奎，要学习谢安济世安民的进取精神，而不要像王粲那样逃避现实，徒叹岁月的流逝。其诗曰：

夜坐用郭奎韵

江城子夜动悲歌，海内交游近若何？

愁到寒蛩啼露草，喜占乾鹊下庭柯。

谢安好为图经济，王粲虚劳叹坎坷。

与子出门天欲曙，马头斜月淡银河。

朱元璋轻取江州，高兴异常，乃录汪广洋、汪兴祖为首功，并谓众人道："汪先生随机应变，献此船尾云梯的妙招，可谓别出心裁，发前人所未发，故而出敌不意，竟成大功！"

将士们闻言，均七嘴八舌称赞：

"汪先生心灵手巧，造得如此攻城工具，我等钦佩之至。"

"汪先生这一智谋，使得攻城将士的伤亡大为减少，真是功德无量！"

汪广洋谦逊道："攻城告捷，一仗国公虎威，二赖将士奋战，汪某何功之有？"

朱元璋又手抚汪兴祖之背赞叹道："初生牛犊不怕虎，前途不可限量也！吾当以子侄辈视之。"

汪兴祖闻得朱元璋如此赏识，大为感动，连忙叩谢道："末将父子受国公爷厚恩，敢不以死报效？"

朱元璋闻言，不由得呵呵大笑，并亲手来扶汪兴祖，且道："小将军请起，好自为之，勿负我望。"

汪兴祖连连点头称是，此后每逢战阵，更是奋勇争先，拼死效力；朱元璋亦不负己言，当真以子侄视之。

歇兵两日并大犒三军后，朱元璋便集众将佐商议，意欲乘胜追击，进兵武昌。

汪广洋进言道："陈友谅地广人众，虽连连败北，但元气还未大伤。况武昌城坚，远胜江州；其此次江州已吃大亏，必然警觉而调兵严加守备，武昌短期难以攻克。不如掉头向南，攻取江西诸州县；若能占得南昌，也算斩断陈友谅一臂了。"

刘基亦道："对，对！陈友谅声势尚盛。所谓百足之虫，死而不僵。我军目前还是避实就虚，蚕食江西各处，以扩大地盘的好。"

徐达等战将听了汪、刘二人之言，均频频点头称是。

朱元璋见众口一词，乃决意南征。于是刘基分兵派将，往攻南昌、乐平、景德镇等处。

欲知朱元璋南征的效果如何，请看下回。

第十二回

汪广洋劝降南昌　朱元璋安定浙赣

话说南昌守将胡廷瑞见九江失守，闻陈友谅败奔武昌，朱元璋军分两路，已向南杀来，很是惊慌。正不知所措时，有探马来报："张定边奉命弃安庆而率军前往武昌保驾了。"

胡廷瑞闻讯大惊："张定边乃世之虎将，握重兵，镇坚城，若能守住安庆，尚可与我掎角声援，使吴军有后顾之忧。今既弃城西去，我势孤矣，如何迎敌？"不由得搔头搓手，连声叹气，坐立不安。

次日，又有探马来报："景德镇、乐平先后已陷落，吴军从东边向这里杀来了！"言未罢，又一骑飞至，高声道："报，报，西路吴军已过永修了！"

胡廷瑞迭闻谍报，大为惊慌，心想："南昌兵微将寡，况周边郡县连连失陷，自己如何能抵挡得住朱元璋的凌厉攻势？若无令弃城而逃可是死罪呀！"

正为难间，门官来报："外有一人，自称是吴军使者汪广洋，有要事求见大人。"

胡廷瑞早已闻得汪广洋的大名，今闻其来，已微知其意，心想："眼下南昌难保，且看其有何说辞，我当见机而作，先过这一关。"乃整了整衣冠，定了定神，方吩咐一声："有请！"

原来汪广洋见赣北诸州县已大多攻下，南昌差不多已是孤城一座，为减少将士和地方损失，便自告奋勇前来劝降。今闻得里面一声"请"，便乐滋滋大步而入，满面堆笑着朝胡廷瑞一拱手，道："胡将军，在下汪广洋冒昧前来，请勿见怪！"

胡廷瑞亦站起来拱手还礼，道："不知汪先生驾到，有失远迎，得罪，得罪！"

两人寒暄已毕，便转入正题。胡廷瑞问道："你我素不相识，况双方又是敌国，不知先生何故来此，又有何见教？"

汪广洋也不转弯抹角，单刀直入道："汪某此来，一是为了国家，二是为了军民，同时也是为了将军哪！"

"此话怎讲？请说来听听。"

"好！"汪广洋见胡廷瑞如此说话，便知道有些意思，乃放胆言道，"蒙古统治者侵我华夏已百年，人分四等，暴政已极，今其气数将尽，我等当同仇敌忾，驱虏复国，此大忠也；陈友谅弑主行篡，又屡恃强凌弱，兄弟相残，致军民流血，我等当携手共伐之，此大义也；当今局势，汉军已日薄西山，来日无多，将军去逆就顺，此大智者也。将军以为在下所言当否？"

胡廷瑞闻言，沉吟半晌，徐徐道："我久随主上，岂能背之？"

汪广洋笑问道："当初是谁背信弃义诱杀了赵普胜、倪文俊？随后又是谁弑主篡位杀了徐寿辉？依愚意度之，下一个恐怕就是将军你啦！"

听了汪广洋的这番话，胡廷瑞一愣，脖子直冒冷气，乃道："主上对我称兄道弟，授予方面大任，岂会害我？先生未免危言耸听了吧？"

"将军恐怕言不由衷吧？"汪广洋冷笑一声，"陈友谅的为人你不会不知道，除了心狠手辣外，他用得着你时，惯会用小恩小惠拉拢你；用不着时，哪怕是老上司、新皇上，也是翻脸不认人，杀你没商量！再以现在的形势看，你能守得住南昌，才能得到陈友谅的信任和重视，可你能守得住吗？"

"在下没把握守得住。"胡廷瑞老老实实地说，"不过若武昌来援，那就另当别论了。""你好好想想，能指望到或等到陈友谅来援吗？"汪广洋紧逼一句，要打碎其幻想，"陈友谅新败，心有余悸，唯恐我军乘胜围攻武昌，他会弃根本来救你？"

胡廷瑞闻言，愣了半天，摇了摇头，又叹了口气道："唉，武昌恐怕是指望不上了！"

汪广洋闻得此言，乃微笑着说了句："将军总算明白了！"

"听君一席话，胜读十年书。"至此，胡廷瑞便也不再拿捏，而是向汪广洋拱了拱手请教道，"先生所言，让在下顿开茅塞。在此生死存亡之际，请先生为我指条明路。"

汪广洋闻得此言，心中大喜，乃道："将军面前明摆着三条路：一是守，显然是守不住；二是逃，你又能逃到哪里去？且不说将军你原是徐寿辉的人，就是按军法，无令弃城也是死罪呀，陈友谅能饶过你吗？难道你还能去投蒙古统治者？那比死了还难受吧？"

"那这三呢？"胡廷瑞见汪广洋停下来只顾慢慢品茶，便急不可待地问道。

汪广洋闻言心中大喜，知火候已到，乃放下茶盏，微笑着道："这三么，当然是见机而作，择明主而事之。"

"在下孤陋寡闻，无识人之明。"胡廷瑞虽心中有底，仍不好主动投靠，乃装着糊涂请教道，"先生久在江湖，请问当今天下谁为英雄明主？"

"金陵吴国公朱元璋真英主也！"汪广洋见胡廷瑞如此，便也实话明说，"其胸怀复国大志，思贤若渴，宽以待人，是以战无不胜，攻无不克，将来必能成就大业。久闻将军忠义智信，不忍兵戎相见，故遣在下前来与将军相商，携手共图大事。不知将军意下如何？"

"吴国公真能不计前嫌，肯容我等？"胡廷瑞似乎不放心地又郑重问了一句。

"这请将军放一百二十个心！"汪广洋也郑重其事地分析道，"说远点，当年歙州福童守城数月，伤人数千，吴国公犹且礼送出境，所部将士均量才而用；说近的，傅友德、丁普郎单骑往投，亦得重用，授兵权，壮志得酬。将军若全郡归顺，那是建天大的功劳，积无上的阴德，吴国公感激还来不及，岂会不容？"

胡廷瑞闻言，连连点头称是，遂决意降吴，道："既蒙吴国公不弃，先生前来牵线，胡某愿牵马坠镫，追随左右以共创大业。"

于是遣郑仁杰为使，随汪广洋前往朱元璋军前迎降。

朱元璋见汪广洋说得南昌来降，当然大喜，立即召见郑仁杰，温言慰抚，赐以重赏，又许以胡廷瑞高官厚禄。

郑仁杰见朱元璋如此厚待，乃壮着胆子问道："请问国公爷，我家主将谓所属郡县尽在观望，为大局计，能否允其暂领旧部，以利地方安定？"

朱元璋猝闻此言，不觉一愣，随口道："这个，这个……"时汪广洋正在旁边，赶紧干咳一声。朱元璋登时醒悟道："这是个波澜不惊的大好事！我正欲借胡将军威名镇军旅，抚百姓，为何不可以？"说罢，提起笔来，亲自作书慰谕胡廷瑞，准其所请，即命郑仁杰持之回禀，且谓之道，"胡将军能全郡来归，是军民之福、天大的功劳，当重重有赏！所属将士亦会量才任用。"

郑仁杰大喜，持书飞马而去；朱元璋也就趁热打铁，随后即自率大军往南昌进发。

朱元璋来到南昌，胡廷瑞率众出城迎谒。朱元璋见了，翻身下马，慰劳有加，随后并辔进城。不出半月，吴宏以饶州来降，王溥以建昌来降，瑞州、余干、浮梁亦次第来归，余下的吉安、南康亦由邓愈、赵德胜等分兵攻取了。

朱元璋见江西已大部归顺，乃留邓愈镇守南昌，叶琛为知府，共主江西军政；又谓胡廷瑞道："将军献城有大功，请与我同归应天，共创大业。"此时胡廷瑞权柄已失，不敢执拗，只好乖乖随朱元璋上路。

一路上旌旗飘飘，尘土飞扬。大军进入婺源地界，只见右边山峦高耸，左边丘陵起伏，中间一块平坦的田野上，散落着几处村庄，一条溪流沿着丘陵脚下静静地流过。

骑在马上的朱元璋，猛然想起数年前邓愈所说的，其西取婺源时，得到徽州汪王神兵相助的故事。今见到面前这片广阔的田野，顿时感到眼前一亮，不由得赞叹一声："好一个得到汪王荫庇的大畈！"这里原就是以那条鳙溪河作为地名的，后来朱元璋做了皇帝，这句话传开了，人们就称这里为大畈了。

朱元璋回到应天，升赏有功将士，慰抚降将，皆大欢喜。

汪广洋见朱元璋有些飘飘然，乃提醒道："西陈东张，皆是劲敌，尤其是陈友谅，实力仍是不小，一有机会，定会又兴兵作乱。为防患于未然，趁此大捷，还应遣使与张士诚结好。"

朱元璋当然明白此理，随即遣杨宪为使前往苏州，献上金银珠宝。张士诚见了钱财，很是高兴，自然答应两家和平相处。

正当朱元璋养精蓄锐之时，不意胡廷瑞在南昌的旧部祝宗、康泰等，突然发动叛乱，杀死了知府叶琛。邓愈毫无准备，仓促间，只得单骑奔出南昌城，连夜赶到九江徐达营中。

徐达恐叛乱波及江西各州县，乃立即调集人马，星夜赶往南昌平叛，同时遣人飞驰应天报警。

朱元璋接到南昌叛乱的谍报，大吃一惊，忙召众人商议对策。

汪广洋道："主公勿忧。既然徐元帅已亲自率军前往南昌，祸乱不久就可平息。"刘基亦道："汪先生所言不差，主公安心等候佳音便了。"

胡廷瑞一闻此讯，也大为吃惊，赶忙趋至朱元璋面前，免冠谢罪。朱元璋心知此变与自己处置胡廷瑞不当有关，既已发生，就更不能草率行事，乃安慰道："此事乃下人所为，与将军何关？数日之内，必能平定。"

才过几天，果然捷报传来："徐元帅已收复南昌，平息了叛乱，祸首也已擒杀了。"朱元璋闻报大喜，心想："这一乱也打消了胡廷瑞不切实际的想法，未尝不是好事。"乃设宴款待文臣武将，以示庆贺，并举杯谓胡廷瑞道："且以此酒与将军压惊。"慌得胡廷瑞起身离座，拜伏于地道："此乱实末将平日管教不严所致，主公大度不究末将罪过，就是天大恩典了。"

汪广洋经此一乱，乃提醒朱元璋道："南昌控荆楚，连吴越。今在我手，就是断陈友谅一臂了。而陈氏早晚必来争夺，我须选得力之人率重兵驻防，一面修城浚濠，一面广积粮草，以备不虞。"

朱元璋连连点头道："先生言之有理，我当通盘考虑。"

越日，朱元璋改南昌为洪都府，命胞侄朱文正为大都督，邓愈为参政，汪广洋为江西行省都事，率赵德胜、薛显等一班骁将雄兵，共守南昌。

南昌方定，忽从浙江传来惊报："金、处两州，同日叛乱，金华留守胡大海、处州留守耿再成以及总制孙炎、知府王宗显，均被苗将蒋英、刘震等杀害了。"

朱元璋突闻噩耗，不由得大惊失色，叹道："两州同叛，震动东南；胡大海首义虎将，勇猛异常，今日遇难，甚为可惜！"乃谓左右道："金、处有失，衢州势孤，如何应对才好？"

时刘基在侧，乃道："叛贼乃乌合之众，不足虑；既主公担忧，山人愿连夜赶赴严州，助李文忠将军一臂之力，讨平叛贼，安抚衢州。"

朱元璋闻言大喜："若得先生前往，我无忧矣。"乃立拨精骑三十，随刘基同行。

刘基稍加收拾，便向朱元璋告辞，且道："属下此行，若公事已毕，想趁便回家葬母，恳请主公恩准。"

"葬母乃人伦大事，有何不可！愿先生马到成功，早去早回。"

刘基应了声"是！"便翻身上马，在数十名精骑护卫下，星夜赶往严州去了。

不过半个月，谍报传到应天："刘基助李文忠将军平息了叛乱，擒杀了蒋英等祸首；金、处两州已经安定，刘先生现已回青田老家葬母去了。"

朱元璋接到捷报，欣喜异常，乃委李文忠为浙江行中书省左丞，总制金、处、衢、严，诸路军马；命耿天璧袭父职，留守处州。

又因婺源为南昌、金华、徽州枢纽，乃委王克恭为婺源总制，汪广洋为郎中，同掌军政要务，以为数省支撑点。

汪广洋乃唐越国公汪华之后。到了汪华诞辰的正月十八日，汪广洋乃前往婺源汪王庙，举行了隆重的祭祖礼仪，并将婺源大儒赵汸写的祭汪王文，镌刻于庙中。

祭婺源汪王庙文（代总制王克恭奉使汪广洋作）

惟王鄣山之英，黟水之灵；生为人豪，殁为神明。保障六州，不为己荣；识机慕化，克全民生。庙祀邈绵，足以表其忠烈之盛；子孙千亿，足以彰其惠爱之诚。回视当时，如世充建德辈，不知天命，困犹力争；残民毒众，卒为顽冥，飘风游尘，徒污汗青。昔王生存，当以珍冠，道出星源；邑人留像，千载犹传；则夫一时六郡之内，蒙其福泽者，又岂可名言也哉！克恭钦承朝命，来镇于兹，抚军字民，匪神曷依；广洋世迁高邮，奉命出使，水木本源，敢忘所自？唯王诞辰，实在兹日。虔率官僚，即祀庙宅；薄奠斯陈，神其来格。

汪王庙前，有地名为汪口，是婺源重要的水陆码头。其既为徽州至饶州的必经之路，又系水路货运至鄱阳、九江等地的码头。那山上林木葱郁，绿荫蔽日；河水荡漾，舟船如梭。汪广洋在缅怀先祖功德的同时，面对祖庙前这宜人景致和繁华之地，不禁雅兴大发，乃赋诗以记之：

汪口渡捕鱼者

芳草渡头歌《竹枝》，晴天小艇放鸬鹚。

比邻为报春醪熟，自起持鱼贯柳丝。

再说朱元璋见江西、浙江等处逐渐安定，虽放下心来，但还是常督促其加强武备，时刻提防陈友谅；同时又致书刘基，遥咨军政大事，并请其早回应天。

欲知朱元璋稳定了浙赣之后又有何动作，请看下回。

第十三回

汪广洋力劝救主　陈友谅趁机起兵

话说刘基忙好了家事，见朱元璋催其回京，便遵命回到应天，正赶上小明王韩林儿被困安丰，遣人前来请援。

原来，小明王只是红巾军名义上的主子，军政大计，全在刘福通主持。红巾军首义之时，发展迅速，很快占领中原一带。其见北有黄河阻隔，且更有一个能征惯战的蒙将察罕帖木儿沿河布防，便没大举北伐，而是分兵向东西进击。东路打到山东，西路打到陕西，数年间竟拥有百万之众。但看似声势浩大，而军队缺乏整训，故反被蒙古精骑各个击破，最后只好将都城从开封南迁到安丰来。

察罕帖木儿打败了百万红巾军，维持了元朝摇摇欲坠的半壁江山；其后，又挥师南下，围攻安丰，欲彻底剿灭红巾军，以除后患。

小明王与刘福通见安丰兵微将寡，只好遣使请朱元璋出兵救援。

朱元璋见已与陈友谅彻底翻脸，浙赣叛乱又才平息，故心中很是犹豫，乃聚众将佐商议应对方略。

众人大多认为江南才定，当休养生息，不宜大动干戈，自找麻烦；连刘基亦反对出兵，道："小明王不过是个无知少年，木偶而已；刘福通亦枭雄一个，见识浅薄，故而前几年虽横行中原，终不能成事，反而被元军打败，日渐萎缩，气数将尽，何必去救？况且陈友谅屡屡寻衅，张士诚虎视眈眈，我大军岂可远行？"

独有刚从婺源回来述职的汪广洋大声道："审时度势，必须出兵，而且还须主公亲自率军往援才好！"

徐达、李善长等闻言，一齐问道："此话何意？"朱元璋亦道："汪先生请把话说明白点。"

"依在下看，这兵是一定要出的。"一见成了这个状态，汪广洋便干咳了一声，清了清嗓子，然后一字一句地道，"红巾军是首义之师，其声势曾波及半个中国；若突然为元军所灭，不仅助长了元廷的志气，灭了所有反元势力的威风，而且让我们立即暴露在元军面前。如元军乘胜南下，宿敌陈友谅则更会借机复仇，连表面降元的张士诚也会来趁火打劫，到那时，局势更险恶，怕就不好收拾了！"

此论一出，朱元璋不由得浑身一震，顿时脊背发凉；众人亦尽皆默然，都把目光投向朱元璋。

"对，对！出兵！"朱元璋略一沉吟，决然道："我向来奉龙凤年号，小明王也算是故主。今其有难，我岂能袖手旁观，见死不救？"

刘基、徐达等众将佐亦微微点头，示意认可出兵。

常遇春则奋然道："末将以为出兵可以，但不须主公亲往。末将请令，愿率一支人马前往救援。如若有失，甘受军法处置！"

刘基道："常将军此论可行。我们既出了兵，又示人大势未变，陈友谅也就不会趁机来犯。"众人纷纷附和道："军师此论甚当。"

唯大将徐达道："常将军虽勇冠三军，但兵力单薄，恐一时解决不了问题，如若战事日久，负面影响就大了。"

"徐将军久临沙场，所虑极是！"汪广洋闻言，连连点头道，"我军绝不能分次前往形成添油战术，而应以大军急进，待别人醒悟过来，我们已解决问题而回军了，才是上策。所以大军急进，就必须是主公亲自率军前往！因为军情瞬息万变，其他任何人都没有这个魄力，也担不了这个责任，那就会贻误战机，甚至满盘皆输！"

"对，对！汪先生言之有理！"朱元璋这下也醒悟过来了，便接着汪广洋的话题道，"我等原是小明王的部属，今全力以救其急难，足表忠心。我亲率大军急往，才是正理。"

"主公此行，乃示人以信，教人不忘本之意！"汪广洋道，"是为大义之举，不必犹豫。"众人至此，纷纷点头，或交换眼色，或窃窃私语。

只有李善长皱着眉头道："如此说来，那出兵是正着；但东西两方强敌，不能不防。若是两面作战，甚至三面有警，可就危险了！"

朱元璋见了众人如此状态，又考虑到刘基、李善长两人先后提出的意见和担心，自知一着不慎，满盘皆输的道理，便也不由得低头沉思起来。

"这兵一定要出！也完全可以出。"汪广洋见了这局面，赶紧把自己的想法说出来，"愚意一方面可命南昌、安庆方面，大造声势，使陈友谅不敢轻易东下；同时再次遣使接好张士诚，晓以大义，劝其勿死心塌地为元朝殉葬，使东西两边一时不致有大的动作。另外，那就是兵贵神速，我军速去速回。我算了一下，去安丰来回不过四十天，在那里耽误应该不会超过十天。这样，待各方面犹疑并明白后，我大军也许就回到应天了。"

听了汪广洋一番议论，朱元璋连连点头："言之有理，言之有理！"众人闻言，亦纷纷点头："有理，有理！"

还是李善长心中有顾虑，道："汪先生虽然分析得有道理，但敌情瞬息万变，难以预料，依我看还是有些冒险的。"

汪广洋笑道："张士诚贪财志短，近年又与我结好，我料其不会来找麻烦。怕就怕陈友谅趁火打劫，他若真来应天，确实有些厉害；但其原来吃过亏，恐怕还心有余悸，未必有这胆子。最有可能是就近去攻南昌，占江西；我料朱文正、邓愈他们能坚守一段时期，陈友谅未必能得逞。所以这总的要求就是我们要速去速回。"

朱元璋已为汪广洋的高论所折服，乃把大手一挥道："打仗哪有不冒险的？这一仗值得冒险！我们速去速回就是了。南昌方面我早已命其修城积谷，有把握坚守三两个月的。"

"对，对！我们速去速回。"汪广洋再次补充道，"另外，队伍暂只打常将军旗号，且于晚间悄悄渡江。外人只道主公仍坐镇应天，这样就能多蒙他几天，也是好的。"

朱元璋连连道："好，好，就依先生安排。"

于是，稍作准备，次日便兵分两路北进。朱元璋与徐达率大军兼程而往；更令勇将常遇春率轻骑三百，星夜插入元军后方，袭敌粮道兼扰敌军心。

当朱元璋率军赶到安丰时，元军已打破城池，刘福通战死，小明王突围在逃。元军主帅察罕帖木儿见目的达到，而又闻自己后院起火，悍将孛罗帖木儿时常在河南一带寻衅滋事；况且己军已疲，粮道又受阻，敌援军即将大至，便也借坡下驴，见好就收，主动北返避战。

朱元璋见元军退走，自己的目的已达到，心情很是愉快。站在淝水岸边，望着八公山，无限感慨，乃谓身旁的汪广洋道："先生是当代的大诗人，爱写诗，如今在这里难道不想写首诗，缅怀一下那千年前在这里发生的故事吗？"

汪广洋道："谢主公夸奖！属下哪会作诗，不过平时兴来时涂鸦而已。既主公有命，待属下现诌一首，以助主公雅兴。"

朱元璋道："好，那我洗耳恭听。"

汪广洋一面踱着步，一面轻声吟哦着，少顷便口占一首：

过寿州望八公山有感

八公草木晚离离，仿佛成人似设奇。

老气逼云含雾雨，空青拔地镇淮夷。

谢玄归奏平戎日，王猛徒劳料敌时。

淝水不关兴废事，夕阳西下浪声迟。

朱元璋听罢，连声称赞道："好诗！有情有景，述事抒怀，立意妙，境界高！不仅写得好，而且来得快！胜过曹子建矣！"

汪广洋道："谢主公夸奖！我这不过是借古人之事，抒当下情怀，岂能与曹子建相提并论？"

歇兵一日，朱元璋便命徐达顺路攻取庐州；自己则率兵往回走，同时广遣侦骑一路寻觅韩林儿。

真是功夫不负有心人，数日之后，竟然将败逃的小明王一伙寻着。

朱元璋闻之大喜，立即列队相迎，将小明王迎进中军帐，然后率众将大礼参拜。君臣相见毕，朱元璋道："微臣救驾来迟，死罪，死罪！"

韩林儿已是死里逃生，今又得朱元璋如此相待，已是大喜过望，哪里还敢责怪，忙道："爱卿不远千里前来救驾，足见忠诚，朕已是感激不尽；今刘福通已死，以后军国大事，全靠爱卿主持调度了。"

朱元璋道："既蒙陛下恩旨，微臣自当竭力效劳。"

"那现在安丰残破，朕暂时到何处安身才好？"韩林儿到了此时已是向朱元璋乞求了。

朱元璋瞟了汪广洋一眼，见其微微点了下头，乃按先时商量的策略应对："依臣愚见，还是请陛下就近到滁州，暂时以那为都。一来那里原是滁州王歇马处，城池高大坚固，宫室齐全，粮秣亦足；二来与应天相距不远，可互为掎角，有个照应；三来陛下在此，有利于收拾旧部，恢复疆土，一旦时机成熟，也便于北伐以驱鞑虏。不知圣意如何？"

"就依爱卿所言。"

"既如此，那陛下自去滁州，大旗一举，自然军民来归。微臣也就此别过，要星夜赶回应天了，因为陈友谅趁我大军外出之际，已经乘虚围攻南昌多时了。"

"既有紧急军情，爱卿自当赶回应天处理。朕且往滁州，静等佳音便了。"到了此时，韩林儿有个安身之处，当然是听从安排，于是与朱元璋客气了几句，便带着邵荣、赵继祖等心腹将佐及渐渐拢聚的几千人马，直往滁州而去了。

说实在的，当时也是天助朱元璋。那元军内乱不止。悍将孛罗帖木儿，不遵旨率兵南下助剿红巾军，反而矫诏进击察罕帖木儿，谓其蓄意谋反；双方遂同室操戈，在山西、河南大打出手。随后察罕帖木儿为手下叛将杀害，元廷便痛失了顶梁柱；而朱元璋却再也无后顾之忧，而是倾全力和南方各部争战了。

话说陈友谅因上次轻信冒进，在南京城外及太平被朱元璋杀得大败亏虚，损兵折将。后又被其破了江州、夺了江西，更是愧愤交加，日思夜想报仇雪恨。于是传令打造战舰，仗着人众财丰，也为了从气势上压倒朱元璋，陈友谅命人多造大的船舰。最大的分三层，长二十丈，宽近四丈，高三丈余，不仅房室齐全，其船中竟可走马射箭。真的任凭风吹浪打，稳如泰山，但等时机东进。

当陈友谅得到朱元璋领兵北去之后，马上召众将计议道："今朱元璋率兵远去，机会来了，你等看如何进兵？"

大将张定边道："我军休整年余，已是兵强马壮，况船舰也已打造齐备，正当顺流东下，袭取金陵，金陵一下，朱元璋就无家可归死定了。"

丞相张必先连声道："太尉高见，太尉高见！"

太师邹普胜亦高声道："不趁此时进兵，更待何时？"

只有陈友谅二弟陈友仁提出异议："金陵虎踞龙盘，城池坚固，朱元璋已经营数年，恐不易攻克；而江西本我疆土，虽被其侵占，毕竟不到一年，人心未附。依我看还是舍远求近，兵伐南昌。一来易于成功，二来也消除了肘腋之患。待地广人众了，再与朱某决战也不迟啊。"

也许是心有余悸，也许是急于求成，一些人听了陈友仁的话，竟纷纷附和：

"对，对，何必舍近求远？"

"南昌易克，金陵难攻，还是先易后难的好。"

"金陵路远，待我军去时，他们做好了准备，一时怎能打下？若朱元璋急忙赶回，我等岂不白跑一趟？"

唯有张定边与邹普胜固争道："兵贵神速，来个猛虎掏心！我军水陆齐进，星夜前往，必能打他个措手不及，哪能在枝节处耗时费事呢！"

两种意见似都有道理，各不相让，争论不休。

陈友谅听听这边，又看看那边，自己暗中沉吟了好久，方立起身来，把大手一挥道："我看还是先易后难，就近先把南昌拿下吧！朱元璋虽然率军走了，但金陵还有李善长、刘基等留守，其野战不行，可督兵防守还是可以的；而南昌呢，朱文正一个毛头小子，能有多大本事，能抵挡得住我数十万大军？"

陈友仁等闻言，一齐道："陛下圣明，我军拿下南昌再说。"

张定边等人到了此时，便也不好再争。

此时张必先建议道："两拳难敌四手。陛下何不命明玉珍从四川出兵相助，起码也可以在大江之上挡住金陵的来军；另外还可联系张士诚，与其约东西夹击朱元璋，如此则更有把握全胜。"

陈友谅闻言，点头道："就依丞相所议，约明、张二人出兵。"但让陈友谅想不到的是，明玉珍因徐寿辉被杀，已看透了陈友谅的为人，哪里还肯千里发兵相助？张士诚本目光短浅，仅知守境观变，欲收渔人之利，亦按兵不动。

至正二十三年（1363），陈友谅尽起国中大军六十万，分水陆两路，浩浩荡荡杀向南昌。

陈友谅这次是势在必得，要鲸吞江西，故除了自己带上三宫六院，坐在龙舟上，还载了百官及其家属，就如搬家一样。一时间，长江水面上，千舟竞发，万众欢腾。不见出征气氛，倒像是军民集体出游了。

张定边久经战阵，见了这等阵势，心知不妥，乃进谏道："兵贵神速。如此一字长蛇阵，缓缓而行，几时才能与丞相的陆军合围南昌？不如让微臣率一部分轻便的中小船只，快速赶往鄱阳湖如何？"

陈友谅摇了摇头："兵法云：兵分则弱。我等何必争这几天工夫？难道还怕朱文正那小子闻风跑啦？"

"微臣不是怕朱文正闻风跑了，而是怕朱元璋闻讯来援，我军白忙一场。"

"就是朱和尚来了，朕还会怕他？"

在一旁的陈友仁插话道："我们何不差人暗中前往元军送信，约其夹击朱元璋？那样朱元璋想抽身也难了，必为我灭！"

陈友谅闻言大怒："你胡说！朕起兵是为推翻无道元廷，朱元璋毕竟是兄弟。我只能联合兄弟打仇敌，岂能邀仇敌杀兄弟！我们兄弟打架归兄弟打架，但绝不能忘了大义！"

陈友仁挨了一顿训，方知理亏，连忙谢罪："小弟无知妄言，请皇兄恕罪。"

欲知陈友谅能否顺利攻下南昌，请看下回。

第十四回

援南昌高士献策　绐强敌小卒丧身

话说南昌守将朱文正闻陈友谅起兵杀来，乃立即聚众商议对策。

勇将赵德胜奋然道："其分兵数路而来，待末将率精兵袭其一路，先挫其锐气，如何？"

邓愈道："陈友谅倾国而来，势大气锐，当避其锋，不可与之争战。我等只需坚守不出，其奈我何？待其粮尽，必然自退，那时我们便可随后掩杀一番。"

众将纷纷献计献策，无非是修城浚濠，速请救兵，等等。

朱文正道："除诸位计谋外，我认为紧急筹粮储粮，是为当务之急。因为敌军一至，我们就无法从外面运进粮食了。"

邓愈道："对，对！元帅高见！紧急筹粮是为固本大计。现在就兵分数路，去附近州县乡村抢购粮食。这样既充实了我军库存，又免得为敌军所得。"

于是，朱文正一面分兵筹聚粮草，一面修整城郭，同时遣人飞驰应天告急。

无何，敌军大至。朱文正分遣邓愈、赵德胜等分别把守抚州、宫步等八座城门，自己率精锐两千人，居中节制，并在犒赏将士后，发布将令："大敌当前，所有人都必须坚守城池，奋勇杀敌；上前者赏，后退必诛！"

陈友谅率倾国之兵而来，将南昌里三层外三层团团围住，亲自督兵猛攻。

城下呐喊冲锋，循梯而上；城上则箭石齐下，间或抛掷火把，毁梯伤人。一连十几天，城下壕内，尸体山积。

陈友谅见南昌城难下，乃听张定边之言，一面继续攻城，一面分兵四出，攻取吉安、临江等周边郡县，既占了地盘，又绝了南昌外援。

朱文正闻得陈友谅分兵略地，又见援兵迟迟未来，乃复遣千户张子明夜半悄悄出城，赴应天告急请援。

当张子明星夜兼程赶到应天之时，朱元璋所率大军亦刚刚从安丰返回。

闻得南昌有人来，朱元璋立即召见。在仔细听完张子明的禀报后，又问了些具体情况，最后还问道："依你看，陈友谅的兵势如何？"

张子明答道："陈友谅倾国而来，声势很大。但连日攻城，死伤也不在少数，其锐气已挫。以小人测度，若里应外合，破之不难。"

朱元璋问清了南昌形势，乃连夜召聚诸将佐商议进兵策略。

刘基首先开言道："陈友谅倾国来犯，南昌危急，当从速发兵往救。"

李善长接着道："属下遵命监督船只的打造与修理，现已有大小上千艘可用，还有数百艘也即将下水。我军当水陆齐发，以解救南昌之困。"

常遇春、汤和、廖永忠等，亦纷纷请求速速发兵。

朱元璋见大家均建议尽早出兵，但自己又担心没准备好，仓促上阵，难以退敌，于是便把目光投向汪广洋。

汪广洋知道朱元璋的心思，乃道："陈友谅志大才疏，其若当初顺流东下，我军实有累卵之危。不过现在我军应休整一段时期，才能与其一争雌雄。"

众人一闻此言，不由得大哗起来："救兵如救火！南昌一破，江西尽失，那不就更糟了？"

朱元璋也未免疑虑，遂问汪广洋："以先生之见，我军何时出动才是？"

汪广洋道："我军要休整半个月后才能出动。这期间，将士们要恢复体力，同时要备足粮秣、船只；另外，还要进一步与张士诚修好，以解后顾之忧。我军能动的顶多二十万，要对付陈友谅的六十万，必须做好充分的准备。再说朱文正、邓愈等乃百战之将，足可与敌再周旋月余。"

"对，汪先生言之有理！"朱元璋闻言，微微点了点头道，"陈友谅声势浩大，兵力数倍于我军，若未做好准备便与其匆忙决战，胜算不大。因此我们现在要从多方面做工作，直接或间接支援南昌，以减轻其压力，使之能多坚持一些时间，与我里应外合，才有胜算。"

"主公此议大妙！"汪广洋道："我们不能就这样干等着。虽然我船舰和人数总体上没陈友谅的多，但可以设法使其兵力分散，这样既能减轻南昌的压力，又便于我军到时与敌决战。"

朱元璋问道："如何调动敌军，才能为我所用？"

"这调动敌军是当前最要紧的！"汪广洋伸出三个指头道，"第一，急令徐达从合肥直向九江进军，并于黄梅分出一支人马西进，做出攻取武昌的架势；第二，命安庆的冯胜分兵乘船西往，占据湖口并接应徐达过江；第三，命金华的李文忠分出一部分兵马，向江西行动。如此则陈友谅必分兵四出而不能专攻南昌了。"

刘基闻言，点头道："汪先生这主意最好！愚意还可暗令江西一带守将弃城诱敌，陈友谅见有了便宜，自然四处分兵抢占。这样南昌的压力就小多了。"

李善长道："此计虽好，但把城池拱手相让也太可惜了。"

"刘兄此计甚妙！不显山不露水，却能牵着牛鼻子转。"汪广洋笑着环视大家道，"古语云：若欲取之，必先予之。一旦打败了陈友谅主力，何愁城池不复？"

众人闻言，纷纷点头称是，朱元璋亦道："非常之时用非常之计，军师此计可行。"

朱元璋综合了众人意见，乃重赏张子明，然后谓其道："你尽快赶回南昌，告诉朱文正他们，我这里准备好后，就亲自往救，让他们无论如何坚守一个月。"

张子明转身正欲离去，汪广洋道："你能前来报信，也有些侥幸；这回去使命重大，更要小心，须要随机应变，无论如何要把主公之命传到南昌城中！"

"是，先生。"张子明答道，"小人就是拼了性命，也要将主公之命传到城中！"

"好样的！"汪广洋由衷地赞叹了一句，"不过，如果遇上了麻烦，你首先不是拼命，而是要千方百计保住性命，以后才有机会传递信息。切记，切记！"说着，又在其耳边轻声说了几句。

张子明听了，连连点头，方才如飞而去。

朱元璋见诸事安排已毕，心中还有点不放心，乃再问众人道："诸位看看是否还有遗漏之处？"众人都摇了摇头。

独汪广洋进言道："属下以为，我军西战在即，还要进一步与张士诚修好，以解后顾之忧。"

朱元璋闻言，连连点头道："对，对！与张士诚修好就可避免两面作战。谁可为使？"

汪广洋道："属下愿往。不过最好与栾凤一同前去以做长期打算。"

"却是为何？"

"这栾凤曾在广陵任职,原又与张士诚私交甚好。"汪广洋分析道,"如这次他以广陵太守身份与属下同去平江,那以后就有可能与张士诚较长时间和平相处,因为张士诚肯定也希望江北有一个缓冲地域。"

"好,那就连夜飞调太平的栾凤来应天,你们从速由广陵转赴平江行事。"

"属下遵命!"

汪广洋同栾凤星夜赶到广陵,随后便同往平江。一路上,映入眼帘的是大片的荒芜田野和残破的村庄墙头。回想这江南曾是歌舞升平的鱼米之乡,如今却变成了民生凋敝的征战沙场,感叹之余,就于马上赋诗一首:

与栾凤同使广陵马上偶占

昔为歌舞地,今为争战场。

与君骑瘦马,联辔蹋斜阳。

荒草侵合路,苦蒿生过墙。

遥怜鲍明远,词赋最凄凉。

汪广洋与栾凤同使平江,献上黄金千两,珍珠一斛。张士诚见到如此贵重礼物,加上故友栾凤的卑辞奉承,心中大喜,果然满口答应与应天和平共处,互不侵犯。

朱元璋见汪广洋圆满完成了使命,搞定了东边张士诚,心中大喜,乃立即率兵去救南昌。

再说当张子明奉命突围往应天搬兵期间,陈友谅攻城益急。朱文正为麻痹陈友谅,乃遣绰号"舍命王"的心腹裨将持书至敌营,约三日后出降。

陈友谅因久攻南昌不下,今见其主动请降,心中大喜,道:"你要将城中实情详细告诉我知,我方信你真降。""舍命王"道:"这是当然。不过现在两家合一,请大王缓攻,以减少不必要的伤亡才好。"

陈友谅也知自己将士疲惫已极，亦须稍加休整，便点头道："那好，我也不怕你军插翅飞了！"于是，传令暂时歇兵。

"舍命王"见缓兵之计已初有成效，心中暗喜，便慢慢地将城中军情，尽情胡诌漫扯，自辰至午，一刻不停，直至傍晚，仍喋喋不休，并主动道："末将愿在此当人质，两天后我引大军一同进城。"陈友谅问道："为何要等到两天后？"

"大王有所不知。我军有个规定，凡守城达两个月后开城投降者，不连累家属，否则罪及九族。这也就是城里将士拼命坚守的原因。"

"啊，原来如此。那就等待两天又何妨。"

两天后，陈友谅见城中仍无动静，乃责问"舍命王"："为何还不见城里出降？"

"舍命王"答道："啊，所说的两天，是要到今天的亥时过后才算满期。"

"那三更半夜如何进城？"

"大王如认为深夜进城不妥，那干脆明天一早受降岂不更是风光？"

陈友谅略一沉吟，道："明天就明天，也不在乎这一天。但我有言在先，你若耍花招，敢欺骗我，那我就把你剁成肉酱！"

"哪个人不怕死，末将怎敢欺骗大王？不信，我且写个信，叫朱文正好好准备，明天一早开城迎接大军，如何？"

"好，你照刚才说的意思写个信，我叫人射进城去，使双方都有个准备。"

朱文正利用这几天的宝贵时间，一面加紧修复城墙缺损处，一面让将士轮换歇息，以恢复体力。这天接到"舍命王"的书信，乃于夜间召集众将，传令二更造饭，三更时分，遣李继先、赵国旺、朱潜等率精锐士卒分头劫营。

陈友谅被诈降所骗，正做好梦，将士们当然更是托大无备。一闻有变，顿时全营大乱。黑夜中，只听得人喊马嘶，杀声四起，更有人高呼："应天救兵到啦！""杀呀！""快跑吧！"汉营中，几十万人马瞎嚷嚷，方圆百里乱糟糟！待李继先等悄然回城，汉军还在自相践踏。

陈友谅吃了大亏，愤怒不已。立即将"舍命王"剁为肉酱。同时吩咐整顿士卒，准备次日大举攻城。并严令日夜加紧巡逻，以防不测。

陈友谅深恨朱文正狡诈，乃亲自督阵，猛攻三日，文正坚守不出，汉军除多扔一些尸体于城下外，仍无丝毫收获。

当南昌城下激战之时，张子明正快马加鞭，星夜奔驰。看看离湖口不远，乃扮作渔翁模样，驾着小舟溜进鄱阳湖，哪知到底还是被巡逻敌军拿住。

张子明心想："完了，自己一死无憾，只是这传信重任耽误了，如何是好？"猛然间，想到临离应天时，汪广洋交代的言语，心中顿时释然："幸好汪先生预先教给我一个锦囊妙计，待我按计行事，必能将信息传到城里。"便也不挣扎，而是老老实实地任其解去请功。

陈友谅闻得拿了一个细作，便命解来亲自审问："你是何人，敢来我这里做细作？实说了，我自赏你，如有半句虚言，就把你大卸八块，扔湖里喂鱼！"

"大王饶命！"张子明连连跪地求饶，"小人张子明，是南昌城里的一名小千户，奉命前往应天求援回来的。"

"好，实说有赏。"陈友谅叫左右拿来一锭银子，交给张子明，"朱元璋可答应来援？"

"不日即来，叫我先回来报个信。"张子明将银子揣到怀里，叩头道，"谢大王赏赐！"

"我命你明日至城下对朱文正说，朱元璋尚在滁州，应天无兵来援。你若照我这话说了，就再重重赏你；若能将其劝降，我便封你为将军。"

"那我求之不得，只是大王不要欺哄我啊！"

"朕金口玉言，决不骗你！"

"既如此，那我明天就去对朱文正说应天无兵来援；只是小的人微言轻，能不能将其劝降，我可没有把握。"

"只要照我讲的说了，就算你立功了；如能将其劝降，那就更好嘛。"

次日，陈友谅命人将张子明押至南昌城下，叫其向朱文正喊话，自己则在阵前专等。

张子明来到城下大叫："我是去应天讨救兵的张子明，要立见朱大都督说话。"

少顷，朱文正果然来到城楼。张子明见了，心中大喜，乃大声道："大都督，我是张子明，出使应天已回。主公令我传谕，你等要坚守此城，援军不日就到了！"说完，又声嘶力竭地连连高呼："主公将令：坚守待援！坚守待援啊！"

陈友谅一闻此言，方知自己又上了当，气得七窍生烟，连连高声喝道："斩了，斩了，快快将其斩了！"

连连上当的陈友谅又气又急，又羞又怒，便挥舞手中宝剑，不停地吼叫着督战："攻城，冲上城头！杀进城去，重重有赏！胆敢后退者，立斩！"虽然军法严峻，而且陈友谅还真的亲手砍了几个畏缩不前的偏将，怎奈城上箭石齐下，滚汤频泼，一天下来，除了壕沟里多一些尸体外，仍然是望城兴叹。

欲知陈友谅接下来如何与朱元璋大战鄱阳，请看下回。

第十五回

战鄱阳吴公遇险 赴湖水韩成献身

话说陈友谅围城已有七八十天了，南昌还是没有攻下来。这汉兵久顿坚城之下，已是师老人疲，可就犯了兵家之大忌了。而此时的朱元璋已亲率 20 万大军从应天赶来，水军先封堵了鄱阳湖口，陆军则纷纷攻克南昌附近重要城镇，完成了反包围。

话说至正二十三年（1363）八月二十九日，朱元璋与陈友谅这两个冤家对头，在鄱阳湖上摆开了阵势，进行着一场惨烈的、决定生死存亡的大战。

是日，两军在鄱阳湖南的康山附近水域接触。

汉军人多势众，战舰如云，其巨型战舰高数丈，分三层，气势雄伟，但活动欠灵；吴军人少船小，但船小好调头，机动灵活，士气高昂。

朱元璋一见敌军那庞大之势，心中也有些发虚，谓汪广洋道："陈友谅那厮的气势还真是不小哩！"

汪广洋当然也知道面前形势的险恶，但更知道气可鼓不可泄，乃道："彼军虽众，但我军占地理之便，必能胜之！"

朱元璋心中奇怪："这大湖之中，我军能占何地理之便？"

汪广洋神秘一笑："天机不可泄露！主公放心好了。"朱元璋虽心中狐疑，但又知汪广洋向来不说假话，便把大手一挥："进击！"

大将徐达等闻令，立即率舰队向汉军猛攻，一个冲锋便将汉军前锋击败。

陈友谅见状，乃仗着舰巨人众，将舰船相连成阵，展开达数十里，气势汹汹向吴军碾压过来。

汪广洋纵观双方的形势，乃向朱元璋献计道："眼下敌强我弱，当先用火炮威慑敌军；待近些时，即用强弓硬弩杀敌；同时要利用敌军巨舰首尾连接，不利进退的弱点，准备采用火攻！"

朱元璋点头道："先生此计大妙！甚合兵法。"乃传令徐达等依计行事。徐达此时也已做好了火攻的准备，只因浪静无风，还未施行。

也是老天有意相助。忽然湖面上刮起了一阵大风，徐达立即率舰向汉军猛攻，同时传令乘风发射火箭、火炮。

两军对射，湖上顿时一片火海。汉军死伤甚众，吴军伤亡也不小。

恰恰在这时徐达座舰被对方火炮击中，汉军士气大振，一片欢呼。陈友谅二弟陈友仁，冲上船头，手挥令旗，率舰直杀过来。

正在这紧急关头，常遇春斜刺里冲将过来。看看将近，拉开硬弓，一箭将陈友仁射倒。友仁甚有勇略，将士敬服。现见其被射死，汉军顿时大乱，已是顾不上进攻。看看天色已晚，双方便各自收兵。

越日，朱元璋亲自率舰队进攻。由于汉军战舰高大，吴军船小，吴军渐渐失利。午后，眼看着败局已定，朱元璋正欲退走之时，忽然东北风起，军师刘基立即大声向朱元璋建议道："主公快传令火攻！"

朱元璋此时也反应过来，以手加额，道声："天助我也！"立命扯起火攻号旗，同时自己亲擂战鼓，督军乘风发射火箭、火炮。众将士闻令，均纷纷冒着烟火，舍命向前冲突。汉军仗着人多势众，亦箭、炮齐发，双方立时胶着鏖战。

陈友谅战舰虽然高大，却因相连而行动不便，顿时陷入火海；吴军舟船轻便，进退自如，皆冒火死战。一时间，鄱阳湖上烟雾缭绕，火光四起，杀声震天。

一场混战，吴军转败为攻，全线出击。陈友谅虽损失惨重，但瘦死的骆驼比马大，依然顽强抗争。

"敌军势大，难以猝灭。"汪广洋谓朱元璋道，"我军还是见好就收，以保存实力，伺机再战。"

朱元璋闻言点点头道："先生言之有理，我们不能蛮干拼消耗。"乃传令收兵，边救火边撤退。

数日后，休整好的双方，再一次展开了恶战。

一时间，杀声动天地，箭矢如雨密，炮声似雷鸣；波涛起伏，烟火冲天；湖面之上，死尸漂浮，水色尽赤。

战至午后，吴军大将宋贵、陈兆先等相继伤亡；徐达、郭兴等战船亦烟升火起，忙着救火救人，已无力再战。朱元璋见状，下令前去救援。

近日，陈友谅已摸清白桅杆的船是朱元璋的座舰。此时骁将张定边发现白色桅船率先杀了过来，便暗令后退诱敌。朱元璋不知是计，仍径直向前冲去。

无何，张定边见白桅船与其大队脱节，乃把令旗一挥，大吼道："全队猛扑上去，插入敌阵，隔开白桅船，逮住船上的朱元璋，重重有赏！"

朱元璋见数路敌船迅速靠拢过来，心知大事不好，乃一面发出求援的信号，一面赶紧命调转船头开溜。哪知慌乱间，为避敌舰，白桅船竟撞上湖中沙洲而搁浅，忙了半天也动不了。

是时，朱元璋的座船已行动不了，自家船队又离得远，一时难赶上来接应；而此时的陈友谅、张定边倒是督船舰扑将过来了。

朱元璋见了此情，急忙奔上甲板观察形势，要亲自指挥。

刘基见敌舰正向这边放箭开炮，赶忙上前一把将朱元璋拽住，硬往船舱里拖，且道："主公，上面太危险了！"

朱元璋说声："无妨！"言未罢，一颗炮弹正落在船面上，早将几个将士炸倒！朱元璋见状，这才急得在船舱里团团转，嘴中不停地叨念："这如何是好？难道我朱元璋今天真的要死在这里？"

"主公勿慌，"汪广洋近前道，"我大军正向这赶来，不久危难自解。"

朱元璋把手一摊道："敌军已近，顷刻即可上船，我等岂不都成了瓮中之鳖？"

汪广洋道："敌船高大，湖水较浅，其一时也难靠上我船，主公且请宽心。"

朱元璋道："纵然敌船难靠上来，若其人游过来太多，我们也挡不住啊！"

刘基道："无妨！敌军如下船入湖，再想上船，也非易事，我等依船还可抵挡一阵子。"

朱元璋摇着头道："话虽如此，但这也不是长久之计啊！"

"待在下想个缓兵之计。"汪广洋道，"但陈友谅狡猾无比，一般的言辞是难以打动的，得像前些时舍命王、张子明那样，方能使其上当以拖延时间。"

汪广洋的话音才落，旁边一个指挥叫韩成的，突然扑通一下跪在朱元璋面前道："主公，我随您多年，您待我恩重如山。现在大胆恳请与您调换冠带衣衫，然后冒您之名，到船面指挥，与敌周旋，或可延缓其攻势；如不能成功，在下投水自尽，那时陈友谅必然认为大功告成，放松警惕，主公便可趁机逃脱。"

朱元璋闻得此言，心中又悲又喜，但嘴里却道："让你替死，我心何安？"韩成道："能替主公而死，是属下的本分，更是我韩成的福分！如若不然，到时敌军上得船来，亦玉石俱焚，又有何益？"

汪广洋见时机已到，忙对朱元璋道："这韩成本来就跟主公长得有几分相像，若着了衣冠，便更像了，何况双方交战之时，又离得较远，哪个能分出真假？请主公速与韩成易衣，属下便能行缓兵之计了。"

到了此千钧一发之时，朱元璋也没有主意，只好连连点头并自去衣冠。

汪广洋陪同着了朱元璋衣冠的韩成，快步冲上了船面。韩成便手挥令旗，假模假样地指挥起来。

张定边一见，心中大喜："朱元璋果真在此船上！"乃连连高呼："快快冲上去，擒贼先擒王！重重有赏，重重有赏！"

陈友谅闻信，亦亲督大队船只扑将过来，并命众军一起高喊："朱元璋，快快投降！投降免死！"

汪广洋见状，乃对韩成道："形势万分危急，现在就看将军您的了！莫忘了我刚才所教的话语。"韩成点了点头，便将令旗向湖中一抛，接着从腰间扯出一条白丝巾连连挥舞，大声道："我朱元璋在此，情愿投降，请汉王当面答话！"

陈友谅见状大喜，向丞相张必先低声吩咐几句，张必先点点头，来到船头，手指韩成大喝道："朱元璋，你此时还有何资格与汉帝陛下对话？有何话语，快快奏来，陛下将饶你不死！"

韩成见了，心中一喜："既搭上话了，就可拖延时间，以待救兵。"乃朝张必先拱了拱手："请问先生尊姓大名、官居何职？朱元璋这厢有礼了。"

张必先见鼎鼎大名的朱元璋向自己服软，很是得意："本官张必先，大汉丞相是也。你有何话语，本官可为你代奏。"

121

韩成闻言，对张必先弯了弯腰，又拱了拱手，方道："我朱元璋今天唯有一死谢罪，但请汉王看在我屡屡放还贵军俘虏的份上，网开一面，放我这船上的将士一条生路，让他们回归田园，与家人团聚吧。"

张必先喝道："废话！你或死或降，只在顷刻，还啰嗦什么？至于所部将士，我主答应优抚，去留听其自便。这下你该放心了吧。"

此时周围的汉军已越来越近，只因其船大，一时也靠不上来，其将士便远远地一边看热闹，一边高喊："朱元璋，投降吧，快投降吧！"

韩成见自家旗号的船队已近，有些已经向汉军冲过来了。只是周围的汉军船舰，仍紧紧围住自己这条船，看样子自己不死，陈友谅是要先到这船上来抓到朱元璋，才会调头迎战的。想罢，便大声道："汉王听了，为了两家将士少流血，我朱元璋立即投湖自尽！但请等我尸体上浮之后，你才上这船来接收我的将士。不然我做鬼也不放你！"

那边张定边一听，厉声大喝："朱元璋，快快投湖，免我动手！"四周将士亦一齐高呼："朱元璋，快快投降，快快投湖！"

是时，忽然狂风骤起，波浪汹涌。

韩成见自家的船晃动起来，敌船也开始向这边压来，便知道关键的时刻到了。乃先将袍服脱下，朝空中一抛；接着又将靴子脱下，奋力向湖中扔去；最后摘下金冠，托在手中，向四面亮相一周，才竭力高喊一声："汉王不要失信，我朱元璋去也！"道罢，纵身一跃，投入湖中！

汉军目睹了这一精彩表演，沉寂刹那之后，一片欢呼雀跃！然而经韩成这七扯八拉一阵忽悠，汉军暂缓了攻击，吴军却赢得了宝贵的时间，冲杀过来了！

陈友谅见朱元璋投湖身死，高兴异常，乃挥动令旗，督军扑向徐达、常遇春、俞通海等杀来的战舰。

此时，又一个大浪打来，正好将朱元璋的座船打活了。汪广洋忙指挥众将士划桨摇橹，趁附近敌舰奉命调头迎战徐达等人之际，不徐不疾地从包围圈中悄悄溜了出去。

徐达等闻朱元璋被围，乃拼命向前来救。陈友谅认为朱元璋已死，群龙无首，自己可一战成功，亦挥军死战。

汉将张定边首先冲锋，正撞着常遇春。两个猛将一较量，差不多是势均力敌。常遇春救主心切，不敢耽误，觑个空，突发一箭。张定边一时大意，顿时被射倒船中。张定边勇猛无比，陈友谅素来倚为长城。今见张定边中箭重伤，且天色已晚，乃传令收兵。

此战朱元璋遇险，亏得韩成替死，才侥幸得脱，不免自责孟浪，乃决定全军休整再战，并下令将所有船的桅杆都漆成白色，同时召聚众将计议破敌之法。

汪广洋道："敌军舰大人众，我等不可能毕功于一役，当与之长期周旋，慢慢耗死他。"

水军将领俞通海道："舰大有大的气势，船小有小的好处。我们要以己之长，击彼之短，方能取胜。"

刘基道："两位言之有理。我军船小人少，要发挥灵便之长，并适当辅以奇袭夜袭等方式，扰敌疲敌，积小胜为大胜，最后聚歼之。"

朱元璋闻言点头道："诸位所言不差，只是不速战速决，那粮草不济啊！"

汪广洋道："不错，不速战速决，那粮草是不济；但敌军人多，粮草更乏。属下已派人查得湖东的都昌县粮储甚丰，其中建昌、子昌、天保、刘椿等四家粮行积谷尤多，乡间民众亦广有余粮。今当趁陈友谅未察之际，速速遣得力人购之以备军用。"

朱元璋闻言道："先生果然能运筹帷幄，有先见之明，就请先生率精兵强将，多带银钱，前往湖东收购。"

汪广洋答道："事不宜迟，属下这就遵命前往。"说着，又回过头来道："我们能想到的，陈友谅早晚也会想到。故请主公遣人悄悄去南昌，命朱大将军注意侦察陈友谅动静。如其亦四处抢粮，便遣轻骑劫掠或焚毁。如此我们就会立于不败之地了。"

朱元璋与众人闻言，皆道："先生高见！"

欲知朱、陈两人在鄱阳湖如何再次较量，请看下回。

第十六回

陈友谅中箭殒命　朱元璋从众称王

　　话说在朱元璋忙着检讨战斗失误和积极筹粮的同时，陈友谅也在反思并调整作战部署。

　　丞相张必先道："朱元璋狡诈无比，这煮熟的鸭子竟让它飞了！今后当以我方舰大人多的优势，一齐拼命向前，来个人海战术，不怕灭不了他！"

　　太师邹普胜道："舰大固然好，但舰大难于调头；要把那些轻灵的小舟艇，尽量利用起来，大小配合好，才能制敌。这次让朱元璋侥幸逃脱，还有下次嘛。"

　　带着箭伤的张定边也发话了："愚意几经大战，我军已疲，战舰也须修理，当暂时坚守勿战，这是第一；第二也是最要紧的，我军久顿坚城之下，士气渐惰，而大军耗粮甚多，这就需要紧急筹措粮草。否则军粮一尽，就大势去矣！"

陈友谅倾听着大家的意见，心里盘算了好久，方道："诸位说得都有道理，大舰小船要配合行动，方能立于不败之地。朕要严明军纪，赏罚分明，身先士卒以鼓舞士气。至于紧急筹措军粮一事，还须大家出谋献策。"

邹普胜等相互瞟了一眼，然后异口同声道："那只有上岸打粮了。"

陈友谅听了，点了点头，而后又恶狠狠地补了一句："把那些抓到的俘虏全杀了，既出口恶气，又能省些粮食，岂不一举两得！"

"自古以来，杀俘均为不仁之事。"张定边闻得陈友谅之言，赶紧劝阻，"一来增大了敌军的抵抗力，二来也易失军民之心；退一步说，战俘也还有利用价值，可使其摇橹划船，必要时还可作挡箭牌呀！"

执拗的陈友谅此时哪里肯听人劝谏，把手一摆："非常时期，非常手段，管不了许多！杀，全杀了！"

杀俘归杀俘，陈友谅深知绝粮的后果，乃连夜派军到鄱阳湖东南岸，或购或抢，闹得四乡鸡飞狗跳，怨声载道。几天下来，还真搞到了不少粮食；可当运粮车往回赶时，却被南昌的朱文正遣轻骑突袭，一把火把粮食烧去大半。

这下陈友谅人多粮少，怎能沉得住气？乃亲督战舰杀向康郎山前的敌军水寨。

是时，朱元璋也已休整好士卒，修理好船舰，备足了粮食，单等陈友谅送上门来了。

朱、陈两军再次在鄱阳湖摆开战场。一连厮杀数日，朱元璋指挥部下与敌周旋，再也不敢贸然轻进；陈友谅见敌船的桅杆都涂成了白色，也找不到主攻的目标。两下打打杀杀，战战停停，未分胜负，就这么纠缠耗着。

十多天过去，陈友谅见自己粮食日渐减少，只得亲率百余艘大船冒死向前争战。为了摆脱困境，得以左右逢源，便将数十艘大船舰一字排开，拼着性命向吴军碾压，将战场由南向北推进。几经厮杀，业已来到离长江不远的泾江口附近，乃再次招心腹将佐商量攻战大计，道："历经数月血战，到如今南昌未得，而舰船已损失近半，且粮食将尽，你等看有何妙策退敌，或者说如何打破这僵局？"

张定边道："我军已是师老人疲，锐气尽失，加上粮草不济，愚意还是趁早收兵，退回武昌，再图后举的好。"

陈友谅之弟友贵道："太尉世之猛将，如何说这话灭自家的志气，长他人的威风？虽然我军损失不小，但瘦死的骆驼比马大，实力仍数倍于敌军；若泄气自退，军心一失，那就后果不堪了。"

太师邹普胜道："理是如此，但无粮则军散，不能无虞。"

"我看还是做两手准备，才能立于不败之地。"丞相张必先向来谨慎有主见，"一是全力夺取泾江口，控制入江的通道；二是令陆军撤南昌之围，北往永修、德安及星子等处打粮。有粮就战，无粮就走。如何？"

张定边立即赞同道："丞相言之有理！我们既不能在此与之死磕，也不能轻言放弃。"

众人闻言亦齐声道："二位张大人主意最好！若再不能破敌，又弄不到粮，那就只好趁势杀出重围，退回武昌了。"

陈友谅见大家意见一致，便点头道："既如此，全军休整两天，然后按计划分头一齐行动，朕就不相信那朱和尚能奈我何！"

当陈友谅在那商量攻战大计时，汪广洋也在这边向朱元璋进言道："泾江口乃鄱阳湖入大江的通道。陈友谅近日有来夺泾江口之势，那我军就应全力截击，不能放虎归山。那里地狭水窄，不利敌大船调动，而恰宜我小舟来回，若我军在那与敌纠缠并交战，是最为有利的。"

刘基闻言道："汪先生此言甚合兵法，于我有利，可行！"

徐达、常遇春等一班战将亦连称："汪先生之言甚是，请主公决断！"

朱元璋见众人意见皆同，遂传令众将，日夜小心拦截敌舰，绝不让其入江逃走。

双方的着立点在一处，于是一进击，一拦阻，两军便在泾江口展开血战。一连数日，不分胜负，均不相让。

陈友谅仗着船大人多，一次次冲锋碾压，箭石齐下；朱元璋则亲冒箭矢督战，指挥将士向敌舰发射火箭火炮；更有那水军大将廖永忠、傅友德、汪兴祖等，各率一些轻灵船只，主动穿插于敌舰之间，将载着油浇的芦苇小舟，硬行撞向敌舰，然后放火焚烧。

混战中，百里湖面，旌旗乱晃，杀声震天，烟火缭绕，死尸遍布，湖水尽赤。

这天，自辰至午，朱元璋见敌军拼命冲杀，大有夺路而逃之势，乃再一次奔至船头，亲冒箭矢坐在胡床上督阵截杀。

稍后出来观察形势的汪广洋发现，朱元璋身边除了十几个开弓放箭的将士外，没任何遮挡，便大喊一声："主公，这太危险了！"边说边一把将朱元璋拉进了船舱。朱元璋前脚刚进舱，便"嗖，嗖，嗖"飞来几支利箭，将好几个将士射倒，且更有一支飞箭射中了胡床！朱元璋见了，不由得摸了摸头，道声："好险哪！"

事有凑巧，就在朱元璋刚才来到船头甲板坐定时，陈友谅也正在不远的一只大船上督战。因前些时韩成代死之事，陈友谅已将其相貌刻进脑海。这时朱元璋一出来，陈友谅大喜过望，立即命左右来个齐射。及至见对面船上有人倒下了，陈友谅便高兴得忘乎所以，忙把头伸出船窗外来看。哪知其冠带鲜明耀眼，与人不同，被吴军另一只船上的郭英瞧见，料定是条大鱼。于是这个眼疾手快的神箭手，便立即开弓放箭。那一箭竟"嗖"地插入陈友谅的右眼并穿透脑门。这位四十四岁的"大汉皇帝"大叫一声，顿时跌倒在地，当场毙命。

其弟友贵闻讯，即从另一舰上奔来。还未上到友谅船头，便被廖永忠发现，一声令下，乱箭齐发，立即将其射杀，坠落湖中。

陈友谅一死，其军顿时大乱。

朱元璋虽不知陈友谅已死，但见其军慌乱不前，舰船四散，料定其内部发生了重大变故，乃发出全面进攻的信号：擂起全部战鼓，挥动所有旌旗！大小战船闻令，一齐向前死战！

朱元璋此时又不失时机地命众将士在冲锋的同时高喊："汉军败了，降者免死！"

张定边、张必先、邹普胜等见陈友谅兄弟战死，败局已不可收拾，乃各自带着一些心腹将士，分头舍命冲出泾江口，逃回武昌。

蛇无头不行。汉军剩下的将士闻得主子已死，连猛将张定边等也已保着皇子陈理逃走了，顿时斗志全无，任战船在湖面漂荡；因知朱元璋不杀降俘，大都在船舰上竖起了白旗，先后卸甲归降了。

鄱阳湖大战一结束，朱元璋便问汪广洋："先生早时说过我军占地利之便，必能胜敌，此天机如今能泄露吗？"汪广洋微微一笑，附耳道："所谓地利之便，乃康郎山为战场也。岂不知猪（朱）见糠（康），喜洋洋吗！"朱元璋一听大悟，两人不由得抚掌大笑起来。

汪广洋亲历了鄱阳湖决战的大捷，见不可一世的陈氏差不多已烟消云散，心中无限快意。此时西望那直插云天的庐山，北望那滚滚长江东流水，联想到眼下人事的兴衰，自有一番情趣和感慨，不由得吟诗一首：

江上

庐山万八千丈高，江水日夜送波涛。

看山饮水自成趣，何用长竿曳巨鳌！

这场以朱元璋二十万对陈友谅六十万的鄱阳湖大战，从元至正二十三年（1363）八月二十九日开始，到十月上旬的一个多月的时间，就以朱元璋的胜利而结束了。虽然后来张定边等又在武昌拥立陈友谅的次子陈理为帝，但那时大势已去，次年就被朱元璋彻底平定了。

朱、陈之间的鄱阳湖大战，是争夺中国南部的战略决战。该战的胜利，奠定了朱元璋一统华夏的基础。

话说朱元璋击杀了陈友谅，本想趁势进击武昌，彻底把陈氏灭了。汪广洋进言道："鄱阳湖一战，陈氏元气已是丧尽，早晚唾手可定，不足为虑，倒是我军民应休养一段时期，以利再战。"老谋士朱升亦道："江西一带遭兵火数月，兵疲民苦，应将息为上。"

朱元璋闻言，看了看刘基。刘基亦点头道："二位先生言之有理，我军民亦须休整将息；况且东面还有一个张士诚在那，不可不防。"朱元璋想想，觉得有理，便班师回应天，而留常遇春率兵攻取武昌周边州县，以防陈氏死灰复燃。

朱元璋回到应天，已近年底。李善长、刘基、汪广洋、徐达、汤和等一些文臣武将，因见江南大局初定，乃纷纷劝朱元璋称王。

朱元璋推辞道："湖广尚存，平江气盛；疮痍满目，人心未定。岂可贸然行事，自招祸端？"

李善长、徐达等乃屡屡联名上表劝进，朱元璋仍然固辞不肯。

汪广洋面争道："今天下纷争，群雄并起，元室衰微，主公正当称王以高举义旗，对内能鼓舞人心，对外能延揽英雄，实有利恢复中华的大业啊！"

刘基亦道："湖广残陈，传檄可定；平江张氏，虽看似强大，实则一守财奴、井底蛙，无远见、乏诚信，早晚必为我所擒；至于台州的方国珍、巴蜀的明玉珍之流，那就更不在话下了。"

汤和则大声道："依我看，不要说称王，就是称帝又何尝不可？那样可将江南这些王收过来，就可以与无道朝廷直接叫板了！"

汤和是朱元璋的发小，为人老实、厚道，自起事以来，一直忠心耿耿地跟着朱元璋南征北战，深得朱元璋的信任。今见其口无遮拦地这样一说，朱元璋不由得喝道："你胡说些什么呢？朱老先生不是早就说过缓称王吗！现在四方未靖，你倒说称帝，那不是找死吗！"

朱升见话头牵到自己，稍一沉吟，乃道："汤将军所言不能说全无道理，只是没到时候；依老朽看，主公现在称王，倒是正当其时。"

朱元璋问道："老先生，此话怎讲？"

朱升干咳了一声，拂了下胡须，慢声慢气地道："元室将倾，天下大乱，此正是时势造英雄之时也。主公崛起田垄，今握江南千里之地，有雄兵数十万。此虽主公仁德智勇，然亦是得众将相助而成。众人背井离乡、出生入死地追随主公，也是想攀龙附凤，建功立业，好封妻荫子，青史留名罢了。今不正位称王，如何统率这神州大地、百万之众？部属将佐又能有多大指望呢？所谓水涨则船高嘛！"

李善长亦不失时宜地劝道："对，对！称王了，既可鼓舞军民士气，又可招揽四方英豪，共谋大事！有百利而无一害啊！"

汪广洋接口道："对，对！主公现在称王，对内惠民抚军，总揽人心；对外招贤纳士，可壮声威，有利无害。一旦天下有变，就可兴师北伐，大业可成！主公勿疑。"

朱元璋倾听着众人的言语，不由得微微点了点头，像是问自己，又像是问大家："当真称王的好？"

众人闻言，一片声："称王的好，称王的好！"

朱元璋见众人真心拥戴，遂于至正二十四年（1364）正月初一，在应天即吴王位，建立百司官属中书省，设立了浙江、江西、湖广、江淮等行中书省。封李善长为右丞相，总领政事；徐达为左丞相，总领军务；常遇春、俞通海为平章政事，以刘基为太史令，汪广洋为右司郎中，张昶为左司都事，邓愈、汤和等俱为将军，分领诸事。

朱元璋知天下大乱，民不聊生，乃元廷昏庸所致。于是在应天称王之后，正纲纪，明法律，严治军，禁扰民，治下面貌很快为之一新。

一日，汪广洋谓吴王朱元璋道："湖广、江西未靖，还须大王亲往征讨安抚，才能安定后院；而在这之前，仍须结好张士诚，以免后顾之忧。"朱元璋连连点头道："先生言之有理。"乃遣心腹人杨宪为使，持重金前往平江示好。

张士诚量小智浅，贪财好利，见了财物，当然应允友好。同时又打着自己的小算盘："既然朱和尚如此，我何不趁机北收淮安、济宁，南略绍兴、温州，以扩充地盘壮大势力？"

朱元璋整顿好内部，又安抚好张士诚，便亲率十万大军，水陆并进，齐奔武昌。

汪广洋乘船夜过黄州，遥想其昔日的繁华不再，而如今百姓家，骨肉离散、哀鸿遍野的惨境，令人同情，久久不能入睡，乃赋诗一首：

过黄州有感

甲郡繁华控上流，郡中多半竹为楼。

楚筍巴橘通王贡，越管秦筝贮客游。

万灶颠危烟久灭，几人离散骨初收。

移船夜读眉山赋，一鹤横江月满洲。

是时，武昌周围的州县已被常遇春先后夺取，只有武昌在忠心耿耿、文武双全的张定边严防死守下，勉强得以保全，但眼见得已是孤城一座了。

欲知朱元璋如何攻取武昌，请看下回。

第十七回

残陈汉武昌谢幕　汪广洋赣州遇友

话说主持武昌军政大计的张定边，闻得朱元璋率大军前来，乃忙令岳州的张必先速来救驾。哪知张必先莽撞而行，逞勇轻进，途中中了埋伏，竟被常遇春生擒活拿。

汪广洋知张必先武艺高强，人称"泼张"，在陈友谅军中颇有威望，乃好言劝降："陈氏暴兴速败，气数已尽，此人所共知之事；今吴王亲率大军至此，将军何不劝陈理开城投降，既能得富贵，又能保全军民性命呢！"

张必先叹了口气道："天意如此，人岂能回？只是两军血战数载，吴王真能忘陈氏旧恶，赦其满门吗？"

汪广洋道："吴王有言，只要开城投降，一个不杀！陈氏一门仍享富贵，所有官吏将士，一律各司其职，或听其自便。"

"既如此，吴王要在城下当着众人折箭盟誓，方能取信于人。"

"这有何难？吴王是最讲信义的。"

朱元璋听了汪广洋的回禀，很是高兴，乃召见张必先，当面许诺赦陈理一门及满城军民："所有人等，以往过恶，一律不究！愿与我创业打天下者，一律量才任用。"

"谢吴王，但若要此事圆满成功，最好先放我进城。"张必先道，"这一是让罪臣先入城晓以大义，二来以示大王诚信，不知大王能应允否？"

朱元璋听得张必先这样一说，一时倒拿不定主意，便瞟了汪广洋一眼。汪广洋连忙道："张将军乃忠义之人，必言而有信。臣以身家性命作保，望大王准其所请，以免军民血光之灾。"

朱元璋闻言，谓张必先道："张将军听清楚了，汪先生要为你作保；实则本王亦知将军乃男子汉大丈夫，也愿为你作保。现在就送你进城，望勿辱使命！"

张必先闻言大喜，叩了个响头道："谢吴王！"

陈理、张定边见张必先被擒，外援已绝，早已气馁。今见张必先被放归来，知道大势已去，顽抗无益；又闻得赦免其罪，于是决定开城投降。

次日，朱元璋金冠玉带，轻裘肥马，率着文臣武将，亲至城下，当着两军将士之面，折箭盟誓，道："皇天在上，我朱元璋率兵到此，为的是应天顺民，以安家国。今赦陈氏一门及满城军民既往过恶！如有欺妄，如同此箭，天诛地灭！"

陈理在城头见朱元璋折箭盟誓，便放下心来，于是大开城门，率众投降；自己衔璧肉袒，恭请大军进城。

朱元璋也不食言，再次当众赦陈氏一门，并封陈理为归德侯，去应天颐养天年；其余官员，或就地委任，或随往应天就职；并立命从外地运粮进城，赈济城中百姓。是以阖城大悦，远近皆望风归顺。待朱元璋称帝后的洪武五年（1371），陈理被遣往属国朝鲜安置，封为陈王；四年后，陈理病死，其子孙便永久留在了朝鲜。当然，这是后话。

却说朱元璋见湖广初定，乃令杨璟为湖广行省参政，镇守武昌，自己班师回应天。

有近侍将陈友谅的镂金床抬上，招摇过市，要运往应天，引得城中百姓争相围观。

朱元璋闻之赶来，指着金床谓军民道："这与蜀孟昶的七宝溺器，同是败国亡家之物，决不可留！"说罢，立命左右将其当街击得粉碎！军民见此情景，不禁拍手称快，欢声雷动！

是时，只有江西的南部一带，还是陈友谅原来势力的地盘。前时彭时中率兵往攻赣州，数月竟不能下。

汪广洋乃向吴王朱元璋进言道："赣州原忠于陈氏，现陈理已降，其后路已断。但其东南两地仍属元廷，这孤悬一隅之地，我当急取之，以防他变。"

朱元璋道："先生言之有理。只是赣州守将熊天瑞不仅能攻善守，而且深得民心，固守不降，如之奈何？"

"在下以为，赣州难下，一为熊天瑞善守，二来也与我兵力不足有关，三来也是我方率兵将帅乏能所致。"汪广洋接着又说道，"现在武昌既下，陈氏已降，赣州军心必然大乱；不如调常遇春率得胜之兵往攻，必能成功。"

"对，对！"朱元璋鼓掌称善道，"杀鸡用牛刀，必然能奏效！"乃当即传令，命常遇春率兵南下攻取赣州。

"熊天瑞困处孤城，犹笼中鸟、阱中兽，若强攻死守，会落得两损俱伤，大大划不来。如能使其降服，那就更好了。"汪广洋见朱元璋言听计从，很是快慰，乃又进言道："为能使赣州倾心来降，还要请吴王告诫常遇春，爱民惜军勿妄杀才好；纵然其誓死抗争到底，破城之日，亦当以保全生民为要。这一则可使民力为国家所用，二则又能为未附者劝，方不失为王者之师。"

"先生真金玉良言也。生降其兵，即可为我所用；纵有逃归者，亦为我之臣民，何须计较！若得郡无民，于国何益？岂王者之道？本王当从先生之言，命将帅们勿扰民、勿妄杀！"朱元璋说罢，又道："常遇春勇猛有余而智谋不足，就请先生前往其营中参赞军机如何？"

"大王之命，臣下焉敢不从？"汪广洋听了，当即爽快答应下来。

"好，好！"朱元璋大喜道，"赣州之事，全仗爱卿！"

汪广洋以骁骑卫士的身份，乘船前往赣州营中。在一个风雨交加的寒冷日子里，来到离赣州城只有百里的万安时，依然还没有听到赣州归附的消息。汪广洋面对壮丽如画的万里江山，遥想历史上的名将马武、周瑜等及时建功立业，而青史留名；可是熊天瑞却看不清天下大势，闭门自大，怎么能成大器？对比之下，汪广洋心潮起伏，决心将其收服，乃赋诗一首：

风雨舟次万安闻赣城未附

汩汩寒江照碧芜，阴阴官树噪童乌。

一蓬风雨留行色，万里云山入壮图。

马武拔身终仕汉，周瑜仗剑早从吴。

闭门尊大成何事？惭愧公孙画此谟。

越日，汪广洋来到常遇春营中，传达了吴王朱元璋不得妄杀的将令，并将自己意欲劝降的意思说了出来。

常遇春皱着眉头道："先生想将其劝降，当然是利国利民的大好事。但熊天瑞那厮能攻善守，仗着城坚濠深，且又兵精粮足，竟是不战不降，油盐不进，与我干耗着。我若强攻，损伤太大，又违了吴王旨意，是以两难。今先生到此有何奇谋教我？"

"依在下看，这事须慢慢来，急不得。"汪广洋把早已想好的策略说出来，"一是先将吴王的旨意写成告示，射进城去，纵然不成，起码也可乱其军民之心；二是将大军撤出数里，以表我方诚意。"

"这撤围怎能行？"常遇春快人快语，连忙打断汪广洋的话头，"那厮如趁机率兵逃走了，我等如何回去交差？"

"将军也太小心了！"汪广洋笑着开导道，"其故主陈理都已在应天了，熊天瑞现在能逃到哪里去？难道会去投元廷？退一万步说，他逃了，我能不费张弓支箭得了赣州，岂不也是美事！"

汪广洋见常遇春点点头，同意了自己的看法，便又接着道："这三天，我等可趁机在城外歇兵抚民，一面结好民心，一面访问乡民耆老，看看他们可有什么好的对策，或者能访出熊天瑞有什么软肋也未可知。不知将军以为愚意如何？"

常遇春一勇之夫，乏于智谋，能有什么好办法？听了汪广洋所说，也觉得有点道理，便道："既如此，就先依先生意见试试吧。"

常遇春整饬军务，汪广洋也没闲着，安排一些人深入民间察访。

一天，汪广洋从乡民口中得知，有一个八十多岁的老者，曾是前朝官员，并长期在赣州城中居住，只是近几年才隐居深山中。汪广洋心中暗喜："莫非自己的谋划应在此人身上？"于是，打扮成一个落魄文人，请乡民引至老人处。

只见其处山高谷深，小道蜿蜒，古木森森，溪水潺潺，远处的竹林中隐约现出茅舍的一角，并从那里传来阵阵悠扬的琴声。汪广洋心中一喜："看样子今天不会是白来了。"忙快步向前，来至茅舍边，鼓掌高声道："弹得好琴，真高士也！"

"谬奖，谬奖！"屋内传来一阵苍老的谦逊声，"贵客何不请进来坐坐？"

汪广洋闻言大喜，乃迈步走进草堂。只见一个鹤发童颜、庞眉高鼻的老爷子，缓缓地从案桌后站起来迎客。

汪广洋赶紧趋步上前，躬身抱拳施礼，道："晚辈贸然前来拜访老先生，敬请海涵！"

老者微微一笑，亦抱拳还礼，道："远道贵客，不必多礼。请坐，请坐！"

两下寒暄毕，对视了一下，均觉得有些似曾相识，可又一时想不起到底是谁。

还是汪广洋先开口道："晚辈闻得老先生是个世外高人，故而特地前来拜见请教。今日一见，竟觉得有些面熟，这岂不是有缘？敢问老前辈尊姓大名？"

老者见问，手抚长须，稍一沉吟，答道："老朽年逾八旬，百事皆忘，唯自称山村野老而已，哪里是什么世外高人？请教二字实不敢当。既然你我有缘，不知先生高姓大名，仙乡何处？"

"这应实话实说吧，"汪广洋脑海中一闪过这个想法，便道，"在下姓汪名广洋，高邮人。"

"好响亮的名字！"老者夸奖了一句后，又略一思索道，"老朽有一故友与先生大名仅差一字，而且其潇洒的身姿与稍长的面庞，也和先生有些相像，仿佛真有点缘分。"

汪广洋闻言一愣，盯着老者道："请问尊友何名？"

"故友汪广泽，太平人，分别近二十年了，今看先生与敝友相仿，故有此叹。"

汪广洋闻得老者提到自己的原名，很是惊讶，不由得霍然立起，再次仔细端详老者，心中一动："难道是元之故帅穆尔萨？"便试探着问："老先生知晓密理公吗？"

这下该老者发愣了："密理正是老朽贱字，已多年未用，无人知晓，先生何以得知？"

汪广洋一闻此言，喜从天降，连忙跪倒叩头："穆大人，小的汪广洋恭请金安！"说罢，又补充一句道，"小的就是汪广泽。'广洋'是太平从军时，吴王给改的名字，这下大人想起来了吧？"

"啊，啊！"老者终于明白了，连忙伸手来扶，且道，"你汪广洋就是原来太平的汪广泽？啊，太好了，幸会，幸会！怪不得一见面时，便有些似曾相识之感，原来真是故人到了！"说着，拱了拱手，道声"请稍待"便转身进屋去了。

少顷，穆尔萨拿着一卷诗文出来，递给汪广洋道："老弟还认识这《瑞菊诗卷》否？"

汪广洋赶紧接过一看，上面除载有穆翁自己的诗词百余首外，还录有一些朋友的佳作，便指着其中的几首谓之道："这是小可当年的涂鸦习作，蒙大人不弃还保留至今；只是不知这上面的几位诗友今在何处？"

穆尔萨闻言，叹了口气，道："老朽当年奉旨宦游海上，后兵戈四起，遂奔走南北，几无虚日，弄得心力交瘁；知道大厦将倾，遂看破红尘，隐遁乡野，苟全性命于乱世，算来已二十余年矣！与原来的亲友俱音信断绝了。"说罢，摇了摇头，两手一摊，一副无奈之状。

汪广洋闻言大喜，心想："这下真算找对人了。"乃将自己别后的经历大概说了一遍，最后重点谈到来赣州的目的，并拱手向穆翁请教道："大人，元廷将亡，赣州弹丸之地，我主吴王不忍生灵涂炭，必欲使其归降。小可愚鲁，务请大人指点迷津，施以援手。"

"老朽隐居多年，早已不问世事，如何能帮上忙？"穆尔萨闻言，摇了摇头，"况且熊天瑞是陈友谅旧部，不仅素无来往，算起来还是敌对之人，他岂能听我的？你还是另想办法吧。"

"大人，这赣州我方势在必得，而熊天瑞又坚守不降；若两下强攻死守，这军民就要大大遭殃了，你我于心何忍？"

"老朽也是心有余而力不足啊！"

"既如此，能否请大人以百姓耆老的身份，陪我到赣州城走一趟，当面向熊天瑞劝降呢？"

穆尔萨见汪广洋有此一请，不由得心中一热："贤弟尚在壮年，前途无量，为了军民百姓，竟欲身入虎穴；我一个行将就木之人，何惧一死？就到赣州城走一趟有何妨？"

"那就有劳大人了！"汪广洋闻言大喜，一揖到地，"既蒙大人金诺，不知何时动身？我好回营与常将军商量准备一下，且叫将士们来用轿子抬您。"

穆尔萨连连摆手道："不忙不忙。今天色已晚，明日我自找几个乡民抬至城边就是；贤弟作为敌国，还是不要莽撞进去的好，只需在外静候消息。"

汪广洋听了穆尔萨的打算，心中过意不去，道："小可怎能让大人独自进城？我必定是要一同进去的。"

"贤弟，你听我说。你去于事无补，甚至有碍手脚，何必呢？"穆尔萨道，"我为民请命，责以大义，也许其事可成，你且在城外听候佳音吧。"

汪广洋闻言，沉吟半晌，方道："既然大人这么说，小可就恭敬不如从命，在城外听候消息；若熊天瑞不放心，就请通知我入城面谈，甚至为质亦未尝不可。"

两人又就入城之事仔细商讨了一番，方才歇息。

临睡前，汪广洋追忆往事，百感交集，乃赋诗《题瑞菊诗卷》后，以记其事云：

> 我对青山倦著鞭，君垂白发赋归田。
>
> 偶来把臂三千里，却忆题诗二十年。
>
> 零落亲朋逢乱日，萧条松菊委荒烟。
>
> 临风展玩长挥泪，谩想当时思惘然。

穆尔萨读罢，不禁涕泪交流，感慨万端。

欲知汪广洋这位老友入城劝降的结果如何，请看下回。

第十八回

穆尔萨受托劝降　谢再兴激愤投敌

话说穆尔萨为汪广洋大义之情所感动，次日便带着其嘱托肩舆入城。面见熊天瑞后，也不转弯抹角，就侃侃而谈。先纵论天下大势，元室将倾；次谓陈氏已亡，愚忠无益；最后为民请命，替将士寻出路，明确开出了吴王的条件：只要打开城门，一个不杀，一物不取；愿留者一律各司原职，愿走者一律放行不究。

熊天瑞面对这样的优惠条件，加上虎将常遇春的大军压境，便也就坡下驴，答应献城。只是一方面还心怀疑惧，二来也想拿拿架子，道："老先生虽是从中做好人，毕竟两不着边，能否请对方来个能做主的人，当面谈谈，则既能释群疑，又能显诚心。老先生以为如何？"

穆尔萨当即答应道："如此甚好！汪广洋奉命前来，就是专为此事的。"

于是穆尔萨告辞出城，来到营中，向汪广洋和常遇春如实转达了熊天瑞的意见。

汪广洋连忙道："既如此，待汪某进城去与熊天瑞当面谈妥最好。"

只是常遇春尚有些犹豫，道："熊天瑞是诚心吗？汪先生，我们可不能上当啊！你若有个好歹，在下向吴王不好交差哟！"

穆尔萨道："据老朽看熊天瑞是诚心的。你们双方已争战数月，彼现在处于弱势，不能不有所顾虑啊。"

汪广洋道："老先生言之有理！将军请放心，在下此去，必能成功。现在大势如此，谁人不知？就是熊天瑞三心二意，其部下将士也是不会答应的！"

果然，当汪广洋与穆尔萨进城时，城中军民俱点头示好。汪广洋当着熊天瑞与众将士之面，重申了吴王旨意，众人欢呼雀跃，顿时城门大开，迎大军进城。是以不费张弓支箭，赣州全境皆定。

在报捷的号角声和军民的欢呼声中，汪广洋登上了赣州西北部贺兰山顶的郁孤台。望着高照的丽日和滔滔的江水，满心希望新政权的雨露阳光，能滋润那野草样的百姓。是以怀着喜悦之情，赋诗咏志：

登郁孤台

传报东门橐鑰开，缓乘单骑陟层台。

连营喜动旌旗卷，遮道懽迎父老来。

云拥龙骧通百越，天垂象纬丽三台。

赣江流水深千尺，愿激余波遍草莱。

赣州捷报到了应天，朱元璋大为欢喜，道："这汪广洋真神了！"乃升汪广洋为江西参政，暂留赣州安抚民心；又正式委熊天瑞为赣州守将，同时命常遇春班师回应天。

汪广洋化解了赣州危机，得为江西参政，能一展治国为民的抱负，自然勤政理事。于是，一方面下令废除以前苛政，并抑制豪强；一方面招抚流民，鼓励农桑；同时考虑到江西近年的战事给地方上带来的损失，乃上书吴王，请求减免税赋并建议军队屯垦，以利地方安定和老百姓安居乐业。

朱元璋深知陈友谅虽灭，但其尚有相当影响，乃接受汪广洋建议，大笔一挥，不仅免湘赣地区一年赋税，且令军队就地屯垦，解决军需，以改善将士生活。

消息传来，军民欢欣雀跃，齐颂新政。

汪广洋为体察民情，也为防止军队无事生非，还常轻车简从，巡视四方。不过数月，江西境内便政令通达，安定祥和。只有大都督朱文正仗着在南昌大战中立有大功，且又是吴王胞侄，便逐渐骄侈淫逸，胡作非为，甚至掠人妻女，草菅人命。汪广洋屡屡劝谏不听，随后也只得睁只眼闭只眼，不去过问了。

自赣州归附后，原属陈友谅的湖广及江西等地，已全部并入应天势力范围。西边的威胁解除后，朱元璋就开始考虑解决东边的问题了。

一想到东边的问题，朱元璋心想："汪广洋对张士诚颇为了解，好钢应用在刀刃上，现在江西既已安定，应将其调回应天，以利东征。"

汪广洋接到回应天的命令后，便乘船由赣江顺流而下，经鄱阳湖，从湖口进入长江。这天来到小孤山下，见傲然独立于滔滔江水之中的小孤山，给人有一种激昂向上的气势和特别风采，便想象着登上孤山极顶，远望故乡的快慰心情，乃赋诗以记之：

小孤山

海门第一关，苍翠五云间。

阴雨蛟龙出，晴天鹳鹤还。

江声春夜寂，草色带春殷。

欲往临危顶，因之望故山。

话说当朱元璋与陈友谅争雄的四五年间，张士诚除了从元朝那里骗得财物外，便是躲在平江城里醉生梦死，一事无成。这次趁朱元璋西征之机，倒是放心大胆地南征北讨了一回，北至山东济宁，南到浙江杭州、绍兴，占领了不少地方，并捎带将朱元璋的老家濠州也据为己有了。地大了，人多了，张士诚的野心又起了，便向元廷请封王爵。

元廷此时已是焦头烂额，无暇他顾，况也知张士诚非真心归顺，当然不允其请。张士诚见所欲未遂，心中大怒："这朝廷好生无理！连和尚都称王了，我好歹名义上还是归了朝廷的，竟不肯封王，难道便罢了不成？"

下面人闻得此言，自然是奉承劝进。于是张士诚便自称吴王，建都平江；同时扩府邸，置官属，以弟张士信、女婿潘元绍为左右丞相，主持军政。偏张、潘二人无谋无勇，唯喜声色犬马，是以看起来花团锦簇的平江，却已是末日将临了。

吴王朱元璋彻底解除了西边陈氏的残余势力后，实力大增，便再一次厉兵秣马，打算找个合适的时机解决东边的张士诚了。

一天，朱元璋偶然与徐达聊起英雄美女的话题。徐达不经意地说了一句："谢再兴的二女儿不仅长得好，而且力气大，武艺高强，真是一个美女英雄啊！"朱元璋闻言诧异道："有这等事，好哇！"乃立即悄悄对左右侍者吩咐几句，见侍者飞也似去了，自己则哈哈大笑，拉着徐达来到大厅，弄得徐达丈二和尚摸不着头脑，只好陪着傻笑。下人们则忙着张灯结彩，布置喜堂。

不多时，李善长、常遇春、汤和及朱升、刘基、汪广洋等一班文臣武将陆续来了，并一个个向徐达拱手道喜。徐达以为是自己又要加官晋爵，当然一一回礼，不停地道："同喜，同喜！"只是心中不解："以前并不是这样啊。"

少时，左右摆上酒宴。朱元璋端起酒杯，站起来谓徐达道："贺徐大将军新婚之喜！"李善长等也跟着端起酒杯道："贺徐大将军新婚之喜！"这下把徐达闹得更糊涂了，眼望着朱元璋，嘴里不停地道："这，这……"朱元璋见平素老实的徐达急成这样，心中无限畅快，乃道："请大家先饮了这杯喜酒，听我慢慢说。"说罢，自己先一饮而尽，并摆了摆手，示意大家坐下。众人自然一一照办。

朱元璋见大家落座了，便道："诸位随我打天下，长的有十多年了，短的也有好几年了，大家辛苦了，这个我以后自会加倍报答。眼下徐大将军已是三十四五的人了，还是单身，如今我做主，为大将军娶一个夫人。这就是我为大将军办的喜宴！"

徐达至此才如梦初醒，连忙离席跪下叩头："谢吴王，只是不知是哪家千金？"朱元璋卖着关子，笑道："自然是大将军的意中人哪，你见过啊！"

"我见过？"徐达又糊涂了，"我见过谁啦？"

"不就是你刚才说的那个美女英雄，谢再兴的二丫头么，"朱元璋这才挑明了，"怎么样，这下该心满意足了吧？"

徐达闻言又惊又喜，结结巴巴道："这，这，好是好，只是年龄不合适吧？我比其父小不了几岁啊！"

"这有什么不合适？美女配英雄，好得很！孤王我已命人将将军府布置好了，三杯过后，你这新郎官就回府准备迎亲入洞房吧！"

"这，这，现在就迎娶？能行吗？其父谢再兴还在浙江征战呢！"

"这有什么不行？孤王我主婚，在座的诸位都算媒人，这是好事嘛，谁敢不遵！至于谢再兴那里，孤令侄儿文正传谕令岳就是了。"

见朱元璋这样安排，李善长等自然乐得凑趣：

"英雄美女，佳偶天成！"

"大将军艳福不浅，快回府入洞房吧！"

"吴王主婚玉成，大将军赶快谢恩吧！"

到了此时，也由不得徐达多想了，连忙叩头："末将谢大王恩典赐婚，没齿不忘！"

朱元璋呵呵大笑，一边亲手将徐达扶起，一边道："我俩同乡好友，如今又结成亲眷啦！"原来朱元璋的亲侄儿朱文正，就是谢再兴的大女婿。

不久前攻下浙江诸暨的谢再兴，接到朱元璋将二女儿嫁给徐达的消息，先是一愣："我的女儿嫁人了，怎么连我这个当爹的都不知道？"但生米已做成熟饭，也无可奈何，但也免不了说了几句牢骚话。

诸暨离杭州不远。那杭州一带乃张士诚的地盘，很是富庶。谢再兴的心腹左总管和糜万户，时常派人到杭州等地做生意赚钱。

朱元璋出身低贱，自从成为掌握军政大权的一方诸侯后，身边的文臣武将，不是身经百战的英雄豪杰，就是运筹帷幄的智谋之士，是以自惭形秽而心存猜忌，于是，便别出心裁地设了一个"检校"名目，由心腹人杨宪、夏煜、高见贤等任事，专门监察百官。

是时，朱元璋得到检校杨宪的密告，知谢再兴有常遣心腹人到杭州等地活动的事，再联系到其因嫁女而说的一些牢骚话，不由得心中大疑："莫非这家伙与张士诚暗中勾结，意欲造反吗？"乃来个敲山震虎，遣人去诸暨，将左、糜二人逮捕，并以其暗中向张士诚泄露军机的罪名，就地斩首示众。

谢再兴一想起这事，是又气又怒，不由得谓左右道："在自己的地盘上，自己的心腹将佐，以莫须有的罪名被诛杀，这以后叫我如何领兵，如何打仗，如何打胜仗？"哪知道其这一言行，又立即传到了朱元璋的耳朵里。

谢再兴还在生闷气时，忽然应天使者到，当众宣读吴王手谕："令诸暨守将谢再兴迅速回应天，另有任命；所部军马由参军李梦庚节制，即刻交割，不得延误。"吴王手谕读罢，不仅谢再兴如五雷轰顶，几乎所有人都感到意外，仿佛要大祸临头。

谢再兴不愧沙场老将，虽事到临头，已无暇商议，但仍装成一副高兴模样道："吴王已与我结为亲家，真是大喜事，此次回去想必又是加官晋爵，喜上加喜；待我将军马聚集起来，交割后便即刻回应天。"说罢，对其弟谢三道："李将军与使者远来，你且陪其暂歇，并安排接风洗尘；我与栾知府及五弟去聚众听点。"谢再兴说完，便与弟弟谢五、知府栾凤等，迅速出去了。

李梦庚见状，虽有所疑惑，但自思："我是带着尚方宝剑来的，谁敢不遵？谅谢再兴一介武夫，又能有何作为！"当其还未回过神来时，便被谢三拉到后厅喝酒去了。

谢再兴将知府栾凤及一班心腹将佐等，招进密室。然后道："生死与共的兄弟们，我们大祸临头了！"众人闻言，不由得一阵骚动。

谢再兴把手一摆道："左、糜二人不过去杭州、绍兴一带以做生意为名，打探敌情，顺带赚点钱，还不是为了军需军情做准备？却被以泄露军机的罪名立即诛杀，太不把我等当人了！"

谢五接口道："纵然有人犯事，也该由主管查实处理，岂有命人直接斩杀的？"栾凤亦道："无论如何，二人是罪不至死的。"众人又是一阵议论纷纷。

谢再兴见了此情，乃再来一个火上浇油："你们看看今天这架势，听听这谕旨，想想这几年一些所谓违令犯禁人的下场，我前脚到应天，就会被囚被杀；你们呢，自然也不会轻饶，在这里也会落个与我一样的下场！"

众人一闻此言，登时群情激愤："反了，反了！"

谢再兴道："伸头是一刀，缩头也是一刀，既然都是一死，那我们就反了！"

谢五等人齐道："对，对，我们反了！"

只有栾凤摇了摇手道："轻声，大家少安毋躁。虽说反了，我们也要商量好退路，不能鲁莽行事。"

谢再兴道："栾大人言之有理。我想张士诚背靠大元，苏杭乃富裕之地，且其兵强马壮，而杭州又离此不远，栾大人与张士诚又是多年好友，若投之定可转祸为福，有享不尽的荣华富贵！"众人闻言，一齐叫好。

谢再兴见火候已到，乃将李梦庚等一班来人捕杀，然后带了诸暨全城兵马北上绍兴，投降了张士诚。

当朱元璋得到谢再兴叛逃的消息时，大为惊诧，无比震怒："这还了得！待孤王亲自征讨，将谢再兴拿回碎尸万段，以儆效尤！"众人见状，有谓宜抚，有谓应讨，莫衷一是。

汪广洋再三考虑后，方道："谢再兴一勇之夫，头脑简单，意气用事，大可不必与其较真；况且既是徐达、朱文正岳丈，也须给二人一些体面。愚意请吴王将此事责成李文忠处置，以稳定浙东局势为重，以后再看情况而定。"

刘基道："汪先生所言，各方面都考虑到了，谢再兴本归李文忠节制，交其处理，最是稳当，又合情理。"

李善长等亦同声附和："汪、刘二位言之有理，请吴王决断。"

朱元璋想想汪广洋之言确实不错，见众人也认可，便命李文忠便宜行事。

欲知朱元璋在谢再兴叛逃后如何用兵，请看下回。

第十九回

朱元璋发兵征东　张士诚聚众问计

话说谢再兴被逼叛逃，让总揽浙东大局的李文忠如坐针毡，一面上表请罪，一面选派得力人员游说镇守余杭的谢三、谢五等人反正。

谢三、谢五等因一时之气，在谢再兴的唆使下反叛投降了张士诚。今见李文忠派人陈说利害，劝其回归，便商议道："朱元璋连陈友谅都灭了，张士诚最终恐怕还不是其对手；我等自己家人又都在应天，性命捏在人家手里，不能不考虑后果；更何况这首犯是谢再兴，那我们又何必为其殉葬？"于是在李文忠对天发誓、绝对保证其身家性命的情况下，谢三和谢五便回归了诸暨。

朱元璋得知李文忠进驻诸暨，稳定了浙东局势，谢三、谢五也迷途知返，便命把这两人押送回应天。

李文忠不敢抗命，但知道朱元璋最恨不忠于自己的人，且动起手来又毫不留情，于是给舅舅朱元璋写了封求情信："我已答应了不杀人家，二谢才回归的，万望赦免二人死罪；如若失信了，以后就没有人敢回来了。"

朱元璋看了李文忠的信后，依然怒不可遏："谢再兴是我亲家，他的长女嫁给了我大哥家的朱文正，二女嫁给了徐达，恩意甚厚，难道辱没他？竟然反叛我，降了张士诚，这还了得？谢三、谢五推波助澜，死有余辜！我只不加罪其家属，就是天大的恩惠了。李文忠竟为叛贼说情，是何居心？"说罢，立命将二谢斩首示众，以儆效尤，同时遣专使赴浙，令李文忠闭门思过。

这朱元璋灭陈之后，养息了一年，正厉兵秣马，准备东征，刚好此时谢再兴叛降了张士诚，不由得心中暗喜："这真是想睡觉，就有人送来枕头！我师出有名了！"于是召聚众文武，商议东征张士诚："这张士诚是个见利忘义的市侩，若我大举伐元，其必袭我根本，坏我大事，故而我欲趁其北占我濠州、南纳反贼之际，将其剿灭，以绝后患。诸位以为如何？"

众人齐声赞成："大王英明，我们早就该将张士诚灭了！"

朱元璋见大家一直赞同，很是高兴，乃道："如何用兵，还请大家各抒己见，出谋献策。"

汤和、傅友德、朱亮祖等一班战将嚷声一片：

"大军齐发，必能一战成功！"

"想当年陈友谅兵多将广，舰船千艘，不是三下五除二就完蛋啦！张士诚这小子有何能为？"

"诸位说的不假，但也不能轻敌。"汪广洋见群情激奋，乃道："张士诚家底富裕，粮食充足，虽野战欠佳，可是最擅长打防御战的。其早年起兵时，曾率数万人死守高邮城四十天，顶住了元丞相脱脱统帅的百万大军的攻击，最后居然一举反败为胜。现在无论从哪方面比，其都比那时强多了，我等当精心筹划，决不能掉以轻心。"

徐达、冯胜等听了汪广洋的话，连连点头："汪先生所言甚是。张士诚如死守与我们耗着，也是很麻烦的。”

朱元璋倾耳听着大家的议论，觉得均有些道理，乃问刘基道："军师有何高见？"

"山人认为，这仗应分两步来打。"刘基见众人意见纷纭，朱元璋要他来定夺，乃手捻胡须，一字一句道，"首先是拿下淮东，然后再图江浙。饭要一口一口吃，仗要一场一场打。张士诚近几年没打过什么大仗，富得流油，民心归附。如今要打下平江，恐怕还真得要费一些功夫呢。"

常遇春、蓝玉笑道："军师莫长他人志气灭自己威风，凭他能狠过陈友谅？"

郭兴、华云龙、俞通海等亦笑道："是啊，他的兵将能胜过陈友谅？"

"军师言之有理。"汪广洋道，"自古道，骄兵必败。若强攻硬拼，伤亡太大，得不偿失。故而我们要筹划好，一步一个脚印，稳步推进，先去其枝叶，最终再刨根灭之。陈友谅败在自恃兵多将广，不知变通。其若凭坚城固守，或分兵进击与我周旋，而不是在鄱阳湖上死磕，如何会一败涂地？"

大家听了汪广洋这样一分析，均点头赞许。朱元璋心中也明白，不能凭头脑一热蛮干。于是决定遣徐达、常遇春分统大军先取淮东，作为主攻；又令郭兴率军往驻丹阳，俞通海率水军屯镇江水面，李文忠聚兵浙东，诸路一齐行动，以牵制张士诚；同时又命李善长加紧筹聚粮草，以备军需；最后自率一支劲旅渡江，为徐、常两军声援。

徐达兵进濠州、泗州，势如破竹，敌将或死或逃；常遇春进击淮阴，随后南下宝应，敌军亦望风而逃，洪泽湖、高邮湖等淮东一带遂定。

时汪广洋在常遇春军中参赞军机。这天冒雪乘船，在夜间到达宝应县。这里距高邮只一百多里，不由得引发了离家的汪广洋对故乡高邮的急切思念。

在枕上的汪广洋想象着回乡后，与亲人相见的喜悦之情，更期盼着功成名就、天下太平时，与兄弟子侄们过着平常日子的美好憧憬，竟夜不能寐，乃索性拥被赋诗一首：

夜过宝应县

满湖风浪拍堤沙，雪压黄芦没钓槎。

卧听阁船歌白苧，起来和月岸乌纱。

故乡近别无多地，归梦应知已到家。

何日弟兄携子侄，海天烟雨艺桑麻。

此时，张士诚潜遣吕珍率舟师往袭江阴，意欲渡江北援。哪知守将吴良、吴桢严阵以待，俞通海亦率水军顺流而下拦击。朱元璋惧战事胶着，致生他变，乃急令常遇春率军星夜南下驰援。于是，三军合力，遂大破吕珍军，绝了张士诚救援江北的念头。

由于军情瞬息万变，汪广洋随军行动，这次最终没能回到近在咫尺的老家探亲访友。

张士诚见四面吃紧，江北破碎，只好收缩兵力，固守江南。江北诸城得不到救援，遂逐渐为朱元璋所夺得。

朱元璋离乡已十年，见地方初定，乃率濠籍将士还乡省亲扫墓，并召集家乡父老饮宴，且令有司免除濠州租赋。

江北既定，大军班师回到应天。两个多月后，吴王朱元璋再次召聚众将佐商议讨伐张士诚。

常遇春首先发言："擒贼先擒王！末将愿为先锋，直捣平江；平江一破，余郡传檄可定。"

傅友德接口大声道："末将愿随常将军打头阵，擒张士诚献上。"

其余蓝玉、汤和等战将，尽皆摩拳擦掌，纷纷请战。

汪广洋道："诸位虽言之有理。但以在下看来，还是应采取伐树之法，稳步推进：先去夺取其周边城池土地；其外援一绝，再刨其根，则平江旦夕可拔。"

徐达疑惑道："只是那样，张士诚可居中从容调度，恐于我不利啊！"

刘基手捻胡须道："张天麒、潘原明等随张士诚起兵，甚是倚重。若我军猛攻平江，张士诚危急，张、潘等恐步其后尘，必然分别从湖州、杭州率兵拼命来援；其援军大至，我等就被动了！我看还是依汪先生意见不错，先攻湖、杭等州，剪其羽翼，后合围平江，不怕张士诚飞上天去。"

汪广洋道："军师的分析最是有理！不过，兵不厌诈，我们还可布置个迷魂阵。先放言将大举进攻平江，并向镇江、常州频频调兵，大造声势，使张士诚龟缩平江，不敢轻举妄动。到时，我军主力则悄悄掉头南下，奔袭湖州。湖州一下，则以得胜之兵与李文忠合攻杭州。湖、杭等州一失，则张士诚差不多就只有困守孤城等死了。"

朱元璋听了汪、刘一番宏论，连连点头道："有理，有理！就依二位之言行事：明修栈道，暗度陈仓；明攻平江，暗拿湖杭。"

于是，朱元璋拜徐达为大将，常遇春为副将，率军二十万，择日东向讨伐张士诚；同时又传令李文忠、华云龙，分别往攻杭州、湖州。

张士诚接到朱元璋三路大军来犯的谍报，当然传令各地小心迎敌，不过也没把这当一回事，谓左右道："想当年，脱脱率兵百万围我高邮数月，最后还不是败走了吗？如今我城高濠深，兵精粮足，还怕朱和尚那二三十万乌合之众？"

左丞相张士信、右丞相潘元绍，本无谋无勇，惟善逢迎，仗着亲属裙带关系，得秉权柄，虽大敌当前，仍迎合着张士诚道："大王高见！我仓廪充实，将士用命，又善于防守，那朱元璋岂能奈我何？"

众臣僚亦纷纷奉承："我主洪福齐天，又有两相爷运筹帷幄，军民齐心，何惧那金陵来兵？"

施耐庵见众人视军情如儿戏，忍不住开言道："此一时彼一时。朱元璋坚忍不拔，其部下能人极多，既灭了陈友谅，其实力不可小觑。”

大将吕珍道：“施先生说得对。那朱元璋现在是兵强马壮、地广人众，是一个大大的劲敌。大王不可轻视。”

张士信冷笑一声：“怎么？号称常胜的吕大将军也被光头和尚吓到了？”

张士信道罢，朱暹、徐志坚等诸将亦附和取笑道：“施先生、吕将军，你们也得了‘恐朱症’？”

罗贯中见执掌国柄的丞相和领兵的大将如此轻敌，乃开言道：“以在下看来，施、吕二位真金玉良言，面对强敌，是要精心筹划，认真应对，方能渡过难关。此时的形势，与当年刘备率兵东征孙权差不多，我等不可不慎啊！”

潘元绍闻言，微微一笑，道：“你这个三国通的罗先生，又拿蜀魏吴说事了。怎么样，貌似强大的蜀军，不是被陆逊一把火烧得大败亏输了吗？”

罗贯中道：“潘相说得对，东吴最后是胜了；但那是东吴名将陆逊抓住了对方破绽，应对得当，才得以成功的。可现在的朱元璋势头正劲，非当年的刘备能比。”

张士诚见众人议论纷纷，无有定论，不觉厌烦，乃把手一挥道：“你等不要因陈友谅被灭而丧胆，那是陈友谅不善用兵，把六十万大军麇聚于鄱阳湖里，让朱元璋一把火烧了，自己还搭上了性命，连曹操都不如；若其趁早收兵，坚守武昌，朱元璋又岂能奈他何？”

张士诚一锤定音，众人尽皆诺诺连声道：“我凭坚城死守，敌军还不是望城兴叹？”

唯施耐庵谓张士诚道：“大王，话虽如此，我们除坚守都城外，还是要出兵往救湖州、杭州，以成鼎足之势，方能与朱元璋长期周旋。”

张士诚道：“那是自然。”于是，遣吕珍、李伯升率兵五万，往湖州助张天麒守城；遣徐志坚、朱暹率兵五万往杭州，以救潘原明。

且说徐达率兵东征，沿路连败敌军，兵锋直指湖州，遂与华云龙合兵围城。

朱元璋连接捷报，大为高兴，乃遣汪广洋前往湖州劳军并参赞军机。

汪广洋一路东行，道经常州吕城。这里几经征战，如今举目望去，田园一片荒芜，免不了感叹黎民百姓尚在水深火热之中，乃情不自禁赋诗一首：

毗陵道中

四境荒凉半是营，百年憔悴几麾兵。

独骑瘦马长吟者，落日萧萧过吕城。

汪广洋来到徐达军营劳军毕，便有探马来报："徐志坚率一支人马往杭州方向去了。"话音未落，又有人来报："吕珍等率兵来救湖州，离此不足百里了！"

徐达得报，乃与众将商议迎敌之策。

常遇春道："末将愿率一支人马前往拦阻吕珍军，不让其近城，然后伺机破之；元帅只需虚围城池，绝其交通即可。"

汪广洋点头道："将军所言极是。若让其援兵至城下，则长了敌之志气，我军倒有腹背受敌之虞；不如迎头拦截，使其两边都使不上劲最好。一旦常将军退了其援军，湖州必然胆落，则旦夕可下。湖州一旦拿下后，杭州便在我军掌中了。"

徐达道："两位言之有理。"于是，分兵十万令常遇春至要隘姑嫂桥待敌。

常遇春素来敬重汪广洋，乃向其请教道："汪先生有何妙计教我退敌？"

汪广洋道："敌军初至，锐气正盛。愚意不必急于与其交锋，就在姑嫂桥一带要隘处，抢筑坚寨以待敌。待其懈怠后，再伺机破之不迟。"常遇春从其言，自去安排。

吕珍来后，见敌军壁垒森严，占不到便宜，也只好与之相持。

一个风高漆黑之夜，常遇春率兵劫营。敌军全无防备，被杀得哭爹喊娘，四散逃命。吕珍、李伯升带着残兵败将，左冲右突也没能杀出重围。

拂晓之时，吕珍、李伯升望见前面隐约来了一支人马，以为是平江来了援军，不觉心中大喜，乃奋力向前杀去，以期靠拢突围。待双方靠近后，就见对面红旗招展，刀枪如林，严阵以待。一员大将金盔银甲，跨马提刀，拦住去路，大喝一声："大将华云龙在此，你等不弃甲投降，更待何时？"原来是华云龙率兵从后包抄而来。吕珍、李伯升见己军已是人困马乏，斗志全无，万难杀出重围，便只好率部投降，以求生路。

欲知外援既绝的湖州城命运如何，请看下回。

第二十回

张士诚穷途失士　汪广洋献计围城

话说接到常遇春大捷的战报，徐达高兴异常。汪广洋拱手贺之道："救兵已降，湖州胆寒。在下曾数次至平江，见过吕珍、李伯升等，意欲明日带其至城下亮相，然后劝降，若能侥幸成功，也免了将士征战之苦。元帅之意如何？"

徐达欣然道："如此甚好。若劝降成功，免得军民流血，是大好事；纵然不成，也能动摇其军心，涣散其斗志，且我等也做到了仁至义尽，而问心无愧了。"乃叫常遇春带吕珍、李伯升来见。

徐达见了吕、李，温言慰抚罢，又道："二位识机来归，便是一殿之臣。如今再送你等一个大大的功劳，且同汪先生至湖州城下劝降如何？"吕、李二人当然点头应承。

汪广洋乃先请徐达调兵遣将，列阵于四门，以大张军威；又将救兵被歼、主将投降的消息，写成告示，射入城中；然后再同吕珍、李伯升等数人来到湖州城下，高喊："请城中主将答话！"

湖州守将张天麒见了这阵势，心中早已发怵，暗想："完了，完了！这下真的完了！"只得来到城楼，见机行事。

汪广洋向城楼上的张天麒招了招手，道："张将军，张士诚胸无大志，唯利是图，不思恢复华夏，反而投靠鞑虏，怎能成就大事？今其龟缩平江城中，醉生梦死，早晚必败；杭州潘原明自知大势已去，已竖起降旗，迎李文忠入城。前日我军又拔嘉兴，昨天这吕、李二位也归顺了应天，与我等共创大业。试想你这斗大孤城，能撑几时？何必为张士诚殉葬？我劝你还是审时度势，早日出降，既免得双方将士流血，自己又不失富贵，岂不是两全其美！"

张天麒久闻徐达、常遇春的大名，今又见援军溃败，吕珍已降，况杭州也已降在先，且自己也知张士诚最终不是朱元璋的对手，乃答道："我受东吴王重托，权领此城，故而坚守至今，屡抗大军，不知西吴王真能赦免我满城军民过恶否？"

"将军不必犹豫，我主对降者历来是宽大为怀的。"汪广洋见张天麒如此回话，已知其意，心中大喜，乃进一步打消其顾虑道，"前些年陈友谅屡屡起衅，后又与我主在鄱阳湖血战数月，可谓是不共戴天的死敌了吧？及至其子陈理来降，我主仍不计前嫌，赐爵封侯；所有将士一律量才任用，就是那鼎鼎大名的张定边，其已不愿为官了，我主也能大度地赐金还山。今将军若能全军归顺，免得将士流血、百姓涂炭，是积德立功的大好事，我主高兴还来不及，怎会怪罪？"

张天麒闻言道："献城是件大事！请徐元帅亲来城下，面谕吴王的旨意，以安城中军民之心如何？"

"此为正理！有何不可？"汪广洋大喜道："徐元帅为军之主师，由其面谕吴王的旨意，才能抚军安民，善后其事。将军且稍待，在下这就去请。"说罢一拱手，回马请徐达去了。

少顷，徐达由汪广洋陪同来至城下，向城上招手道："我徐达代传吴王旨意：只要你们开城归顺，我们就是一家人。我保证不杀一人，不掠一物，百姓安居乐业，将士官吏量才任用！"说罢，即将一支利箭折为两段，向天上一抛，并大声道："我徐达若言不由衷、欺哄你等城中军民，就如此箭！"

张天麒见徐达如此，便放下心来。乃传令降下旗帜，大开城门，自己免盔卸甲，躬身迎接大军进城。湖州遂定。

朱元璋见杭州、湖州先后得手，已无后顾之忧，乃命徐达、常遇春率得胜之兵围攻平江。

张士诚接连收到己军大败以及嘉兴、杭州、湖州等地失陷的谍报，不免大为惊慌。料敌军早晚必来围城，忙一面调兵四出抢收粮草，一面传令众将登城死守，又连日召众将佐商讨战守大计。

时当政的张士信、潘元绍，本就是无谋无勇的市侩之徒，哪里拿得出退敌之计、济世良方？只好顺着张士诚原定的老调重弹。

张士信摇头晃脑，大声道："大王勿忧，我民殷国富，兵精粮足，只要小心防守，敌军岂能插翅飞进？"

潘元绍亦不失时宜地帮腔："朱元璋虽然暂时势大，略占上风，但与当年脱脱的百万大军相比，又算得了什么？多则半年，少则三月，其必然粮尽自退。"

众人虽不信二人之言，但也无解困妙策，便也只好打着哈哈，随声附和：

"大王放心，只要我等小心应对，便可渡过难关。"

"天无绝人之路，一旦形势有变，这江浙仍是我们的天下。"

施耐庵早已看出张士诚败势难挽，只因其待己不薄，不忍遽去；此时形势已万分危急，今见众人仍自欺欺人，得过且过，乃决意离去，开言道：

"我等孤城死守也不是办法，必须向外面寻求帮手才好。"

张士信闻言，点头称是，道："施先生言之有理！我们且向元廷请援如何？"

施耐庵摇了摇头，道："元廷虽然还有些实力，但其内部纷乱，相互攻讦，甚至仇杀不断，恐怕顾不到这里。况且如我等引来元军，也易失民心。"

潘元绍急忙问道："那依先生之意呢？"

施耐庵道："愚意认为，我江北之地虽大部被朱元璋攻占，但现在其移兵江南，那山东、江北就必然空虚。我们可派人悄悄去那里联络旧部，或招聚义军，哪怕是一些绿林好汉，汇聚起来，对朱元璋也是一个威胁。"说着，瞟了罗贯中一眼，继续道，"另外，我们还可联络早先的义军，如四川的明玉珍、温州的方国珍等，向其说明唇亡齿寒的道理，共同出兵遏制朱元璋，也许能解得眼前之困。"

罗贯中此时明白了施耐庵的意思，乃接口道："施先生之言大妙。孙子兵法云，'上兵伐谋，其次伐交'。如今已到生死存亡关头，我等不能束手待毙。我受大王隆恩，无以为报，愿西行入川，去说明玉珍，如得明玉珍出兵东来，就可分朱元璋之势。不知大王之意如何？"

张士诚聚众商议数日，这才有点实际成效，乃高兴地道："施先生言之有理，也难得罗先生一片苦心，本王当依计行事，诸位爱卿以为如何？"

众人本心无主见，腹乏良谋，见张士诚如此说，均纷纷点头称赞："大王英明！"

张士诚见大家赞成，非常高兴，乃向施耐庵一拱手，问道："先生既有此妙策，请问当如何安排为好？"

"既蒙大王垂询，属下自当尽心筹划。"施耐庵答道，"罗先生素来敬重并钦佩刘备、诸葛亮，又熟悉蜀中风土人情，且与明玉珍有一面之交，那就请其从速入川，必不辱使命。"

张士诚闻言，点头连连称好，且拱手谓罗贯中道："那川中之事就全仗爱卿了！"

罗贯中叩头道："属下自当尽力而为，为大王分忧。"

施耐庵接着道："谢再兴先以诸暨来降，其弟谢三、谢五后又叛归，竟被朱元璋斩杀，那谢再兴如何再敢回去？大王可遣一心腹近臣往台州，接好方国珍；更传谕谢再兴，令其归方国珍节制，共同抗击朱元璋。此举至少能牵制朱元璋在杭州的一部分兵力，使其不能全力来攻平江。"

张士信闻言道："施先生此言不差。谢再兴、方国珍本非我部，此时乐得利用一下。"

施耐庵见张士诚亦连连点头，乃又接着道："大王在江北遗惠良多，若遣得力人前往活动，必大有获益；至于山东方面，在微山湖、梁山泊一带，微臣有几个绿林旧相识，差不多就是宋江之流吧，微臣愿前往走一趟，若能招至大王麾下效力，岂不更妙！"

张士诚一听有这样的好事，高兴得手舞足蹈："既如此，那爱卿且多带些从人和珠宝去，方好行事。"

施耐庵闻言，自知此时临难脱逃，已是心中有愧，哪能再昧心将其人马及钱财带走？只好连忙摇手道："非常之际，怎敢多带人马钱财，那不树大招风吗？我只与现在身边的这几个亲随，各自怀揣一些金银，即可动身。一旦有了眉目，那时我自会请大王增兵添饷的。"

张士诚道："先生考虑周到，言之有理！那好，山东方面，就委卿便宜行事，勿负我托。另外，我再密遣得力人前往江北见机行事。大家齐心合力而为，我想没有过不去的坎。"

施耐庵、罗贯中等分头而去，张士诚心中宽慰了许多，乃吩咐张士信主军主外，潘元绍主政主内，众将佐分头用心防守，以便待时而动。

话说朱元璋遣徐达为帅大举围攻平江，只道旦夕可破，不久就可将张士诚剿灭，那就可一统南国了。哪知张士诚深得军民之心，仗着兵精粮足，令众将登城死守。徐达从腊月起，直至次年正月，率兵围攻月余，竟毫无进展。

消息传到应天，朱元璋方知张士诚守城的功夫确实了得，乃令汪广洋回应天述职，商讨对策。

这天傍晚，汪广洋乘坐的船只，停泊在昔日繁华的扬子桥边。看着波澜不惊的江水和挂在空中的一轮圆月，汪广洋久久不能入睡，忆起上次随常遇春在此大破张士诚军的事，到现在已经有一年时间了，如今心里还有一点胜利的喜悦。想到天下不久就会平定，自己年复一年的往来奔波很是值得，乃借景抒怀，赋诗一首：

夜泊扬子桥

扬子桥头夜泊船，水波才定月初圆。

不眠细数经行日，笑隔东风又一年。

汪广洋回到应天，向朱元璋详细汇报了平江的战况。朱元璋知此事关系重大，乃召聚众将佐，共议良策。

按郭英、朱亮祖等战将的意见，那就强攻硬上："我军人数众多，二三十万人，日夜猛攻，张士诚无论如何顽抗，也是抵挡不住的！"

刘基道："张士诚在吴地还是较得民心，眼下也仅剩下平江一座孤城，山人认为，还是以攻击与劝降双管齐下为宜。"

李善长、朱升等亦道："军师高见。"

汪广洋见众人意见不一，乃道："诸位意见应该说都行，但都不是太适宜。却是为何？第一，张士诚善守出名，在这南国即将一统之时，蛮攻会使双方伤亡太大，似乎不好交代；第二，张士诚仗着城坚粮足，是软硬不吃，多次劝降，其理都不理。这打也不好打，劝降也不行，所以说很令人头痛。"

众人闻言也觉得有理，不由得窃窃私议，朱元璋说了声："难道这就罢了不成？"

汪广洋道："办法总是有的。在下有个设想，不知可合吴王与大家的意。"

朱元璋道："有主意就请说出来，大家会斟酌的。先生不必转弯抹角！"

"在下就一个字：困！"汪广洋清了清嗓子，继续道："但这就不仅需要有耐心，还要有耐力。"

时徐达亦被召回议事，便道："汪先生，请你把话说明白些。"

众人亦道："对，如何困？要有怎样的耐心耐力？"

汪广洋道："这困就是死困，用死困来对付张士诚的死守。既不让城里人出来，也不让城外的粮食进去。城里粮食哪怕再多，也有完的时候。到那时纵然张士诚还不出城投降，我们一发力就能冲进去，就不会伤亡很多将士。是吧？"

刘基听了，摇了摇头道："好像是个好办法，但难行得通，那要花多大的代价，要等到猴年马月啊？"

李善长也道："城里粮有可能吃一两年，我们几十万大军能在外围个一两年吗？一旦情况有变，不就前功尽弃了！"

"是呀，这个笨法子代价太大！"徐达道，"何况长期屯兵于坚城之下，也是兵家大忌呀！张士诚之所以死守，也就是幻想当年高邮之战重演啊。"

众将闻言，也七嘴八舌地道："是呀，这个笨法子不行！"

"这些我都考虑到了，大家且听我说。"汪广洋摆了摆手道，"第一，我们先绕平江城挖一个两丈多宽的壕沟，而且就用其土就地筑起围墙，与其长期对垒；第二，这样我们就可将兵分为两班，一半围城兼训练兵马，另一半易地屯垦，解决军粮兼镇抚百姓，两者定期轮换。大家看此法如何？"

刘基、徐达等点头道："这不失为一个好法子，只是不知要围到何时。"

朱元璋亦道："那是得需要有耐心有耐力的。"

"属下要说的还有第三点，"汪广洋道，"我们可利用这时间加紧研究和铸造襄阳炮，必要时，万炮齐轰，惊破敌胆，则坚城立摧；若敌军逃跑，我有精骑追逐，亦可歼之。"

朱元璋闻言连连点头道："对，对！在此趁机操演骑兵，试验大炮，还有利于下一步北伐大计，一举两得。妙，妙！"

吴王一锤定音，众人想想也很有道理，齐称："汪先生运筹帷幄，决胜千里之外，实在是妙！"

于是，朱元璋令徐达回平江与常遇春分兵，照汪广洋所说行事。

安排好平江战事，朱元璋料定不久的将来，即可将张士诚剿灭，那就可一统南国了。想到这里，不由得心中窃喜；但又一块心病涌上心头："马上要做皇帝了，那小明王往哪里摆？若尊为太上皇，可小明王比自己的岁数还小一大截！摆在那里既别扭，又碍事。但多年来自己一直是打着小明王的旗号南征北战，才赢得了民心和人气，就像当年项羽与楚怀王的关系一样。"想到这里，朱元璋不由得打了个冷战："项羽这个莽夫逐弑义帝，被刘邦抓住把柄进击，终于功亏一篑，兵败身死。现在到了自己头上，可得小心从事，要做到万无一失啊！"

欲知朱元璋此后为摆平小明王有何动作，请看下回。

第二十一回

朱元璋选将接驾　小明王覆船丧生

话说朱元璋为小明王这块心病，一连数日，在屋里来回踱步，时不时还垂着头，显得心事重重。众人不敢动问，连马王妃也只是默默盯着，不好劝解。

这天，朱元璋招众将佐议事，道："张士诚现在已是秋后的蚱蜢蹦不了几天，这南部中国差不多就是我们的天下了。虽然我是吴王，但小明王依然是我的主人，现在是到了去滁州将小明王迎来，奉之为帝的时候了。"

众人一听要去将小明王接到应天来，不由得一片哗然，纷纷嚷道："我等多年南征北战，流血淌汗，刀尖上过日子，他小明王无谋无勇，凭什么称王称帝、做我们的主子？"

朱元璋闻言，顿时沉下脸来，把手一挥，道："你等不得无礼。想当年，红巾军首举义旗，我等在其麾下效力，才有了如今的大好局面，为人不能忘本啊！"

才从平江前线赶回来的汤和是个老实人，又是朱元璋的发小和倚重的大将，深知这片天下来得不易，乃据理力争："红巾军首义不假，但小明王一直只是个摆设，我们还是照样将其供在滁州就是，不必请来这里自找麻烦。"

邓愈、朱文正、廖永忠等亲近将佐，见汤和如此说，便一齐帮腔："汤将军言之有理，同时也代表了前线将士的意见。请吴王三思。"

李善长、胡惟庸等江淮旧人亦劝道："元朝尚在，今后的日子长着呢，我们何必急着将小明王搬来？此事到时再说吧。"

朱元璋见众人纷纷反对小明王的到来，心中越发高兴，但表面上还是显得不悦："你等这话不在理，鸟无头不飞啊！我们奉小明王为帝，便可大举北伐了！"

"大王，你就是我们的头啊！"半天没说话的汪广洋，这时开腔了，"这把张士诚一灭，我们无后顾之忧，就可大举北伐，完成中华大一统了。何必现在去将小明王接来，自掣其肘呢？"

李善长、邓愈等众文武闻言，一齐道："对，对，对！汪先生说得对，大王就是我们的头！我们只听大王的！"

汤和更是大声嚷道："若说称帝方可兴兵北伐，那也应该是大王您称帝！"此话一挑明，众人立即异口同声："对，对，我等奉请大王称帝！岂听他人的！"

朱元璋连连摆手道："大家不可胡言乱语。小明王是我的主人，你等却要我称帝，那不是陷我于不义，让我背千秋骂名吗！"

就在众人一愣之时，刘伯温捋着胡子笑道："大王说得对，我们乃是忠臣义师，不能忘本；现在去把小明王接来，有何不可？不过隔江渡水，来去不易，需要派个深识水性的妥善之人才好。"

汪广洋接口道："对，对，过江接驾，是要派个水性好的人才稳妥。"

朱元璋闻言，点头道："军师之言甚合我意。事情就这样定了，那就遣人往迎吧。"说着四顾众人，自语道："谁去好呢？"忽指着一人道："廖将军，你久在军中，忠心不贰，既懂礼仪，又深知水性，只有你为使去迎，我才放心。"

廖永忠见吴王点了自己的将，不敢推辞，只好接过这烫手的山芋："末将遵命去滁州迎接小明王。"

朱元璋见廖永忠慷慨领命，很是高兴："将军一路小心，勿负我托，事成之时，我自重重有赏。"

廖永忠满怀心事地走出府门，见汪广洋就在前面，乃紧走几步，把手一拱道："末将此去滁州，还请先生指教一二。"

汪广洋环顾四周，见众人三三两两而行，便道："将军是聪明人，什么样的大风大浪没见过？此去只需按吴王旨意行事，何劳在下多嘴。"说罢，连连拱手而去。

廖永忠未得要领，正愣间，见刘基过来，知其素对小明王不屑一顾，乃凑上去低声请教。

"将军也忒小心了！"刘基点点头，笑了笑道："你只管按吴王旨意而行，有天大的事也无妨，况且还有我们这些人哩！不过，山人夜观天象，三五天之后，有大风雨降临，渡江时可要格外小心，莫要漏水翻船啰！"说着，诡秘地一笑而去。

廖永忠诚心请教汪广洋、刘基之后，仓促间也没得要领。可转过神来一回味，两人都说了"大风大浪"和"吴王旨意"之类的话，这下顿时心有所悟："这是个只可意会，不可言传的事啊！难怪要点我这个精通水性人的将！"

廖永忠心里有了底，准备停当后，便带了三十多个心腹随从星夜赶路。进了滁州城，廖永忠立即上殿，朝见已毕，就将来意说明，请小明王立即动身去应天。

小明王闻得是接其到应天登基称帝，不觉忧喜参半：喜的是大业将成，忧的是前途未卜，已自称吴王的朱元璋真会奉自己为帝吗？乃以收拾行李为名，磨磨蹭蹭不急着上路，暗中却召心腹人邵荣、赵继祖等商议去留对策。

邵荣道："大王的忧虑有道理，不能盲目动身，唯恐其中有诈。"一些人认为邵荣说的有道理，觉得还是等等看看，再作道理。

赵继祖则反驳道："既然朱元璋正儿八经地派大将来接，目前应该是没问题的，大不了到应天后，只做个名义上的君主，也是很好的事嘛；况且如果朱元璋真要找麻烦，那在这小小的滁州城哪又能躲得了？"此话一出，大多数人均点头称是，道："我们这里兵微将寡，凡事哪做得了主，还不是都要听朱元璋的？"

小明王见这些人各有各的看法和打算，意见不一，自己一时也委决不下。

廖永忠恐夜长梦多，便一日数次相催："大典的日子已定，不可错过，赶紧上路吧；不然，末将违了吴王将令，恐怕性命难保哩。您也不用收拾东西了，应天哪样没有？吴王已安排好一切了。还是赶紧低调走，免得树大招风，一旦被张士诚等瞟上，半道上找麻烦就不妙了。"话说到这里，由不得小明王犹疑，廖永忠便拥其上路了。

前两天的路上，倒也安然无事。这天黄昏，来到六合长江瓜步渡口，一行四五十人，登上了早已准备好的一艘不太大的船，准备渡江。

小明王望着即将的落日，心中很是不安，手指着长江谓廖永忠道："这江面宽阔无边，风紧浪急，且天色已晚，过江不安全，明天再走也不迟啊。"

廖永忠道："末将来前，刘军师就算定这几天有狂风大雨，故而命我兼程催驾，幸好今天赶到这里，风才起而雨尚未下，我等不趁早渡江还等什么？"

小明王看着远处乌云堆积，船头旌旗招展，不由得自言自语道："哟，看样子是将有大风雨来临啊！"

廖永忠道："可不是吗，我们赶快拔锚启程吧。若挨下去至明后天，风雨一天大似一天，更没法渡江，就把好日子耽误了，谁也吃罪不起啊！"

小明王闻言，不觉茫然地"啊，啊"了两声并点了点头。

廖永忠见了，便不失时宜地一挥手，道："升帆，起锚，开船！快！"接着谓小明王道："外面风浪大，请主子到舱内安坐吃几杯酒，一会儿到江那边就好了。"一边说一边就与几个心腹人拥着小明王进了船舱。

船在风浪中摇晃着向江南而去，那雨点也跟着就下来了。

廖永忠请小明王舱中坐定，吩咐左右摆上酒菜，自己一边讲着应天府的街头趣事，一边殷勤劝酒。小明王见廖永忠如此小心奉承，心里也宽慰了许多。

廖永忠又吩咐左右道："风紧雨猝，天气寒冷，船上有的是酒菜，在这大喜的日子，你们大家也都去开怀畅饮，喝几杯御御寒吧。"众人闻言，顿时欢天喜地，吆五喝六地闹开了。

约莫过了一个时辰，一个亲随进来，在廖永忠耳边轻声道："将军，船到江心了！"廖永忠点点头："知道了，小心点。"

小明王透过窗户，望着周围茫茫一片黑暗，风呼呼地叫，大雨点砸得顶棚哗哗地响，船身颠簸晃动着。晚上在这江心之中飘摇，小明王不禁心中惶恐起来，乃谓廖永忠道："将军，这大江之上，风雨交加，晚上行船，是要加倍小心啊！"

廖永忠笑道："大王且放宽心。末将在江湖上厮混一二十年了，大风大浪也不知经过了多少，从未失过手。再过一会儿船就靠岸了。"

这时，江上风浪大起，船也颠簸得更厉害了。小明王已是头晕目眩，双手抓住桌腿，呕吐不已。廖永忠赶紧过来扶住并不住地为其捶背，且安慰道："主子这是晕船了，没关系，一会儿上岸就好了。"小明王勉强点了点头，呻吟哼哈，遍身出汗。

少时，船剧烈颠动了一下，便停止不前了。舱内登时大呼小叫，一片喧哗。

廖永忠正要喝问，那个亲随慌慌张张跑进来禀告道："将军，不好了！船触礁漏水了！"

廖永忠大喝一声："怎么搞的？还不快去督促大家修船！我自在这里保护主子。"小明王这时酒也吓醒了，反倒不吐了，而是大声哀嚎："我不识水性，不会游泳啊，你快去修船哪！"

廖永忠闻言，连声答应："遵命，遵命！微臣这就去督众人全力抢修船只，请主子且放宽心。"

此时江水正涌进船来，虽经所有人奋力抢救，但哪能堵得住？须臾间，船翻了，所有人都落入江中。

廖永忠自知职责所在，乃拼命四处寻找小明王。但在那大风大浪的黑夜之中，虽然廖永忠精通水性，却也是自身性命难保，如何能找得到、救得了不识水性的小明王？想是顺江去见海龙王了。

廖永忠挣扎多时，才勉强爬上南岸。黎明时分，才陆续聚拢四五个人，绝大多数恐怕都葬身鱼腹了。

廖永忠见众人遍身湿漉，又冷又饿，不由得放声大哭，道："微臣有负吴王重托，没保护好主子，真是罪该万死！"到了此时，大家也不由得痛哭起来。

廖永忠见事已至此，也只好安慰大家："大家不必伤心害怕。自古法不责众，我自去应天向吴王请罪，当杀当剐，由我一人担当。"众人闻言，心中才略略放宽。

当下便有人建言："大家拼着性命，去说明当时恶劣形势，吴王也许能开恩饶了我们。"众人齐声说是。于是，廖永忠等一行人便立即赶往应天。

第二天，廖永忠等来到吴王府，自缚请罪，道："船行江中，突遇狂风恶浪，以致船触礁进水，须臾翻沉；天黑夜冷的，没能救出小明王，连大多数兄弟都没能回来。我等几个虽捡了条命，也侥幸得很。"说罢，以头碰地，痛哭不止。

朱元璋闻言大吃一惊，霍地立起，结结巴巴地问道："如此说来，明王龙驾归天了！"

廖永忠连连叩头道："是，是。龙驾归天了！微臣等实实罪该万死！"

朱元璋由惊转怒，大骂道："我见你在江湖中闯荡几十年，所以才把接驾的重任交给你。不想你玩忽职守，送了明王性命，真正的罪该万死！"一顿臭骂之后，还不解气，顺手抓起案桌上那只平素心爱的玉杯，狠狠地朝廖永忠面前一摔，大喝道："把这个十恶不赦的廖永忠推出去斩了！"

正在一旁的李善长、汤和、邓愈等赶紧出来劝阻，道："廖永忠多年来出生入死，屡立战功，今虽犯了弥天大罪，还望大王免其死罪。"朱元璋哪里肯依，吩咐打鼓聚将，一定要将廖永忠明正典刑。

汪广洋来后，一见廖永忠绑在法桩，大吃一惊，连忙高叫："刀下留人！"疾趋至朱元璋跟前跪倒在地，道："廖永忠虽犯死罪，但天有不测风云，以致水溺龙驾，人力实难挽回。还请大王赦其死罪，发往军前效力，其必然誓死报效。"

朱元璋闻言不悦道："汪先生你也来为其求情吗？还说人力难挽，可廖永忠实罪在不赦啊！如饶了他，我如何统军，如何向天下人交代？"

"微臣不仅说人力难挽，还想说天意难违哩！"

"怎么说？"

"微臣以为小明王承先人余荫，享王位已十余年，其福禄已满，若再登帝位，必然消受不了，是故上天猝降狂风暴雨，让其乘龙上天去了。"

是时刘伯温、胡惟庸等也已闻信而至，听了汪广洋拿天命来说事，便与大家一起力劝，道："汪先生高论，应天心，顺民意。小明王福薄，难登大位，故而早早升仙，并非廖永忠之罪，还请大王明察。"

朱元璋见众将佐把话说到这份上，自然借坡下驴，不再做作，乃吩咐一声："既如此，且将廖永忠放回来！"

廖永忠从鬼门关回来了，自然叩头如捣蒜："谢吴王不斩之恩！"

朱元璋道："非是本王不斩你，一是看你屡立战功，众人又苦苦求情；二是经汪先生解析，大家方知是天意如此安排，也不能全怪罪你。只是旧主子毕竟在你手中走了，人言可畏，也还要对你薄惩才是。"

廖永忠闻言，一颗心这才落了地，连连叩头道："末将认惩认罚。"

于是，朱元璋大手一挥，当堂将廖永忠发往武昌军前效力去了。

小明王死了，死得其时，解了朱元璋的一块心病。朱元璋乃当即在应天设立灵堂，率众将佐隆重祭奠，并告示天下。

第二年，朱元璋便改年号称吴元年。

欲知朱元璋接下来有何大动作，请看下回。

第二十二回

张士诚凭城死守　汪广洋力主劝降

话说在元末各路义军中，张士诚是最富的，也是最擅长打防御战的。其最成功的战例，就是早年起兵时，以几万劣势兵力死守高邮城，顶住了元朝丞相脱脱的百万大军，死守四十天后，竟一举反败为胜。随后，进兵江南，称王平江，居然独霸一方，称雄江南。

原本富庶繁华的江浙地区，由于元朝末年朝政腐败，统治者横征暴敛，地方上早已是百业凋零，民不聊生。张士诚虽读书不多，但也深知民心的重要，故在占领江浙后，第一件事就是下令废除元朝的各种苛捐杂税，减轻民众负担；接着便颁布《州县务农桑令》，鼓励开垦荒地、兴修水利，同时招纳流民，使在战乱和饥荒中流落在外的人，得以重返家园。不过几年，所在地区的经济便得到了一定程度的恢复与发展，民众生活也渐渐富裕起来。

为了培养和招揽人才，张士诚还开办学校，招纳将吏子弟及民间彦俊入学，并设礼贤馆，以笼络江浙一带的士人，为己所用。闻名遐迩的施耐庵、罗贯中等有识之士，都纷纷至其帐下效劳。一时间，民殷国富，兵强马壮，颇为兴旺。

但商人那种小富即安的思想，使得张士诚器量狭小而无志远图。打下平江后，便不思进取，无所作为。从而变得骄奢淫逸，在纸醉金迷中，守着自己的一亩三分地混日子。既不强军备战，也不在朱元璋与陈友谅血战鄱阳湖时，趁机进兵金陵，而只是在一旁坐山观虎斗，妄想坐收渔人之利。哪知胸怀大志的朱元璋在解决了西边的陈友谅后，便毫不迟疑地东进，直向张士诚扑来了！

至正二十五年（1365）朱元璋命徐达为帅，率兵二十万大举进攻张士诚。在数次外围战中，张士诚连连受挫，嘉兴、湖州和杭州相继告失，与其义结兄弟的李伯升、张天麒、潘元明及骁将吕珍等，在战败后，也都先后投降了朱元璋；最后连率兵往救的养子，人称"平地是虎、水中是蛟"的五太子，也投降了朱元璋。对此，欲哭无泪的张士诚，感到形势大大不妙，只好龟缩平江城中，传令严防死守，幻想着当年高邮反败为胜的奇迹再现。

徐达知道张士诚善于防守，城内粮草充裕，平江非短期能下，乃听从汪广洋建议，以死困对付张士诚死守的策略。当扫清了外围后，便调兵遣将，从容布阵，在平江城外筑起三道封锁线，将其重重围住。

最里面是挖了宽两丈、深六尺的绕城壕沟，就用其土筑起围墙。围墙之后建起三层的木塔、两层的木楼和平地草房。木塔用于瞭望城内敌情，高楼内藏弓箭手，草房作为伏兵之所。最外一层的帐篷作为聚兵屯粮处。把个平江城围得结结实实，要想出来，那是万万不能了。

是时，汪广洋奉命前来平江参赞军机，见己军已把平江城围得水泄不通，看来就等着瓮中捉鳖了。面对当前形势，回顾春秋时吴越在此争霸的经验与教训，汪广洋认为吴王夫差、越王勾践，在对待人才和利用人才的观念与方法上，有着强烈的反差，从而导致了两人最后的结局大不相同。

读史至此，汪广洋感触颇深，乃吟诗一首：

读吴越春秋

口血才干又复讐，总无诚意为东周。

夫差只爱容狂佞，勾践殊能用智谋。

携李郡还舆士广，姑苏台就鹿麋游。

高情独美陶朱子，万顷沧波一叶舟。

诗中，汪广洋向世人警示了人才的重要性，同时又借范蠡的故事，来赞扬诸多人士，渴求建功立业的共同心声和功成身退的高尚情操。

再说城内张士诚，仗着城高墙厚，粮秣充足和当年高邮的经验，便坚守不出。为鼓励士气，张士诚在众将佐的簇拥下，登城巡视，俯视四方。

首先来到东门城楼，只见城外敌军旌旗飘扬，人头攒动，巡骑穿梭往来，军容整肃，阵势严谨。

殿前将军徐义将手向远处一指道："这葑门外的大旗上，有个大大的'徐'字，正是敌军大帅徐达的大营。"张士诚看罢，不由得失声道："这个徐达果然是个帅才，统兵有方。"

徐义又一指旁边的一座大营道："那娄门外飘的大旗上是个'郭'字，正是敌军大将郭兴的营盘。不过这娄门陆门分外城、中城、内城三重，水门也有三道，实有金汤之固，敌军想要攻下，谈何容易。"张士诚闻言，默默地点了点头，便向南门走去。

众人转到南门。徐义道："这盘门外驻着王弼军，西南的蛇门外驻着仇成军。"张士信道："盘门为水陆城门，由两道水关、三道陆门和瓮城相互组合而成，易守难攻，料是无妨。仇成是何人？量是个无名小卒，不足为虑。"众人点头唯唯，乃逶迤向西门而去。

城西通往虎丘方向，有阊门、胥门。徐义道："胥门外是华云龙的大营，阊门外驻扎的是汤和大军，这两人久随朱元璋东征西讨，都是不要命的厉害角色。"众人闻言无语，随着徐义的导引，便来到西北面的平门。

徐义手指门外的宽阔处道："这平门外，是数年前诈降陈友谅并将其杀得大败的康茂才。"接着又手指远处东北方向道："那齐门外的是长期在宜兴与我军作对的耿炳文，这两个可都是难以对付的家伙。"

张士诚亲率众人巡视了整个平江防务，见敌军阵容如此强大，不由得忧心忡忡，叹了口气，又手搭凉棚，朝西望了望，自言自语道："啊呀，八个城门都被堵得严严实实，连那虎丘上也布满了敌军哪！"

潘元绍答话道："是啊，那是骁将常遇春。听说是朱元璋特地将其安排在那里登高望远，一旦发现我军突出，其便可率精骑俯冲下来拦击，狠毒着呢！"张士诚闻言暗想："这虎丘之敌最要命，须想法子驱去才好；如不然，我等真死无葬身之地矣！"

张士诚巡视已毕，回到宫中，盘算数天后，乃召集张士信、潘元绍、徐义等心腹，将自己筹划偷袭虎丘的打算说出与大家商议。

张士信道："敌军骄气冲天，必然无备，大王之计可行。"徐义亦道："若袭击能胜他一阵，就可鼓舞我军士气，有利长期坚守，以待天时。"

是夜三更，张士诚命潘元绍坐镇都城，以保根本；命徐义率精兵三千为前锋，张士信率兵五千继进，自与大将唐杰、周仁等，在后督阵接应。仗着地形熟悉，一行人悄悄从华营和汤营中间的结合部，钻了出去。

张士信来到虎丘，本以为突然袭击，可以捡到便宜，甚至将敌军赶下山去。哪知强中更有强中手。常遇春不仅作战勇猛，且掌军甚严，毫不马虎。敌军尚未至山脚，其便已得到消息，乃立即暗中传令："一闻梆子响，便乱箭齐发！"

当张士信一个暗号，与徐义率军从东南两面杀上去时，山上一阵梆子响，万箭齐发，紧接着战鼓咚咚，号炮冲天，杀声四起，石块乱飞！张士信见状，知对方有备，便连忙传令退兵。

昏夜中，仓促间，常遇春惧敌有狡谋，乃只在山上以矢石制敌；少时天色微明，见敌军败走，于是立即挺枪跃马，督军追击。张士信等在常遇春、汤和、华云龙三路大军夹击下，狼狈逃回了平江城。

张士诚吃了大亏，已是心灰意懒，但仍硬撑死守着。

城外徐达本想待平江城里有变，或乏粮时再发力攻打，以减少伤亡。及见张士诚竟主动出城突袭，顿时大怒，乃传令四面攻打，并亲自督兵架梯上冲。双方你攻我挡，激战数月，仍是相持不下。

朱元璋见平江久围硬攻均不能下，很是焦虑，乃与众谋士赶到平江，召众将佐计议道："平江久攻不下，你等有何良策？"

常遇春、汤和等一班战将，无不义愤填膺，发誓舍命强攻。

汪广洋道："张士诚最善防守，若过于强攻，则伤亡太大，实不可取。"

华云龙不悦道："那难道就罢了不成？"郭兴、汤和等亦回敬道："打仗哪有不死人的？"

刘基道："话不能这样说。汪先生的话有道理。自古道，杀敌一千，自损八百；况且我方仰攻，伤亡倍增，如何忍心？"

朱元璋道："对，对，我们不能做赔本的买卖；但这仗也一定要打，决不能半途而废，放虎归山。请问军师有何两全之策？"

刘基道："山人之意，还是强攻加招降双管齐下，方能奏效。"

朱元璋皱起眉头，双手一摊道："已两次致书张士诚，许以窦融、钱俶故事，无奈其不理不睬，软硬不吃，有什么办法呢？"

刘基也自沉吟道："死抗到底，软硬不吃，这就难了！"

是时，汪广洋干咳了一声，清了清嗓子方道："刘先生说的强攻加招降，还是个基础。不过说到招降，在下以为要派个妥帖的人去，才有可能成功。"

朱元璋忙问："什么人去可以？"

"当然这一要与张士诚说得上话，二要能说得出理才行，这三么，最好是张士诚信任的人就更好。"

"谁能当此重任？"朱元璋问了一声，见无人应对，又提高嗓子道："谁能去走一遭？"

"解铃还须系铃人。那在下且去试试吧。"汪广洋见状，只得毛遂自荐，"虽然我见过张士诚两次，但其不相信我，恐怕也是瞎子点灯白费蜡！"

朱元璋闻言，立即摇头道："不，不，不！这太冒险了！双方已打成这样，谁保张士诚临死不拉个垫背的？"

众人亦纷纷劝阻："汪先生不值得冒这个险！"

"到了这时，张士诚还会讲究两国相争不斩来使？"

汪广洋见大家如此担心自己的安全，心中一热，乃道："我也知张士诚不会买我的账，之所以自告奋勇前去，也是不忍心让将士多流血。那么我推荐一个较为合适的人去怎么样？"

朱元璋一闻此言，连忙问："先生认为谁去有点把握？"

汪广洋看了看左右，轻声道："降将李伯升可行。"

朱元璋疑惑道："他能行？"

"这要多方促之，使其愿意前往，或者说不得不往，这就要请吴王遣之。"汪广洋见朱元璋点了点头，接着道，"李伯升与张士诚曾义结兄弟，且原本很得其信任，今在这危急存亡之际，不顾自身性命而去进言，纵然张士诚不听其言，我想也不会害其性命。"

朱元璋道："对，对，这道理我自会讲给他听；但他如何说动张士诚，这恐怕还得先生教他一教。"

汪广洋道："这个自然。"说着，便把自己的说辞，如此这般地讲了个大概。

朱元璋听了，连连点头叫好。刘基也说："汪先生言之有理。李伯升本是那边人，这样一说，纵然说不动张士诚，至少也能乱其军心，到时候还有多少人愿为其卖命殉葬？"徐达、汤和等亦同声赞成一试。

商议罢，汪广洋先找到李伯升说明来意，讲明形势，重点是教了好些说辞；随后朱元璋又亲自召见李伯升道："这是一件大大的功劳，你既能挽救故主，又免得将士流血，积德立功，万户侯唾手可得。"

朱胜张败的形势摆在那里，况且自己一大家子又都在应天，李伯升虽心中发怵，但怎敢推辞？只好慷慨答应，立即前往平江叫门。

李伯升单人独骑来到壕沟边，下了马，从攻城的云梯上越过壕沟后，便一面走，一面喊："我是李伯升，要进城见吴王！"并一个劲地挥着双手。

城上的军士见了，立即报禀上司。

少顷，殿前将军徐义来到城头。李伯升忙喊："徐将军请了，请放我入城，我有要事面禀吴王。"

徐义厉声道："李伯升，你不是投降朱元璋了吗？回来做什么？想诈开城门？妄想！看在昔日的份儿上，且饶你不死；再不走，那就万箭穿心了。"言罢，左右两边立即有数十人已拉开弓、搭上箭，就待徐义发话了。

李伯升见状，不由得惊出一身冷汗！情急间，想起汪广洋的话，结结巴巴地道："慢，慢！别，别！请听我说两句。"

"有话就说，有屁就放！"

"都是老朋友了，我特地给你送功劳来的。"

"怎么讲？"听说来送功劳，徐义一愣，不由得追问了一句，"快说！"

"你放下一个篮子把我扯上去，献给吴王，说擒了一个敌军奸细，不就是一件功劳吗？若我把敌军的虚实告诉给吴王，将军你不就立了一大功？若因我来，让两下罢兵，军民得救，大家岂不会都感激将军的大恩大德？"

李伯升的一席话，果然说动了徐义："此言有理，横竖我都有功！"乃吩咐左右将李伯升扯上城来，然后绑了，亲自将其押往吴王宫。

张士诚闻得抓到了敌军奸细，就大喝了一声："带进来！"

李伯升低着头进来了，至殿中跪下叩头，道："小的恭请大王金安！"

虽没看见脸面，但见身形，听声音，张士诚便觉得好熟，乃道："你是何人，敢来做奸细？且抬起头来！"

"小人有罪，不敢抬头。"

"恕你无罪，抬起头来好讲话。"

随着答应一声"是！"张士诚及众将佐都不由自主地"啊"了一声："原来是李伯升！"

张士诚瞪着眼看着李伯升没做声，大殿上死一般地沉寂！好一会儿才从张士诚牙缝里挤出几个字："你怎么回来了？"

"大王，小的回来看您啦！"

"哼，回来看我？鬼才相信！"

"小的前时实在对不起大王。"李伯升见与张士诚搭上话了，心想这事也许成功了一半，乃字斟句酌地道："小的也是穷途末路了，不得已才走了一步臭棋。现在到此，任凭大王处罚，以赎前愆。"说罢，连连叩头。

张士诚是个重感情的人，见李伯升此时来了，又是叩头，又是请罪，心中倒也不忍，乃把手一挥道："好了，好了！除了绑索，起来说话。"李伯升复又叩了个响头，方才起身，随即双手抱拳向两旁的原同僚行礼致意。

张士诚见状，有些不耐烦了，问道："好了，好了！你回来究竟为了何事？是不是朱元璋叫你做说客？"

欲知李伯升如何回答，能否劝降张士诚，请看下回。

第二十三回

李伯升平江劝降　张士诚金陵丧命

话说李伯升见张士诚问其前来是不是为朱元璋做说客时，有所准备的他，便大着胆子答道："不瞒大王，虽是朱元璋叫我来做说客，可更是我自告奋勇回来做说客的。"

张士诚鼻子哼了一声："难道你不怕死？"

"哪个不怕死？但我这是拿自己的一条命，来报答大王您的知遇之恩，是来救满城军民性命的哟！"听李伯升这样一说，两旁的将佐们顿时相互交换眼色，甚至交头接耳起来。

张士诚见众人如此，心中不悦，乃把手一挥，冷笑道："你是来报答我的、是来救满城军民性命的，你且说说如何救？我看哪，说得在理，可救得你自己性命；说得不好，那你可是走着进来、躺着出去了！"

话说到这份上，李伯升也便豁出去了，好在事先已经有了准备，乃大着胆子，依着汪广洋所教的话语，问道："大王自思，你的实力比陈友谅的如何？"

张士诚见问，略一沉吟，终于摇摇头道："我的实力比不上陈友谅。"

"大王有自知之明，那小的也掏心窝子说话。"李伯升见张士诚说了实话，乃进一步开导说，"陈友谅当年地广人众，兵精将强，却数次败于朱元璋；最后在以六十万对二十万的绝对优势下，竟兵败身死！这恐怕不能以平常论之。"

李伯升话音刚落，张士诚便急切问道："如何看待朱陈胜负？"

"以小的看，是天命所在，是天意！"

"是天意？"

"对，是天意！"李伯升点了点头，"想那陈友谅之所以能迅速崛起，是因元廷失政；而陈友谅不趁势驱元，反而争权夺利。先是谋杀徐寿辉而称王称帝，又疑心他人，乱杀赵普胜等骁将；后又大举东进，要灭朱元璋。这样内部自相残杀，当然会失去人心，走向败亡。"

张士诚听了李伯升的一席话，心有感触，情不自禁地道："面对朱元璋的大军压境，你有何良策帮我解困？"

"大王要解困，其实不难。"

"请赐教！"

"好，那小的就直说，请大王莫怪。"李伯升边说边伸出四个指头道，"其实就四个字：认命归朱。"

"你叫我投降朱元璋？向那个朱和尚俯首称臣？"

"是啊！大王。"李伯升道，"想当年，你率十八个兄弟起兵，入高邮，抗元兵百万，北至济宁，南下杭州，有地千里，富甲天下，据吴称王；而今高邮、济宁等江北之地尽失，杭州、嘉兴也已属金陵；大王现仅有此一城，而内乏粮草，外绝救兵，长此下去，真能抗得住金陵大军吗？若以死抗争，那徒死何益？不仅自己无名无利，又致使将士流血、百姓遭殃，于心何忍？"

张士诚闻言，沉吟半晌，嘴里不停地道："这个，这个……"

众将佐见了，便七嘴八舌，各抒己见：

"我们大王怎能向那朱和尚称臣！"

"李将军所言有一定道理，请大王明断。"

"朱元璋如此咄咄逼人，大不了与其拼个鱼死网破，玉石俱焚！"

"当年朱陈大战时，我们没抄朱元璋的后路，就凭这点，他也应该给我们一条活路。"

"大王与诸位不必迟疑。"李伯升见了此情，乃不失时宜地将汪广洋教的说辞和朱元璋开出条件抛出，并加以诱导："应天方面早已商定，许大王同宋初钱俶故事；近者可以借鉴陈友谅：其子陈理，在父亡后，开城出降，犹得封归德侯，保全家族，不失富贵。为今之计，唯请大王去王号，罢兵事；既可赐万户侯，保得荣耀爵禄，且可不朝不拜，安享晚年；至于众位兄弟，均量才任用，去留自便。如此，则一可使江南安定，有利北伐驱元；二可保全我义军将士，同享富贵；三可免生灵涂炭，能使百姓早日安居乐业。此三者皆天道大义，请大王及诸位仔细斟酌。"

张士诚虽觉得李伯升说得在理，但一想到要向朱和尚称臣，却心有不甘；又仗着城池坚固、兵精粮足，总幻想有朝一日能咸鱼翻身的奇迹，乃使一个缓兵之计，谓李伯升道："请足下暂回，容我细思熟商。"

李伯升得了此言语，乃起身拱手致意道别："既如此，小的告退，请大王好自为之。今约以三日为期，两下停战，如何？"

张士诚道："此事关重大，约以十日方好。"

李伯升迟疑半晌，方道："既大王开了金口，那小的就以身家性命担当下来，请勿失信。"

张士诚道："那是当然。"众人闻能停战数天，个个喜形于色，点头称是。

李伯升临行，又回头道："小的临别，还透露一重大机密：城外营中已运来千门铜铸的襄阳火炮，其威力巨大无比，且射程甚远。若再一开战，必然使用，务请留心，不可自误。"

李伯升回到营中，向朱元璋详细禀报了一切。汪广洋、刘基又询问了一些城中见闻等情况后，朱元璋道："将军立了一功，辛苦了，且先下去歇息吧。"

李伯升走后，朱元璋问众人道："你们看张士诚投降的可能性有多大？"

时郭兴在侧，笑道："李伯升这样一摊牌，张士诚必定气馁认输了。"

徐达道："张士诚很是自负，又坚忍不拔，他是不见棺材不掉泪的。以在下看，其降的可能，顶多只有一半。我们还是要立足于打。"

刘基道："徐元帅所见不差。张士诚重利轻义，临事犹疑，少谋寡断；如其到时不降，就必须猛攻之，以促其俯首听命。"

朱元璋见汪广洋在那沉思不语，乃道："汪先生，这人是你推荐的，说辞也是你教的，你看张士诚被说动了没有？李伯升这一趟能有多大收获？"

汪广洋见问，干咳了一声，才慢条斯理地道："据李伯升回来讲的情况看，张士诚的态度是模棱两可，似有缓兵之计的嫌疑，不然如何要求停战十天？为防万一，请吴王命诸将千万要小心在意，尤其是夜间更应枕戈待旦。战国时，齐国田单用的火牛阵不可不防。"

刘基闻言接口道："汪先生言之有理，我们不可大意失荆州，功亏一篑。"

汪广洋又接着道："按理说，李伯升之言，应该能打动张士诚，但就怕张士诚放不下架子，死硬到底，那就有一场血战。不过李伯升这一趟，就是没说动张士诚，但必能大大影响其部下的士气。一旦攻城或野战，其军队的战斗力，肯定大打折扣，于我军甚为有利。"

朱元璋闻言，连连点头："对，对！李伯升这一趟还是大有收获。"

"所以在下以为，目前当采取三个步骤。"汪广洋道，"第一，就是刚才说的，夜间务必小心，不给敌以可乘之机；第二，在这停战之时，将天下大势及劝降信，常常射入城中，既可乱其军心，也可敦促张士诚早下决心；第三，做好打的准备，将襄阳炮布置停当，一旦约定期限超过，步、骑、炮三军一齐发作，必能将城内士气砸灭，那时张士诚就插翅难飞了！"

"好，好，好！"朱元璋听汪广洋说完，一连串说了三个好字，"就照汪先生说的办。张士诚若还不识趣来降，就叫其灭亡！"

城外的朱元璋在做几手准备，城内的张士诚更是不敢闲着，连日与众将佐商议对策。虽然外面的进不来，可城里面的人也无法出去，而且粮食将尽了！

张士诚十分焦急："这内无粮草，外无救兵，如何是好？"众将佐你看我，我看你，均低头叹息，无计可施。

左丞相张士信道："大王，城中粮食将尽，猫犬俱已杀绝，一只老鼠都要卖百文钱了！"右丞相潘元绍亦道："军中战马也已食尽，箭矢亦无，敌军再攻城时，只得以砖瓦来抗击了！"

张士诚思前想后，难以决断。手下人虽知硬抗下去前途渺茫，但主子不发话，谁敢领头倡降，自找倒霉？一干人只好哼哼哈哈，莫衷一是：

"此事两难，还请大王乾纲独断！"

"谁知朱元璋说的话算不算数？"

"我们一旦弃甲开城，那就没退路了！"

甚至还有两个冒失鬼大声道："我等何不率精兵杀将出去，易地再创基业？"

其话音未落，即有人反驳道："朱元璋近几年得了不少马匹，你不见城外敌骑驰骋如飞吗？纵然能杀出城去，彼必用精骑追逐，则我等皆束手就擒矣！"

看看到了第十天，张士诚大会诸将，拔剑在手，大声道："我张士诚起兵十四载，有地千里，南面称孤，今虽山穷水尽，亦誓死不降那朱和尚！"

说罢，咬牙切齿，狠命一剑，将面前案桌的一角砍了下来！

众人见了，无不面皮失色，冷汗津津！

少顷，张士诚道："明日敌军攻城，我张士诚有死而已！剩下时间已不多，请你们自选出路：想投降者，现在就请出城；不愿降者，就随我坚守此城，听天由命。"

张士诚平日能礼贤下士，享乐与共，事到如今，大家念及其好处，虽有不少人想出城投降，但此时还是异口同声道："我等愿保大王，愿与此城共存亡！"

张士诚心中一热，破例向左右一拱手，道："蒙诸位不弃，张某感激不尽！"

是夜，徐达已命众将率兵扒土填濠，又将木头钉成如亭子样的物件，一齐搬来备用。

次日黎明，徐达指挥队伍四面攻城。众军士推着无数的木亭子蜂拥向前，虽然城上箭矢齐下，但很难伤到木亭下的军兵。双方正相持间，只见帅营前数股青烟窜上蓝天，紧接着半空中炮响连连；随着号炮声，绕城一周的襄阳炮齐声怒吼，炮火石块一齐飞向平江城内，有几块竟然砸在吴王宫中！

大炮一响，胜负立见。城中人已是魂飞魄散，大呼小叫，各自逃命；连正在指挥抵抗的张士信，也被飞石击中头颅，登时身死。城外的攻城兵，则勇气倍增，抬着云梯，推着木亭，奋力冲锋；中午时分，便从四面八方拥上了城头！

一见平江城破，且左丞相、领军大师张士信又已阵亡，右丞相潘元绍、大将徐义、周仁等，便知大势已去，乃纷纷弃甲请降。

时张士诚收聚内城之兵，意欲亲自上城督战。及闻城破兵溃，又见敌军如潮水般涌来，不由得肝胆俱裂，长叹一声："大势已去，我命休矣！"乃飞马逃回王宫，将妻妾子女等一家人，赶上齐云楼，就命左右在楼下放起火来。霎时间，火焰冲天，鬼哭狼嚎。

张士诚处置了家人后，便命左右退出王宫，自个奔上大殿，匆匆戴冠着袍，而后解带悬梁。

徐达进城，望见火起，乃问身边的李伯升："火起处想是王宫了？"李伯升点头称是。徐达闻之，忙命左右："快快前往灭火救人！"又对李伯升道："快快前去寻找吴王，好生对待，自有重赏！"李伯升答应一声，便飞马而去。

李伯升冲进王宫大殿，只见一人冠冕悬梁，还在那里晃悠；乃立即上前将其解下，果然是吴王张士诚。一摸，还有些气息。

好一会儿，张士诚悠悠醒来，见到李伯升，有气无力地道："故人啊，我从未亏待你，何必将我放下，让我受辱，又多死一回呢？"

李伯升闻言，又好笑又惭愧，乃安慰道："大王但放宽心，彼吴王是会善待此吴王的。"

两人正说着，徐达来了，一见便知是怎么回事，乃拱了拱手道："大王请放宽心，我主会善待你的。"张士诚瞑目不答。

李伯升遵命将张士诚抬上船，好生送到应天。一路上任凭李伯升等百般劝慰，张士诚均瞑目不言，不吃不喝，到应天时已奄奄一息。

李善长奉命前来看视并劝降，张士诚仍是不食不语，就如死人一般。好半天，李善长也没听到张士诚一句话，只好无趣地回去复命。

朱元璋闻得张士诚如此，乃谓左右道："彼曾千里称王，大概是抹不下来这面子。也罢，待我亲自前往，给他一个台阶下。"

时汪广洋在侧，忙道："大王此举最妙！若能使张士诚倾心来降，则江浙大地就能很快安定下来；若其不通情理，真誓死不降，那也能感动其属下军民，为我所用。"

朱元璋点头道："是这个理。你且去安排一下，让李伯升、徐义等陪我一道去。"汪广洋应了声"是！"

少时，朱元璋一行来到张士诚处。汪广洋抢先一步道："东吴王，西吴王来看你了！"张士诚闻朱元璋来了，心想："待我看看这朱和尚是怎样一个人。"

朱元璋一进来，便朝张士诚拱了拱手，大声道："老伙计，你我这叫不打不相识。既然来了，我当为你接风洗尘，诸多将佐作陪，有话我们慢慢谈。请吧！"说着，做了一个请的手势。

张士诚看了朱元璋一眼，心想："这朱和尚生得相貌古怪，不同常人，想必不是等闲之辈。"想罢，乃道："士可杀不可辱。人固有一死，我一个称王数年的人，岂能再屈膝于人？"

朱元璋笑了笑道："看样子你输得并不口服心服，是吧？好，不谈这个了，我们一起喝杯酒，吃顿饭，交个朋友总可以吧。"说罢，又做了一个请的手势。

"天日照你不照我，你只是运气比我好了一点而已。我认命了！但决不降你！"张士诚说着挥了挥手，然后瞑目端坐不语。

这下轮到朱元璋尴尬了，只好自找台阶："好，好！改日再会，改日再会。"

张士诚死心早定，只是被人看得紧，死不成。这天朱元璋来过，看守人便客气了许多。是夜，张士诚哄得看守人松懈无备，便又一次悬梁自缢了。

张士诚于至正十三年（1353）起兵，至正二十七年（1367）被俘自尽，年四十七岁。

后来《吴王张士诚载纪》一书中，有一首缅怀其事迹的词《南乡子》：

庶卒射天狼，

草莽群雄起四方。

帷幄运筹施策用，

称王，

半壁东南尽属张。

别曲意深长，

力谏难成隐水乡。

寄意江湖豪客传，

辉煌，

花垛长留翰墨香。

汪广洋曾数次以使者的身份到过平江，当最终以胜利者的姿态登上姑苏台后，自然感慨万千。遂托吴王夫差颓废亡国之事以赋诗怀古，实则感历代兴衰，叹沧桑巨变，世事无常。其诗云：

姑苏台有感

丙午秋，大军围苏州；余奉命计议军务，感而赋此。

何事夫差日渐淫，都将兴废付登临。

霸图反手归尝胆，醉魄流涎属捧心。

台土尚存芳草合，鹿麋空卧古苔深。

唯应胥口波涛急，百折东流感至今。

欲知朱元璋灭了张士诚后，下一步兵向何处，请看下回。

第二十四回

众将佐分兵伐元　朱元璋建明称帝

话说在扫平了张士诚势力，安定吴地之后，朱元璋便改平江为苏州府，命徐达整顿兵马，李善长筹聚粮秣，准备北伐中原，推翻元朝统治。

汪广洋谓朱元璋道："吴王，现在大江以南差不多一统了。为了收揽人心，创建新朝，微臣认为当效法前朝，加设御史台，以纠察百官，使之与主政的中书省、掌军的都督府，三足鼎立，成为朝廷政权的架构纲纪，便能够使其各司其职，又相互制约，以达到有利国事的局面。"

朱元璋闻言，点头道："先生言之有理。人多事杂，是要建个纲纪。先生看谁能当此重任？"汪广洋稍一沉吟后，便道："军师刘基，善于阴阳，明察秋毫，此事非他不可。"

朱元璋知此事关系重大，乃分别与李善长、徐达等淮西元老秘商后，正式宣布设置御史台以及下面各道按察司，加强对属下机构与权力的监察。

任命汤和为左御史大夫，邓愈为右御史大夫，刘伯温为御史中丞，等等。这样，加上原来大都督府和中书省的"三大府"为主体的内政建设，便逐渐完备：中书，政之本；都督府，掌军旅；御史台，纠察百官。三大府总天下之政，共同对吴王朱元璋负责。新朝纲纪，至此大体建立。

就在三大府确立的当月，朱元璋即命中书省定律令，以左丞相李善长为总裁官；数月后编定的《律令》便刊行天下，为政权和地方的稳定奠定了基础。

局势稳定后，北伐便提上了议事日程。

徐达、常遇春等武将，均主张发大军，直取元大都："擒贼先擒王，树倒猢狲散，余者传檄可定。"

李善长等文官则主张稳定推进："百足之虫，死而不僵，元廷尚控制着整个北国，且其精骑骁勇无比，不是毕其功于一役的事，须稳扎稳打方妥。"

朱元璋见文武臣各持己见，自己一时也委决不下，乃把目光投向刘基、汪广洋等众谋士。

刘基道："诸位所说的均有一定道理。擒贼擒王，稳扎稳打，合乎兵法，但也还要根据当时形势再灵活决定。我兵出之后，先占据河南、山东一带，若元军集中兵力前来决战，我如能大胜之，则可趁势进击大都；若其与我隔河对峙，则我分兵西向，破潼关、入陕甘，断其手足外围后，再集中兵力取其元首，以成不世之功。这稳呢，除了前方战事外，后方也要稳，要有充足的粮草源源不断地供应上去，才能立于不败之地。"

众人闻言，均点头称赞："军师高见！""军师运筹帷幄，定能决胜于千里之外！"朱元璋亦点头道："军师所言，甚合我意。"

汪广洋亦点头道："诸位所言，军师高论，俱金玉良策，在下佩服之余，还想做点补充说明，就十六个字：兵分南北，剿抚兼施；巩固后方，建好粮仓。具体而言，即是除大军北伐外，还可遣偏师南进闽越、两广等地，平定方国珍及一些残元余部。方国珍等割据势力，在陈友谅、张士诚覆灭后，俱已胆寒；残元余部，已孤悬南方，北返无望，亦必然斗志涣散。故我大军一到，必能摧枯拉朽，甚至传檄而定。这些地方大且人口多，物阜粮丰，既易招兵，又能筹粮，一旦安定后，就可支持长期对元作战。"

众人闻言，俱鼓掌称赞："汪先生言之有理！""汪先生高见！"

汪广洋微微一笑，又接着道："在下上面说的是总的形势和方针，当然还是要围绕以主力军北伐为重点进行。想那元朝建国百年，大都的防御必然坚固；我方若直取大都，不仅有孤军深入之嫌，且存在粮饷不继的隐患；一旦其各地勤王之师四面赶来，后果就不妙了。故应先取山东，以撤去大都路上的天然蔽障；再攻占河南，破其藩篱；然后分兵扼守潼关，以防止陕西军东来。这样我方在中原站住了脚跟，就可从容向大都进军了。不过在攻克大都之前，我军不要招惹晋陕军。因为这些地方军，虽然钩心斗角，但至少在表面上还听命于元廷。如匆忙与这些人开战，反而会促使他们暂时停止内讧，转而共同对付我们，那就会增加攻克大都的难度，得不偿失。当然，我军一旦拿下大都，那这些山西与陕西的地方军就群龙无首，便不在话下了。"

李善长等文官尚对骁勇的蒙古精骑有所畏忌，纷纷建言献策："蒙骑骁勇善战，当年横行河南的百万红巾军，终于被其扫荡无存，我等不可轻视。"

"蒙古精骑，往来如飞。其胜，则万马齐驰，追逐百里，难挡其锋；其败，则狂逃散奔，望尘莫及，难以聚歼。故我军当扬长避短，方能克敌制胜。"

"诸位不必顾忌蒙骑骁勇，那已是过去的老黄历了！"汪广洋分析道，"此一时，彼一时，如今彼消我长，彼衰而我锐，已不可同日而语矣！我军现精骑过万，训练有素，且步骑协调，已在征讨张士诚时初露头角；而彼军内部却各行其是，矛盾重重，纵有精骑亦难有作为。但有一点须提醒的是，蒙军有个王保保，蒙名扩廓帖木儿，是个能征惯战的帅才名将，日后相遇时，大家须要小心应对才好。"

朱元璋闻言，点头道："对，对。那个王保保，我也闻得是个劲敌，大家须谨记在心，临阵时千万不能大意。"

大计已定，于是吴王朱元璋命徐达为征虏大将军，常遇春为副，率主力二十万北伐，越淮入河，向山东进发。另遣偏师向南，兵分三路：一路以汤和为征南将军，吴桢为副，率常州、长兴诸军，讨伐方国珍；一路以胡廷瑞为平南将军，何文辉为副，率赣浙诸军攻闽；一路以平章杨璟为靖南将军，左丞周德兴为副，率湖广诸军，进取两广；随后又遣廖永忠率水师沿海南下，以为声援。

擅长诗文的汪广洋，见战友们率军四出伐元，为壮行色，乃赠歌送别：

短歌行赠别

歌停云，酌春酒。送君发，为君寿。

弹青萍，弦素瑟。何以赠？双白璧。

车儿膏，马儿秣。时载阳，鸣鸧鹒。

戒仆夫，肃徂征。陟远道，扬飞旌。

慰尔民，崇尔怀。君子心，我无忒。

这首写景、绘声、叙事、抒怀并茂的清新歌词，表达了诗人厚重情感和离别之意：在这风和日丽、鸟语花香的日子里，我为您送行，祝您安康。饯别宴会上，我舞剑弹琴，赠璧纪念。现在车子上好了油，马儿喂饱了料，战旗已经飘起，宏大的征程就此开始了。我衷心地祝福你们，旗开得胜，马到成功！

雄师四出，旌旗蔽日，金鼓雷鸣，地动山摇；那由汪广洋起草的伐元檄文，更是广传四方，影响深远。其文曰：

自古帝王临御天下，皆中国居内以制夷狄，夷狄居外以奉中国，未闻以夷狄居中国而制天下也。自宋祚倾移，元以北狄入主中国，四海以内，罔不臣服，此岂人力，实乃天授。彼时君明臣良，足以纲维天下，然达人志士，尚有冠履倒置之叹。自是以后，元之臣子，不遵祖训，废坏纲常，有如大德废长立幼，泰定以臣弑君，天历以弟鸩兄，至于弟收兄妻，子烝父妾，上下相习，恬不为怪，其于父子君臣夫妇长幼之伦，渎乱甚矣。夫人君者，斯民之宗主；朝廷者，天下之根本；礼仪者，御世之大防。其所为如彼，岂可为训于天下后世哉！

及其后嗣沉荒，失君臣之道，又加以宰相专权，宪台抱怨，有司毒虐，于是人心离叛，天下兵起，使我中国之民，死者肝脑涂地，生者骨肉不相保，虽因人事所致，实乃天厌其德而弃之之时也。古云："胡虏无百年之运"，验之今日，信乎不谬。

当此之时，天运循环，中原气盛，亿兆之中，当降生圣人，驱除胡虏，恢复中华，立纲陈纪，救济斯民。今一纪于兹，未闻有治世安民者，徒使尔等战战兢兢，处于朝秦暮楚之地，诚可矜闵。

方今河、洛、关、陕，虽有数雄：忘中国祖宗之姓，反就胡虏禽兽之名，以为美称，假元号以济私，恃有众以要君，凭陵跋扈，遥制朝权，此河洛之徒也；或众少力微，阻兵据险，贿诱名爵，志在养力，以俟衅隙，此关陕之人也。二者其始皆以捕妖人为名，乃得兵权。及妖人已灭，兵权已得，志骄气盈，无复尊主庇民之意，互相吞噬，反为生民之巨害，皆非华夏之主也。

予本淮右布衣，因天下大乱，为众所推，率师渡江，居金陵形势之地，得长江天堑之险，今十有三年。西抵巴蜀，东连沧海，南控闽越，湖、湘、汉、丏、两淮、徐、邳，皆入版图，奄及南方，尽为我有。民稍安，食稍足，兵稍精，控弦执矢，目视我中原之民，久无所主，深用疲心。予恭承天命，罔敢自安，方欲遣兵北逐胡虏，拯生民于涂炭，复汉官之威仪。虑民人未知，反为我仇，絜家北走，陷溺犹深，故先谕告：兵至，民人勿避。

予号令严肃，无秋毫之犯，归我者永安于中华，背我者自窜于塞外。盖我中国之民，天必命我中国之人以安之，夷狄何得而治哉！予恐中土久污膻腥，生民扰扰，故率群雄奋力廓清，志在逐胡虏，除暴乱，使民皆得其所，雪中国之耻，尔民等其体之。

如蒙古、色目，虽非华夏族类，然同生天地之间，有能知礼义，愿为臣民者，与中夏之人抚养无异。故兹告谕，想宜知悉。

檄文直指元室纲常废坏，荒淫失道，君昏臣佞，已为上天所弃；今义师北伐，救百姓于水火，云云。真个义正辞严，气势磅礴，天下为之震动。

当此之时，元廷尚在内斗不休。先是河南平章孛罗举兵犯阙，逐太子爱猷识理；太子与王保保相善，便调王保保讨伐孛罗。孛罗败死后，王保保受封河南王，总制诸路军马，受命出师江南平乱。

不意关中李思齐、张良弼等拥兵割据，抗命不遵。王保保大怒，率军西向，与李思齐等争战经年不下。元顺帝遣使和解，王保保发誓先灭关中，后下江南，竟拒不奉诏。

元顺帝见王保保抗命，不觉大怒，遂削其官爵，夺其兵权，由太子总制诸军，拟调兵南征。王保保当然不肯就范，乃率所部占据太原，以作安身之所。

元太子欲遵旨南征，哪知兵尚未聚齐，南军已越过淮河，势如破竹，大举向北杀来了。不过数月，徐达率军已入山东，海州、沂州，莱阳、济南，不是望风而逃，就是卸甲归降；随后便挥军西向，与杀入河南的常遇春会师陈桥，来合围汴梁城。

汴梁守将李克彝与陈州左君弼、竹昌等，互为掎角，力抗南军。两下你攻我守，相持不下。

北伐初战告捷，南征更是顺利。

汤和大军所至，方国珍部非降即逃。方国珍见势头不好，只好带领余众浮海而去；不料廖永忠已率水师从海上杀来，方国珍欲逃无路，只好回头上岸，至汤和军前乞降。

随后汤和、廖永忠分率水陆大军，由浙赴闽，助胡廷瑞擒杀了元福建平章事陈友定，闽地遂平。

杨璟一路由湖广出师，先下永州，元守将邓祖胜兵败身死；复又连破全州、桂林，斩元参政邵宗愚，擒万户皮彦高，逼降平章阿思兰，广西遂平。

然后，数路大军合击广东。元左丞何真知大势已去，乃奉表归附。

至此，除云贵川以外的南方中国，都已被朱元璋收入版图。

当南北两军捷报频传之时，在应天的李善长、刘基、汪广洋等群臣，则纷纷上表劝进。吴王朱元璋当然不肯应允，推辞道："将士们正在浴血奋战，我岂能在此称王称帝？况且元廷之势未倒，不可草率行事。"

汪广洋道："元廷之势虽未倒，但其颓势难挽，败亡必然。而我将士浴血奋战，那虽是为国大义，但也有攀龙附凤之意，谁不想建功立业、封妻荫子？故大王称帝，既可振奋军民之心，又能灭元廷的威风，是有百利而无一害的顺天心、从民意之举也！"

刘基道："汪先生此言最善。俗话说，水涨船高。大王称帝，则大家都能成为开国功臣，能不舍命杀敌？望大王权衡利弊，从众所请。"

李善长等亦纷纷进言，谓："汪、刘二位剖析精当，言之有理，请大王从之。""大王已有南方半壁江山，完全可以称帝，与蒙古统治者分庭抗礼！"

朱元璋闻言，仍摇头不允。

越日，以李善长为首的文武臣僚，跪地奉表劝进，齐呼："请大王早登大位！"朱元璋心思缜密，虽知众人真心拥戴，但也知自古有三让惯例，乃再次推辞："诸位美意，孤家心领。然事关国家大局，不可仓促，改日再议吧。"

众人闻言，俱心中有数，欣喜而散。

三日后，众人再一次跪地奉表劝进。朱元璋心知称帝之事已水到渠成，便也不再拿捏，点头应允。于是，命李善长率朱升、汪广洋、刘基等文臣大儒们参考成制，再三斟酌，制定了一套不悖于古而利于今的登基大典，并由太史令刘基择定吉日，于戊申年（1368）正月初四，吴王朱元璋在应天即皇帝位，国号大明，改元洪武。

届期，春和景明，日丽风轻。吴王朱元璋与群臣均斋戒三日，沐浴更衣，同赴南郊新筑的祭坛。先祭天地，次祭日月星辰、名山大川及各路诸神。坛上香烟缭绕，礼炮震天；坛下旌旗飘扬，鼓乐齐鸣。显示出一派祥和与喜气之象。

吴王朱元璋头戴平天冠，身着衮龙袍，亲自登坛，行祭告礼；旁立太史令刘基，代读祭文，吴王朱元璋率群臣跪拜如仪。

礼成，李善长率文武百官及军民，山呼万岁，行三跪九叩首大礼。

随后，朱元璋率群子及百官祭告宗庙，并追封高、曾、祖、考为皇帝，妣皆为皇后。

接着，朱元璋升殿，接受群臣朝贺。并命刘基奉册宝，立王妃马氏为皇后，世子朱标为皇太子。至此，大位已定，明室肇基。人称朱元璋为洪武帝，后世称其为明太祖。

新朝建立，自然大封功臣。李善长、徐达仍为左右丞相，分主军政，刘基为御史中丞兼太史令，其余文武百官、从龙功臣，俱加官晋爵。

洪武帝朱元璋罢朝还宫，谓马皇后道："朕起自布衣，提三尺剑，东伐西讨，南征北战，今得登帝位，外恃将士用命，内仗贤后调和，上下一心，遂终成大业。回顾往事，感慨良多！"

马后仁厚贤德，知丈夫性情刚烈，眼中揉不得沙子，今闻其言，乃意味深长地劝谏道："妾闻古人言：打江山易，保江山难；又云：夫妇相保易，君臣相保难。陛下不忘妾同贫贱，更愿无忘群臣同艰难，君臣一体，同心同德，则大明江山万年永固矣！"

欲知大明朝初建后如何动作，请看下回。

第二十五回

汪广洋策反陈州　朱元璋任贤山东

　　话说新朝大明初建，深受儒家文化熏陶的汪广洋上朝时，见皇宫内外，鼓乐喧嚣，人们熙熙攘攘，一片乱糟糟，乃向大明皇帝朱元璋进言道："自古纲常礼仪，乃朝中大事。从龙功臣，特别是草莽出身的武将，每多自视功高，却又不知礼节，其不仅在皇宫内纷乱吵闹，就连在金殿上亦大大咧咧，呼来唤去，全无臣礼。故汉高祖接受了叔孙通的谏言，随后便整肃朝纲，制定了朝仪，才使得君尊臣卑，上下有序。今我朝初创，微臣斗胆进谏，亦应效汉高故事，制定典章礼仪，以传万世。"

　　朱元璋对刘邦之事，原也有些了解，而且更注重自家的权威。今听了汪广洋之言，正合己意，便大加赞赏："爱卿所说，真金玉良言！既如此，那制定典章礼仪之事，就委爱卿全权办理。"

　　汪广洋道："微臣遵旨！"随后便参照历朝典籍，制定了一套仿古利今的典章礼仪，奏请皇上批准。

朱元璋阅后，很是高兴，朱笔一挥：照此施行！

汪广洋见所奏批准，欣喜之余，乃赋诗一首，以志其事：

书绵蕞图后

鼎沸才青席未温，肯将礼乐奏君门。

后来牵合虚文者，未必无疑到叔孙。

明朝开基的消息传到军中，明军将士欢呼雀跃，士气大受鼓舞。是时，汴梁会战，虽已月余，仍胜负未分。徐达一面上表称贺，一面奏报军情，请旨定夺。

朱元璋接到大军在河南汴梁一带受阻的消息，乃召群臣商议对策。

汪广洋道："左君弼本庐州盗魁，勇猛善战，受元廷招抚，驻兵陈州，兵精粮足；若其与汴梁李克彝掎角死守，则河南非短期能下。一旦元廷大军来援，我军被动。为今之计，当撤散李、左联盟，则汴梁势孤易下；拿下汴梁，则河南传檄可定。那时西叩潼关，可阻关中军马；北渡黄河，可拔大都，天下即定也。"

朱元璋闻言点头道："先生虽言之有理，但仓促间如何撤散李、左联盟？"

汪广洋道："臣知左君弼甚孝，现其老母及妻儿隐居在庐州乡下。陛下可先遣特使持书飞驰陈州，晓以大义；同时动之以情，谓不日即将其家小护送至军前团圆。若如此，左君弼必然不会为元廷殉葬；即使其暂时犹疑不决，也对我军大大有利啊！"

众人闻言，纷纷称赞："汪先生言之有理！""汪先生此计大妙！"

朱元璋心中也赞同汪广洋所言，乃道："好，好！这真是一着妙棋，既如此，就按汪先生之计从速而行。"

汪广洋见皇上及众人赞赏己见，心中当然高兴，又进言道："承蒙皇上采纳拙见，为做到万无一失，微臣还有三条建议呈上，请旨定夺。"

朱元璋问道："先生还有何高见？"

汪广洋干咳了一声，清了清嗓子道："微臣以为，除了遣使持书飞驰陈州、稳住左君弼外，还须传旨徐元帅，令其休兵养息，造成元军错觉，认为我军不过如此，以麻痹之；再就是请陛下遣一支精干小分队去庐州，暗地里将左君弼家小护送至陈州交割；为保证万无一失，微臣请一同去庐州左家，这既彰显了陛下礼贤下士的大恩大德，同时微臣也好向其母亲及妻子当面教她们几句说辞，不信左君弼不弃元来归。"

朱元璋闻言大喜道："先生高见！就依计而行。只是又要烦劳爱卿了。"

汪广洋道："此分内之事，微臣理当效劳。"

话说汪广洋率一行人星夜兼程，赶到了庐州左君弼家，向其母说明了来意并转达了洪武皇帝的问候。左母猝闻此言，又见外面来了许多骑马挎刀的军兵，惊得手足无措，呆若木鸡。

"老夫人不要着急，更不用害怕。"汪广洋见状，乃把手一挥，让那些将士立即退得远远的，然后接着道，"天下大势，元廷凶暴腐败，民不聊生，况又素视我百姓如草芥，是以我皇起义师，救民于水火，现已扫平大半个中国；今又遣兵北伐，战于河南。皇上喜闻左将军勇猛善战，更敬重其是个大孝之人，故而命我军暂不强攻紧逼，而遣在下到此，欲将你一家老小护送到河南陈州，让你一家团聚。为防不测，故请老夫人稍加收拾，即便动身前往左将军军营。"

左母闻言，这才稍稍放下心来，不由得自言自语："这兵荒马乱的，能行吗？我现时蜗居在这乡下家里，还能吃顿清闲饭、睡个安稳觉呢。"

汪广洋见左母有顾虑，乃道："请老夫人放心，我等已安排好了。在这一带，是我们的地盘，保管无事；到了那边地界，可扮作逃难之人，料无大碍；况且皇上已遣特使到陈州了，左将军会派人前来迎接的，决然无事。

故请你家稍加收拾，越快越好，我们便悄悄动身，前往左将军军营。"

话说到这个份上，左家只得带了随身细软，由汪广洋等簇拥着上路了。路上歇息时，汪广洋又教了左家婆媳一些言语，作为策反左君弼的说辞。

左母也认清了大势，自然不想让儿子为元廷殉葬，遂满口应承道："老身此去，定能叫犬子弃暗投明，归顺新朝！"

十多天后，在离陈州不远处，一行人果然碰上了左君弼的人马。汪广洋那颗始终悬着的心方才放下，乃谓左母道："既左将军遣部下来接，老夫人一家就即将团聚了。下官公事已了，这就回去复命，失陪了。"

左母此时倒感觉过意不去，便道："蒙先生一路护送至此，老身全家感激不尽，何不一同进城歇息几日？"

汪广洋摇摇头道："不必，不必。"接着又轻声道，"如若进城，动静太大，一旦走漏消息，于左将军不利。老夫人见令郎后，好言开导，决定之后，让其悄悄与徐元帅商议而行好了。"

左母点点头道："好，好！如此有劳了。"说完，双方拱手而别。

汪广洋回应天复命数天之后，河南就传来捷报：先是陈州守将左君弼与部将竹昌等，归顺了大明；后是徐达与常遇春、左君弼，兵分三路，往攻汴梁。元廷守将李克彝，闻得陈州降明倒戈，自知万难坚守，未等明军到来，便在汴梁城内大掠一番，然后率部往西逃到洛阳去了。

朱元璋频接捷报，心中大喜，谓汪广洋道："先生妙策，我朝不仅得了一员悍将，还不费张弓支箭便轻取汴梁，河南之地也已收取过半了！此役先生功高至伟！"

汪广洋谦逊道："此乃皇上洪福龙威所至，微臣何功之有？"

洪武元年（1368）四月，朱元璋大聚群臣，计议征讨事宜。

刘基首先开言道："如今南方已定，将士大部分已经回来，而我北伐大军，已占领山东全境和河南大部，势头正锐，此时正应加派兵力，继续北征，一举荡平残元。"

大将冯胜、傅友德、华云龙等均纷纷摩拳擦掌，请命带兵北往，直取大都。

朱元璋见群臣激愤，斗志昂扬，心中大悦，乃道："既然众位爱卿认为形势大好，纷纷请战，那就兵分两路北进，直捣大都。"于是，命冯胜为右都督，孙兴祖为都督同知，共率兵五万，直取洛阳。待扫平河南元军后，进击潼关，以堵西北敌军东来。又命傅友德为左都督，华云龙为都督同知，率兵三万，直奔山东，预做渡河准备。各路兵马俱归大帅徐达节制。

朱元璋遣将才毕，忽一人出班伏地道："万岁，微臣有要事启奏！"众人视之，乃谋士汪广洋也。

朱元璋闻言，忙问："先生有何要事？且请平身，慢慢奏来。"

汪广洋叩了个响头，方才起身道："自古道，兵马未动，粮草先行。我三四十万大军一齐出动，粮草必须充裕。如均由江南解往，路途遥远，诚恐误事。"

朱元璋一想："有理。"忙问："爱卿有何高见？"

汪广洋答道："以臣愚见，必须就地筹聚方妥。山东既已初定，应当即建立行省，委能臣主政，一来安抚民心，更可以就地筹粮，以供军需。不久的将来，随着河南全境光复，亦可照此办理。与此同时，再招募民众，调集兵丁，疏浚运河，以利漕运。如此，南运北屯，何愁军粮不济？"

朱元璋闻言大喜，赞道："爱卿高见！朕当依奏而行，立即建立山东行省。"

众文武亦交口赞誉："高见！""面面俱到，确实高见！"

朱元璋见众臣赞成，便问道："众位爱卿，谁能主政山东？"

众臣见问，交换了一下眼色，只见刘基上前道："启奏万岁，汪广洋文武双全，又曾先后任江南行省都事，中书右司郎中及江西参政，其最善于抚民安众，今若使其主政山东，定能胜任。"

李善长亦道："军师所荐不差。汪广洋久在地方任职，勇于任事，廉洁仁厚，此去定能安民筹粮，做好北伐大军的军需保障。"

众臣见刘、李二人保举汪广洋，自然纷纷附和："对，对，汪先生是最合适的人选。"

朱元璋见众口一词，推荐汪广洋，正中己意，乃大声道："好！汪广洋听旨！"

汪广洋闻之，立即跪倒叩头道："微臣汪广洋听旨！"

"汪广洋廉明持重，善抚民众，堪当大任。今委以山东参政之职，即日前往山东行省主政，做好抚民筹粮两件大事，勿负朕托！"

"臣汪广洋领旨，谢皇上隆恩！"

退朝后，朱元璋又单召汪广洋至偏殿，吩咐了许多言语，最后又道："爱卿此去数千里，责任重大，又远离朝廷，人生地疏，朕甚是放心不下，故特遣一人随卿前去做个贴身护卫，如此在遇急难时，也许能出出主意，多个帮手，不知你意下如何？"

汪广洋猝听此言，不觉心中一惊，顿时汗流浃背，但还是从容镇定地叩头谢恩，道："微臣才疏学浅，蒙皇上拔擢，独当大任，正惧有负重托，今蒙赐膀臂相帮，微臣喜出望外，定当肝脑涂地，以报陛下！"

朱元璋一听汪广洋如此言语，乃道："如此甚好。"说罢，谓内侍道："传陈宜武！"

须臾，进来一人，身材魁梧，相貌堂堂，剑眉高鼻，目光锐利，望着朱元璋便拜，道："小的陈宜武愿吾皇万岁，万万岁！"

朱元璋笑了笑道："好，好。平身，见过汪参政汪先生。"

陈宜武领命来拜汪广洋。汪广洋赶紧双手来扶，且道："免礼，免礼。在下实不敢当。"

朱元璋谓陈宜武道："你随朕数年，忠心耿耿，勤勉有加。今国家用人之际，朕安排你至汪参政处，暂充个随身护卫兼任参谋，也好建功立业，将来封妻荫子。"

陈宜武道："谢皇上恩典！小的当肝胆涂地，以报陛下知遇之恩。"

朱元璋点头道："好，好！朕把汪先生就交给你了，勿负朕意。"

越日，汪广洋带了陈宜武，随着傅友德的大队人马向山东奔去。

傅友德来到山东，将大部分人马沿着黄河一带布防，一方面防敌军来侵，一方面做着北进的准备。

汪广洋来到山东，见历年战乱致人烟稀少，田地荒芜，深感肩头担重。尤其是曹州，地处水陆要冲，乃历来兵家必争之地，残破更甚，不由得吟诗一首，以记其事：

曹州

河北生灵苦，曹州最可哀。

兵兴多在难，水溢屡为灾。

蒿草侵城舍，狐狸上冢来。

伤心寥落地，一顾一徘徊。

时汪广洋正是意气风发的盛年。下车伊始，便大刀阔斧整顿各县政务，招纳流亡，鼓励农桑，放手通商。齐鲁大地本是沃土良田，加上有近海制盐的惯例，一经放开，真是八仙过海，各显神通。不过数月，地方上经济活跃，粮食亦丰收在望了。

汪广洋见地方上有了起色，感到自己的心血没有白费，很是欣慰。夜深人静之时，不免思念远在千里之外的老母妻儿。这天忽然接得家书，如获至宝，读罢，激情难抑，乃挥毫写下五律一首：

济南喜得家书

一心忧国事，何事更关情。

慈母怜垂老，痴儿想学行。

久违甘旨奉，遥隔四千程。

感慨秋风里，阴蛩劳夜鸣。

欲知汪广洋在山东有何作为，请看下回。

第二十六回

汪参政借兵平叛　元顺帝败北归漠

话说洪武元年（1368）闰七月初二，元降将乔金院，趁汪广洋去德州巡视之机，在济南发起叛乱，意欲接应河北元军南来再占山东。

汪广洋在德州得到急报，大吃一惊："这还了得！"幸好徐达麾下的指挥陈胜、杨春在德州驻防。于是，汪广洋立即前往借兵平叛。

陈胜道："参政大人，不是末将不肯借兵，只是职责与权限所在，你我互不统属，你无调兵之权。如欲调兵，须徐元帅发令不可！"

汪广洋道："下官在徐、常二将军处参谋多年，当然知道无权调兵。但事急从权，现叛乱初起，容易平定，若往返请令，耽误时间，岂不误了国家大事？"

陈胜道："参政大人说的是时势，末将认的是军令。请大人莫怪！"

杨春亦道："我等无令调兵，轻则处罚，重则掉脑袋。参政大人你是文官，出了此事，顶多受罚，而我等却有性命之忧啊！"

"二位将军说得有道理，只是此事刻不容缓。"汪广洋想了想，便掏出印信道："下官现在考虑的不是自己掉脑袋，更不是怕丢官，而是担心形势恶变，军民将遭受更大的灾难。故而请二位一面派妥当人怀印连夜飞驰去徐元帅处请令，同时一面调兵，随下官前往济南平叛。如何？"

陈胜、杨春见汪广洋以乌纱帽为担保，大为感动，齐道："大人丹心为国，末将敬佩。只是部下兵力单薄，不仅担心出兵无功，甚至有败没之虞啊。"

汪广洋道："二位将军的担心有理，这个我已考虑到了。本来我就是打算拿印信亲自去临清，请同知大都督府事的汪兴祖将军发兵协助平叛的。不过是想请你们在此先行一步，以遏贼势，待汪将军大军一到，再齐心合力将贼寇剿灭。"

陈胜、杨春二人闻言道："汪兴祖将军英勇无敌，又握有重兵，若得其率大军前往，贼寇必能剿灭。只是他那里的兵更难请得动啊！"

"请二位放心率兵先行，"汪广洋急切道，"我星夜去临清，必能请得大兵至济南会师。"

陈胜、杨春二人闻言，尚在犹豫，一旁的陈宜武见情况紧急，便发话了："二位将军赶快按汪参政安排的去做，有天大的事由我一力承担！"

陈、杨二人惊诧道："你能承担？如何承担？"

汪广洋赶忙解释道："这位陈宜武，是皇上特遣来山东监察的，并授其在紧急情况下有便宜行事之权。虽暂在下官左右屈就个参谋，但来自大内，是皇上身边的人！请二位勿疑。"

陈、杨二人闻言，大吃一惊，忙道："大人勿怪，小的们这就去准备出兵。"

陈宜武见了此情，乃道："既如此，请汪参政亲手写封请调大军平叛的短信，然后与二位率兵先行。某家亦立即带上印信，飞驰临清调兵。"汪广洋等三人齐声道："如此甚好！"

汪广洋将印信交给陈宜武，道："此处与临清距济南路程均差不多，将军飞马至临清，估计一昼夜可到，那么临清兵马会比德州晚到一天。我先去时做个准备，将叛军诱出来，引进临清兵马的埋伏圈，一举歼灭之。"陈宜武道了声好，便跳上马背，飞驰而去。

汪兴祖素来敬佩汪广洋的学识与才能，今接到陈宜武送来印信，知道军情紧急，乃道："既有参政印信，又蒙将军亲临，平叛事大，末将也愿以项上人头担保，立即率大军星夜前往济南，平叛安民。"说罢，即刻传令大军整队出发。

数日后，大军到了济南地界，陈宜武便先飞马来见汪广洋。汪广洋知汪兴祖亲率大军来了，高兴非常，以手加额道："好，好！汪将军既来，百姓有救了。"乃谓陈宜武道："我明日去济南城下，将叛军诱来此处。现请将军勿辞劳苦，立即往迎汪将军，请其务必于明天午时赶到这里埋伏待敌。"陈宜武点头道声："得令！"便飞马而去。

次日，汪广洋亲率德州兵来到济南城下，高声道："乔金院，我大军到此，你赶快出城投降，方可免得一死。不然，待徐元帅大军一到，你就死罪难逃了！"

乔金院见汪广洋来的只有两三千人马，心想："趁徐达大军未到，我且把这厮擒拿了，岂不是一件大大的功劳。"乃答话道："好，我来了！"说着，便大开城门，率军冲了出来。

指挥陈胜是有准备的，大喊道："杨春，你赶快保汪大人撤退，我断后。"

乔金院以为阴谋得逞，乃指挥军队紧追不放，并高喊道："有擒得汪广洋者，赏千金！"

当叛军赶得正欢时，忽然一声炮响，两边山上鼓角齐鸣，旌旗顿竖，杀声四起，矢石如蝗。汪兴祖百战勇将，亲自率队冲锋；陈胜、杨春，指挥所部反身杀回，将叛军紧紧围在山谷之中。

乔金院心知中计，乃拼命夺路狂奔。汪兴祖见了大怒，拍马上前拦住，只一刀便将其斩于马下。汪广洋见贼首已死，乃命众军高喊："降者免死，抗拒必诛！"叛军闻言，纷纷跪地请降，叛乱遂平，济南很快就安定下来。

经历了这次变故，竟很快拉近了汪、陈两人的距离：陈宜武由衷敬佩汪广洋的人品和担当精神，汪广洋对陈宜武更是另眼相看，视为知己，原来陈宜武还居然亦能吟诗填词。自后，二人竟时有唱和，结为诗友。

转眼到了中秋佳节，汪广洋回过头来看看自己这两年的流徙生活，由江西到应天，再又辗转来到山东，虽然四处奔波，为国效劳，但能壮志得酬，心里还是挺惬意的，乃对着明月，品尝美酒，赋诗以畅情怀。诗曰：

中秋写怀

前年合江上，去年南浦中。

沿流爱明月，挂席任西风。

秫酒酌不醉，林花看更红。

姮娥应笑我，今夜客山东。

山东全境安定，地方上也已大有起色。河南那边在徐达、冯胜两面夹击下，元军节节败退，或降或逃，全境亦尽归大明了。

朱元璋闻河南已定，乃亲至汴梁，大会诸将，计议攻取大都。徐达、常遇春、冯胜、傅友德、汪兴祖及汪广洋等将佐俱至行在谒见。朱元璋一一慰劳，随即便商议进取大都方略。

汪广洋首先开言道："微臣观我军北伐以来，轻取齐鲁，复下汴洛，而元军并未组织过大的抵抗。王保保观望于晋，李思齐等拥兵于秦，说明元廷令不出京，政无人听，内外猜忌，上下离心，此正是攻取大都的有利时机。望陛下早做决断，以迅雷不及掩耳之势，直扑大都，定能一战而定天下！"

徐达接着道："汪先生所言极是，分析精当。元廷声援已绝，我大军一到，必能摧枯拉朽，一战成功！"

常遇春等战将亦一连声叫嚷：

"元廷已腐朽不堪，我大军一出，大都旦夕可下！"

"趁元军内乱，互不统属之时，斩其首领，则树倒猢狲散，天下可定。"

朱元璋一见群臣慷慨激昂，心中大喜，道："众爱卿之言与朕暗合，那就请徐元帅调兵遣将，从速进兵吧。"

徐达闻言，口称："臣领旨！"于是，命傅友德率本部人马为先锋，自率大军继进，令孙兴祖、廖永忠分率水陆两军作为后应，兼押解粮草，沿运河而上，以保证军需。

徐达传令毕，汪广洋向其一拱手道："徐元帅，对于军事，在下还有个建议，不知当讲不当讲？"

徐达闻言，拱手还礼，道，"先生有何指教，何妨当面讲来。"

汪广洋开言道："愚意认为，元帅还可分一支人马往取潼关。这一可阻关中之兵出来捣乱，同时也为以后西进打开了通道；二来也可迷惑元军，使其一时弄不清我军主攻方向，从而有利于我军突袭大都。不知元帅以为如何？"

徐达闻言，连连点头道："先生此言深合兵法，本帅当即遵从。"说罢，乃高叫一声："冯胜听令！"

冯胜答应一声："末将在！"

"命你率三万兵马攻取潼关；拿下之后，不得率兵轻进，只需紧守关隘，保守住今后进入关中的通道，便是大功一件。"

"得令！"冯胜答道，"末将即刻率兵攻取潼关！"

不到一个月，朱元璋便接到了冯胜夺得潼关的捷报，心中大喜，自思："潼关既得，北伐大军便无后顾之忧。"乃命冯胜回汴梁居中调理河南军政，作北伐军的坚强后盾，同时令其自择将佐保守潼关。

冯胜遵旨赶回汴梁，面奏道："微臣已命行事谨慎且勇猛善战的大将于光，率精兵强将镇守潼关，可保万无一失。"

朱元璋见诸事妥帖，乃命徐达全力往攻大都，同时告诫诸将，要以王师自诩，不得妄自杀人。随后自己便回转应天去了。

元廷闻得明军大举来犯，自然一面遣将拦阻，一面传檄四方将士勤王。哪知不久便连连传来谍报：

"明军水陆并进，其先锋傅友德连下卫辉、彰德！"

"明军拔德州，擒获守将李宝臣，用其为向导，径直向京师杀来了！"

元顺帝未见到一个勤王将士到来，却迭闻败绩，急得手足无措，连呼"京师兵微将寡，如之奈何！"众臣工亦面面相觑，作声不得。

越日，败报又频频传来：

"丞相也速猝然遇敌，尚未交战，部众先奔！没奈何，只好溃退通州了！"

"明将郭英趁大雾袭破通州，枢密院事卜颜帖木儿已战死！"

"通州陷落，明军已云集通州！"

元顺帝得到通州失陷、明军将至的谍报，吓得跌倒龙床，连呼："完了，完了，真的完了！"乃瞥了左丞相失烈门及知枢密院事黑厮一眼，见二人低头战栗，一言不发，心知大厦已倾，忙一连声对伯颜不花道："快命后妃及太子、皇子皇孙们做好准备，随朕北狩！"

伯颜不花乃顺帝随身心腹宦官，甚有见识，故素受信任。今猝闻此旨，如五雷轰顶，当即跪倒叩头道："陛下为一国之主，京城乃社稷之根。今日形势，当固守京都，以待勤王之兵，若仓皇北狩，国本动摇，江山岂可再复？"

顺帝闻言，长叹一声："理虽如此，实情堪忧。连年内乱，致我京中兵微将寡，守备空虚，救兵不至；而明军声势浩大，来势甚锐，谁人能敌？

京城怎守？”

时淮王帖木儿不花、丞相庆童、平章迭儿不失、御史中丞满川等亦先后奔至，帖木儿不花、满川皆劝道：“陛下当以天下为重，怎能轻易弃之？”

顺帝道：“大势已去，岂可逆天？今日不走，必为徽、钦第二。不如暂回草原，避其锋芒，以待来日东山再起，有何不可？朕意已决，卿等毋庸再言。”众臣闻言，相顾流泪。

庆童跪奏道：“圣意既决，微臣请旨留守京城，一来尽臣节，报国恩；二来扼阻明军，免得惊迫圣驾。”

庆童说罢，众臣纷纷请旨，有的请留守京城，有的请护驾出走。

顺帝到了此时，也看开了，便把手一挥道：“众卿听旨：淮王帖木儿不花监国，丞相庆童为辅；余者走留，听其自便。”众臣齐称：“臣等领旨！”

顺帝默默地扫了众臣一眼，叹了口气道：“朕自即位以来，已历三十七载，只因德薄才疏，以致国家如此，追悔莫及。今明军将至，你等能守则守，守不住则去，不必勉强。若使京师均为废墟，军民尽皆喋血，非朕所愿，亦违天命也！”说罢，掩面而泣，退入后宫。

当晚三更时分，顺帝开启建德门，挈后妃及太子爱猷识理达腊等，连夜往北驰去。

越日，明军杀到大都城下，旌旗蔽日，金鼓震天，战马嘶鸣，人头攒动，将偌大个城池围得水泄不通。

徐达来至齐化门外，见城头上尚且旗帜招展，士卒执戈，乃迫城列阵，命军士一面高喊：“开城投降，一律免死！”一面向城里射去招降书。一时间，箭似飞蝗，喊声如潮。

如此闹了半个时辰，城上却毫无反应。徐达大怒，将令旗一挥，喝声：“攻城！”

顿时金鼓雷鸣，旌旗挥舞，十万将士，呼啸着如潮向前。不过半天便填平城濠，接着架梯攻城。

双方你攻我挡，拼命争战。到底明军人多势盛，士气高昂，数日之后，元军便渐渐支持不住了。

这天，徐达大会诸将，道："经我军连日猛烈攻击，元军士气已衰，今天大家再加把劲，可望破城！"众将齐称："得令！"

于是，常遇春、傅友德、郭英、汪兴祖等勇将，亲冒矢石，率众呼啸冲锋。一个个口衔利刃，左手持盾，右手扶梯，如猴上树，似蚁附城。

元军原本倚仗的铁骑，早已在原野上败给了明军。如今见了明军这拼死猛攻的阵势，顿时军心涣散，斗志全无，哪里还听指挥抗争？一个个纷纷逃命去了。平章迭儿不失、御史中丞满川等不屈战死，淮王帖木儿不花、丞相庆童等力尽被擒。不过半天工夫，元大都即被明军攻克。

算来元自太祖成吉思汗铁木真开国，至顺帝回归草原，共是一百六十二年；如自世祖忽必烈登基至顺帝亡国，则是九十八年；若以灭宋后的一统中原起算，则只有八十九年。

欲知明军攻下大都后有何动作，请看下回。

第二十七回

朱元璋巡北宣威　汪广洋围魏救赵

话说顺帝弃国逃往草原，留守大都的将士谁还会出力死战？不过数日，便被明军攻破城池。徐达率兵进城，明军纪，不妄杀，封府库，守宫门，秋毫无犯，民心大悦。

洪武帝朱元璋接到攻占元大都、顺帝遁回大漠的捷报，高兴非常，一面下诏褒奖犒赏北伐将士，一面准备北巡以宣威抚民。

无何，诸事准备就绪。朱元璋留李善长、刘基镇守应天，主持政务；自率文武百官，渡江北往。一路上，旌旗飘飘，车轮滚滚。沿途所经之处，赋税蠲免。真的云淡风轻，军民欢悦。

不日来到山东济南，参政汪广洋及早几天前赶来的元帅徐达、大将冯胜等，迎驾于百里之外。君臣相见甚欢，共庆北伐大捷。

徐达除奏明北伐经过及诸将军功外，又禀告当前部署："一面命傅友德、薛显等率兵分巡古北诸隘口，以防屯驻在开平的残元势力；一面命常遇春率兵驻防保定，以备山西王保保东来；同时又令华云龙修理故元大都，增筑城垣，以专待陛下巡幸。"

朱元璋闻言，连连赞道："徐元帅率军驱除元朝，复我华夏，功高盖世，乃我大明第一功臣！"徐达谦逊道："此上仰陛下天威，下赖将士用命，微臣何功之有？"

朱元璋接口道："对，对！上下齐心，大事乃成！汪参政筹聚粮草，保证军需；冯将军遏阻秦晋敌军，稳住后院，也功劳不小。"汪广洋、冯胜一齐拜谢道："微臣等为国效力，何劳陛下谬奖？"

见山东情况好转，朱元璋少不得对汪广洋又多赞几句："爱卿到此才数月，百姓便能安居乐业，尤其是不顾自身安危而大胆平叛，真是少有的社稷之臣。"

汪广洋道："平叛系微臣本身职责所在。其实这场叛逆得以迅速平定，实仗汪兴祖将军与陈宜武参谋的随机应变，方得以迅雷不及掩耳之势铲除逆贼。皇上没治臣失察之罪，已是法外开恩了，岂敢贪功？"

"你能这样想，朕心甚慰。汪兴祖、陈宜武能忠于职守，朕亦当嘉奖。"朱元璋兴致来了，转了一个话题："这济南乃是名城，胜景颇多，爱卿近日可有吟咏佳作，供朕欣赏？"

"近来杂事纷繁，无暇他顾，不过日前也曾偶登历下亭。"汪广洋道，"这历下亭乃济南名亭之一，因南临历山而得名，其巍立于大明湖中的岛上，名闻遐迩。周围的湖光山色，亭台轩榭，都堪称济南山水的代表；在那看花开花落，听鸟鸣鱼跃，真是妙不可言！更可贵的是，诗圣杜甫也曾在此留有赞美的诗文。微臣乘兴附骥也胡诌了几句，只怕说出来，恐污了圣聪。"

朱元璋笑道："先生太谦了，谁不知你是大诗人？且吟来听听。"

汪广洋应声道："微臣遵旨！"乃微微晃了晃脑袋，吟出一首七律。

历下亭临眺

海子西头历下亭，旧时台榭倚空青。

济南山水多佳丽，工部文章最典型。

绕径落花风瑟瑟，隔窗啼鸟树冥冥。

素瑟拟待横秋月，看取游鱼夜出听。

朱元璋听了鼓掌称赞："好诗，好诗！待何时有空了，朕当一游历下亭。"

在济南稍歇了两日，朱元璋便率众臣工浩浩荡荡前往大都。及至见了大都那高大的城垣、壮丽的宫殿，不由得叹道："元季君臣，骄奢淫逸，不恤民力，安得不败？"

汪广洋道："皇上明鉴！元朝暴政，苦民已久。故陛下提三尺剑，救民水火，是以四方来归，从者如云，十余年便驱逐暴元，得定天下。此虽天命有归，亦在人谋也。"

众将佐亦道："元朝暴政，天命归真，实至理名言！"朱元璋点头道："虽天命有归，亦在人谋，众卿功不可没。汪先生言之有理！"

随后，朱元璋与众人商议进军方略，道："眼下这北国西疆，尚有开平、山西、关中三大股残元势力，该如何用兵，请诸位爱卿各抒己见。"

大将傅友德首先请旨："元朝残廷尚盘踞开平，末将愿率一支人马前往，将其剿除，以绝后患。"常遇春、郭英、孙兴祖等闻言，亦纷纷上前讨旨请往。

冯胜所部多在河南一带，乃道："关中地势险要，残元势力尚盛，若不尽快将其平定，恐将来为祸不小。末将愿率本部人马前往将其扫平。"

徐达道："在下以为，开平已是惊弓之鸟，必不敢轻易再来；关中元军虽然不少，但人心不齐，不足为虑；倒是山西近在咫尺，更兼王保保是个劲敌，须早早将其剿灭才好。微臣愿率军前往平定。"

朱元璋见众臣纷纷建言献策，各有利弊，一时尚难以决断，是以仍耐心倾听，想集思广益，择善而行。

忽一人俯地奏道："微臣有进军浅识，上奏吾皇。"朱元璋一看，原来是山东参政汪广洋。知其见识非凡，且素来谨慎，乃问道："爱卿有何高见？请起来详奏。"

汪广洋叩了个响头，方才起身道："微臣以为，我军近年征战频繁，虽夺得山东、河南及河北广大地区，大局已定，但也已人困马乏。因此，军队需要休息整训，百姓需要休养生息，国家亦需要筹集粮秣军需。待兵强马壮、粮草充裕了，就可一鼓作气全歼残敌了。故而目前不宜全面开花，勉强行事，只可重点进击。微臣认为徐元帅所言最当，建议对开平、关中采取守势，而用主力攻取山西，剿灭近在咫尺的王保保，才是当务之急。"

徐达、常遇春等闻言，皆同声称赞："汪参政言之有理！"

朱元璋亦点头赞道："汪先生心思缜密，考虑周到，不逞一时之快，而要收万全之功，真宰相之才也！朕当从其高论。"

汪广洋叩头道："陛下神文圣武，乾纲独断，故天下将定，真命有归，百姓之福！微臣才疏学浅，何足道哉！"

于是，朱元璋用汪广洋谋，命华云龙、孙兴祖守大都，兼修缮城郭；以傅友德、汪兴祖屯兵八达岭等长城隘口，以防开平残元南下；冯胜回河南率兵西向，以分山西王保保之势，同时做好西入潼关的准备；而以常遇春为先行，往攻山西，徐达率大军继进。自己则拟先随徐达大军南行，然后取道汴梁回应天。

正当常遇春攻取了中山、真定，正准备翻越太行之时，徐达接到谍报："王保保得顺帝赦罪复官，今奉命兵出雁门关，要来攻打大都了！"

徐达得报，心中暗暗吃了一惊："这王保保是个厉害角色，不可轻视。"乃立即见驾，奏报紧急军情。

朱元璋闻得此消息，立即聚诸将佐商议对策。

大将郭英道："大都光复不久，人心未稳。若让元军夺去，那就长了敌人志气，灭了我朝的威风，断断不可！为今之计，我军回师，来个内外夹攻，正好将这送上门的肥肉吃了，以绝后患。"

汤和、杨璟等纷纷附和道："郭将军言之有理。趁敌远来疲乏，我军与其在坚城决战，必能全歼之！"

汪广洋见众将议论纷纷，徐达尚在沉吟未决，乃开言道："目前形势，王保保仗着兵强马壮，要复大都，大有势在必得之意。而大都城高濠深，华云龙能攻善守，兼有傅友德为外援，定能挡得住那骁勇野战而不善攻城的王保保。愚以为此时正可用围魏救赵之计：进击太原，覆其巢穴！王保保进不能下大都，只有还救太原。我以逸待劳，敌进退失据，胜负立见。不知皇上与徐元帅以为此计如何？"

徐达闻言大喜道："嗯，此计大妙！"说着，谓朱元璋道："皇上，汪先生所言甚合兵法，微臣奏请照计而行。"

朱元璋虽家贫没读过书，但天资聪慧，见识非凡。从军后，特别是独树一帜后，暇时常叫文士为其讲经解史，学得不少知识，并且还能举一反三，灵活运用。现在听了汪广洋的分析和建议，也认为很有道理。及见徐达称赞推崇，心里就更有了底，乃道："汪先生之谋与朕暗合，就请徐元帅传令实施吧。"说着，又转过头来谓汪广洋道："先生运筹帷幄之中，决胜千里之外，真朕之子房也！"

汪广洋跪谢道："陛下谬奖，微臣如何敢当？"

于是，徐达立即遣人飞马令华云龙、傅友德互为掎角，共保大都；同时传令常遇春、杨璟、郭英等分头率兵大张旗鼓地杀向山西；又令冯胜率河南兵马渡河北进，往攻山西泽州、潞州，以扩大声势，自己则随后督军继进。

朱元璋见各路军马分头行事，料无闪失，乃继续往南，驻跸汴梁，以便居中调度。

时值中秋佳节，本应月明星稀，把酒抒怀，哪知夜来急风骤雨，使人有那么一点遗憾。汪广洋联想北伐驱蒙的重大胜利后，目前竟有山西元军东来的骚扰，同样也是有那么点讨厌，是以感叹世间事总难得有那么十全十美，乃赋诗一首：

中秋对雨

百年多胜游，得意在中秋。

月白露华满，天空海气浮。

深杯行绿酒，短棹发沧州。

此夜兼风雨，令人有所愁。

无何，大都谍报到："山西元军才至城下，还未交战，便又匆匆撤走了！"朱元璋笑谓汪广洋道："先生这围魏救赵之计果然应验了！"

汪广洋道："大都城坚难下，而太原又兵力空虚，那王保保怎敢不星夜回救？还算他识机，知道及时抽身。"

"照这样看，太原城下必有一场血战了。"

"陛下勿忧。"汪广洋道，"王保保虽兵强马壮，但元运已终，非人力能挽回；况且其忽然东进，忽又西归，必然人困马乏，已成强弩之末，破之何难？为早日歼敌，尽量减少流血，陛下可令徐元帅广传旨意：勿杀降，莫扰民；立功受奖，抗拒必诛！如此，残元军心必散，那时谁还愿为前亡朝卖命？臣料山西一战可定！"

"先生高见！"朱元璋拂须称赞，"待朕亲拟一道旨意，遣专使飞传。"

"皇上明鉴！"汪广洋一拱手，"不日定会捷报频传！"

十多天后，朱元璋连接捷报：我军进兵阳曲后，王保保率精骑八万来战。徐元帅得元军中降将为内应，夜袭敌营，大破其军，降者四万，王保保率残兵败将向北远遁了。

数日后，太原守将不战自降的捷报又到。随后，徐达分兵四出，趁势攻克了大同、介休、榆次、平阳等处。不过月余，山西全境遂定。

时值洪武元年（1368）岁末，朱元璋见天寒地冻，乃命歇兵休整。自己则返回应天，欲待开春后再西图关陕。

朱元璋见出兵才一年，便攻取了大都，驱走了元帝，并夺得北方大片土地，连四百多年前五代后晋时丢失的燕云十六州也被收回，心中无限快意。乃于洪武二年初（1369），于江宁西北鸡鸣山下，建功臣庙，将殁者设像祭祀，生者虚着座位，以激励臣民。

话说当大都陷落、元帝逃归草原后，关中的数股残元势力为了自保，乃共推李思齐为盟主，以对抗明军。

其间，朱元璋屡遣使入关，意在招降，而李思齐等全然不理。

冬去春来，春暖花开，正是用兵之时。朱元璋见关中抗命不遵，心中大怒，乃传令徐达率兵西征，同时聚众臣僚商议进兵方略，道："西疆地广人稀，残元势力仍然不小，况又连接吐蕃，若不能速平，恐将来为祸不小。诸位爱卿有何妙策，能迅速安定西陲边地？"

众臣俱言："吾皇威震四海，再加上大军压境，关中残元势力定会顷刻冰消瓦解，无须圣虑。"

朱元璋微微摇了摇头道："理虽如此，但西北山高水恶，沙漠万里，民风剽悍，不可小觑。若措施不当，致战事迁延日久，则事倍功半，那就有劳军伤民之忧了。"

众人见皇上如此说，少不得献计建言，但似都不得要领。

时已从山东召回朝廷任中书省参政的汪广洋开言道："微臣闻关中有四股势力：第一就是盘踞凤翔的李思齐，当年红巾军李喜喜等杀入陕西，李思齐奉命率军往援，将李喜喜等击败撵走，遂擢升陕西左丞，防守关中；第二是据守庆阳的张良弼、张良臣兄弟；第三乃是由山西败退到平凉的扩廓帖木儿，就是悍将王保保；第四是巩昌总帅府的汪家军。若论起这四股势力，都是百战兵将。若彼等真的齐心合力顽抗，确实难以猝下，有些麻烦。只是这元室已亡，天下大势，必归一统，人人皆知此理。故而只要恩威并举，剿抚兼施，唾手可定。”

朱元璋闻言，连连点头道："爱卿高论，确实妙策。只是如何实施，不知爱卿可有成竹在胸？"

汪广洋答道："古人云：得人心者得天下。臣闻近年来关中大旱，百姓甚是疾苦。陛下可从江淮调集粮米若干，囤积洛阳备用。待我大军进入关中后，则将粮米运往彼处，按人发放赈饥，军民必然感激。其次可诏示元廷官吏将帅，凡降者，一律既往不咎，且量才任用，那谁还愿为亡元殉葬？若如此，我军必能胜券在握。"

朱元璋捋着胡须点着头道："好，很好！可以施行。臣民是我朝臣民，当然只能救活，不能让其饿死，更要避免杀戮。"

汪广洋道："皇上明鉴！这前朝昏庸腐败，民不聊生，加上连年战乱，人口大幅度减少，故保全生民性命，实为当前要务。陛下宅心仁厚，救活万民，是积了最大的功德！"

朱元璋听了汪广洋的言语，当然心里受用，乃谓众臣道："众爱卿务须明了朕一片爱民之心，拯救生灵。"众臣工齐道："臣等遵旨！"

汪广洋又奏道："陛下，为使天下早定，减少军民伤亡，微臣以为这大军征剿时，仍应根据不同对象，采取不同策略才好。"

欲知汪广洋有何妙策，请看下回。

第二十八回

平西疆广洋献策　顺民意汪庸归明

话说朱元璋驱走了元顺帝，便令徐达率兵西征，同时聚众臣僚商议进兵方略。但众臣建言，都不得要领。只有汪广洋认为要恩威并举，剿抚兼施，并建议根据不同对象，采取不同策略。朱元璋听了，觉得有些道理，乃道："爱卿有何高见？且当面奏来！"

"微臣遵旨！"汪广洋干咳了一声，清了清嗓子奏道，"其一，要分清对象，区别对待。李、张、汪皆是汉人，可重在招降；而对于扩廓这个蒙古人，恐怕其不会轻易就范，必须力战。其二，如招降不成，可采取各个击破的方针。这些残兵败将，多各怀鬼胎，都想保存实力。胜则争功夺利，败则各顾自己，不愿相救。因此攻击时，应分清主次，所谓擒贼先擒王；对于余者，可用隔而不围，或围而不打之法，让其举棋不定，我就好伺机将其各个击破了。其三，这四家中的巩昌汪氏一门，情况特殊。要请万岁

223

恕臣妄言之罪，微臣才好进言。"

朱元璋道："爱卿忠心为国，不必顾虑，大胆直言，朕不罪你就是。"

汪广洋叩了个响头后，方起身奏道："据微臣所知，这巩昌汪氏，乃是从其祖上汪世显时方才发迹的。其原在金国为将，后为形势所迫，不得已才投靠蒙古。自那以后的一百多年来，其六代人在元朝为官为将，多达百十人。其中汪世显祖孙三代被追封为王，十人封公，是个显赫的大家族，在川陕两省最负盛名，又与吐蕃关系密切。所以搞定巩昌汪氏，对稳定西南大局，有不可估量的作用。因此最好不要与其开战，要尽量设法让其归顺才好。"

这时右相李善长插话道："其受蒙古如此厚待，会轻易改换门庭吗？"

汪广洋笑了笑道："巩昌汪氏虽是以军功著世，却尊儒重道，诗书传家，顾大局，识大体，忠君为民。在现今情势下，必能为了中华一统，归顺我朝的。"

大将沐英道："听说巩昌总帅府已是兵微将寡，非比当年了，还能有何作为？"

汪广洋道："虽然巩昌较前衰败，但其在川陕影响力却仍是很大，不可小觑。即使让其中立，也可斩断李思齐联军的一臂，何乐而不为呢？"

朱元璋闻言微笑着道："爱卿所言，甚合朕意。就依爱卿之言去办便了。"

汪广洋道："谢万岁！对降服巩昌汪氏，微臣还有下情上奏。"

朱元璋问道："爱卿还有何妙计？"

汪广洋道："臣风闻巩昌汪氏，乃大唐越国公汪华第三子汪达后裔。前朝礼部尚书汪泽民，在二十多年前就已与巩昌汪氏通谱，互认同宗。陛下征剿陈友谅时，原曾得汪华神兵相助，故颁有保护越公祠庙的榜文。若将此事告诉巩昌，其必然心存感激，欣然来归。"

朱元璋闻言道："好主意！爱卿真见多识广。莫非你与巩昌汪氏也有些

224

瓜葛？"

汪广洋道："微臣乃汪华第七子汪爽之后，与巩昌实有同宗之谊。"

朱元璋笑道："啊，好，好，这就好！"

汪广洋见皇上连声说好，乃试探着问道："既然万岁认为好，待微臣将陛下所颁的护祠榜文，誊抄一份并附上一纸劝降书，送至徐元帅军前，与其商酌行事。必要时，微臣亲自去巩昌一趟，若能将其劝降，岂不皆大欢喜？皇上以为如何？"

朱元璋道："好主意！那此事就交给爱卿全权办理吧。"汪广洋大喜，口称："微臣领旨。"

汪广洋一路兼程西行。这天途经河南荥阳西北的鸿沟，虽然当年楚汉之争的往事都已经烟消云散，而其遗迹却依然历历在目。汪广洋有感于世事沧桑，军民疾苦，乃暗暗下定决心，这次入陕，定要有所作为！想罢，一挥长鞭，跃马越过鸿沟，就马上口占一首七绝：

使关中经过鸿沟

一双秋水佩吴钩，百二山河属壮游。

往事销沉遗迹在，断鞭斜日过鸿沟。

却说徐达率军西征，命冯胜为先锋，由潼关杀入关中，攻取长安后，兵锋便直指凤翔。

当汪广洋来到潼关时，就得到了西征大军已经夺取长安的消息，高兴之余，又挥毫成诗一首，以作来此纪念。

过潼关喜得长安

关陕喉襟在必争，一呼谁敢抗前旌。

华阴父老头如雪，解道黄河此日清。

盘踞凤翔的李思齐虽名为联军主帅，可当明军压境时，王保保、张良弼只遣偏师前来，名为助战，实乃观望。而巩昌总帅汪庸则干脆以兵微将寡、地方不靖为由，拒绝出兵。

李思齐在长安失守后，见明军势大，料不是其对手，便索性放弃凤翔，逃往临洮去了；张良弼见了，亦分兵往宁夏寻求退路；王保保见大家各顾各，也便率军向西，袭取兰州以为安身之所。

徐达兵不血刃地进了凤翔，一面出榜安民，一面筹聚粮秣，准备分兵进击时，忽接到汪广洋奉旨送来的进兵方略。徐达读罢，大喜过望，传谕诸将，依计行事。一面开仓赈济，安定人心；一面传谕四方：降者免死。同时令右副将军汤和率兵三万，北取平凉，以挡张良弼之庆阳军；令左副将军邓愈率军五万往定西，以挡王保保东来之路；令冯胜与汪广洋率军三万往巩昌，嘱道："将军此去，勿求速胜，唯遵旨迫降成功，方是大功一件。"

冯胜等遵令而去。徐达自率大军，浩浩荡荡杀奔临洮。

话说元朝后期，天下大乱，国空民穷。昔日雄踞西北陇右的巩昌总帅府，已是缺兵乏粮，其汪家军也已今非昔比了。及至传来明军打破大都、顺帝北逃的消息，总帅汪庸自知回天无力，为保全家族计，只好安于现状，低调行事，得过且过，听天由命。

前些时，明军入关，李思齐传令调巩昌兵前往迎敌。汪庸谓部众道："为人当审时度势。现大势已去，仅凭关陇一隅，怎能与明军抗衡？李思齐数年前入关剿寇，便趁机占我城池，扰我百姓，这种只顾眼前争权夺利之人，又岂能成大事？我何必听其令出兵，无辜葬送将士们的性命呢？"硬是不发一兵一卒，唯饬令积草屯粮，严守疆土，同时遣人四处打探消息。

无何，探马来报："明军轻取凤翔，发放粮米，以济民困。"汪庸暗思："看来大明真是当兴了！"

过了数日，又有探马来报："张良弼闻得明军分兵四出，乃令弟张良臣守庆阳，自往宁夏另寻出路，却不料在半路上被扩廓袭杀了！"汪庸闻报，顿足道："到了此时，不御外患，尚且自相残杀，看来大元真的是没有指望了。"

　　正嗟叹间，有守边将士送来谍报："有数万明军至我边境下寨，且送来文书一封。请令定夺。"说罢，将文书呈上。汪庸闻报，未免吃了一惊，只说了句："再探回报！"随即打开文书，原来是一张劝降的告示，无非是叫认清形势，及早投降，免得军民涂炭之类的话。

　　作为汪世显的六世孙、现任的巩昌便宜都总帅汪庸，见到此文告，已是意料之中的事。这与其先祖在一百三十多年前的处境惊人的相似：朝廷已亡近两年，巩昌成了一座西陲孤城，粮乏援绝。下一步该如何应对？是战、是走，还是降？这关系到自己的名节、汪氏家族的荣辱以及全体军民性命攸关的大事，汪庸不能不慎重考虑。乃召集部属，介绍了眼下的态势，然后道："好在明军还未打进来，大家回去好好考虑考虑，改日再议。"

　　越日，汪庸连接两处消息：先是李思齐临洮战败，业已开城投降；后是徐达乘胜进兵，在兰州沈儿峪大败扩廓，扩廓率残兵败将退往和林去了。

　　汪庸迭接惊报，暗自思忖："完了，大元确实完了。我巩昌也该走自己的路了。"乃立召本家兄弟叔侄及部属，至帅府商议大事，道："朝廷已亡近两年，近日明军大举入关，势如破竹。李思齐、扩廓等降的降，走的走，现仅剩下我巩昌一隅孤城，真正到了内乏粮草、外绝援兵的山穷水尽境地。明军已兵临城下，情势万分危急，请大家各抒己见，一决生死。"

　　众人你看我，我看你，老半天无人吭声。

　　忽金州都元帅汪有勤说道："贤侄既为便宜都总帅，就拿个主意吧，为叔的服从就是。只是一要保全家族和军民性命，二要维护国家一统。这才是千秋大义，余者不必计较。"

　　汪友勤一席话，道出了大家的心声，众人异口同声道："对，我等听总帅之令，走家国两全之路吧！"

正议论间，忽左右来报："城外有人称是明军使者中书省参政汪广洋和将军于光，要见总帅。"汪庸稍稍一愣，随即吩咐："打开城门，迎入帅府。"左右答应一声去了。

汪庸谓众人道："此必是来劝降的。你们暂于屏风后回避，看其如何言语，千万不要莽撞行事。"

汪广洋、于光一行进入巩昌城，汪庸出府相迎，拱手道："不知参政及将军大驾光临，未及远迎，敬请恕罪。"汪、于二人亦拱手道："久闻总帅大名，今日造访，实为唐突，亦请勿怪。"双方寒暄一番，入厅落座，左右献上香茗。

汪庸问道："不知二位远来有何见教？"

汪广洋答道："我大明天子，威德加于四海，驱逐鞑虏，复我中华。故而颁诏天下，罢兵恤民。所有前朝官吏将佐，只要诚心归服，一律既往不咎。今平西将军冯胜，奉旨率军前来，唯恐两下交兵，生灵涂炭，是以由下官与于将军前来商议，请总帅归顺大明如何？"

汪庸道："大明一统中原，自是天命。只是我家世受前朝厚恩，三王十公，屡代簪缨，岂忍一朝背离，落个不忠不义的万代骂名？"

于光笑道："总帅差矣！自古无不亡之国、不死之君。社稷轮回，朝代更替，历来如此。天下者乃天下人之天下，唯有德者居之。你祖上的封爵，也是一刀一枪马背上挣来的。你为其卖命，其予你爵禄，已是两清；况如今元廷已灭，故主败亡，你还为谁尽忠尽义？"

汪庸闻言语，叹了口气道："将军所言，诚是正理。只是要我辈改事新朝，上如何对得起祖宗，下如何向族人交代？"

汪广洋闻言，呵呵大笑道："总帅若提起祖宗及族人，那更好说。在下闻得贵族与江南汪氏本是一家，均是大唐越国公汪华之后。我大明天子与陈友谅争战时，也曾得越国公神兵相助，故金陵定鼎之后，追封汪华为广惠王并颁旨立榜于其祠庙前，以示褒奖。"说罢，从怀中掏出一纸，递与汪庸道："这便是榜文抄本，请总帅自看。"

汪庸接过，展开细瞧，只见上面写着：

皇帝圣旨：江南等处行中书省，诏得徽州土主汪王，福佑一方，载诸祀典。本省大军克复城池，神兵助顺，累著威灵，厥功显赫，理宜崇敬。除已恭迎神主于天兴翼祠祀外，据祖庙殿庭，省府合行出榜晓谕，禁约诸色头目官军人等，毋得于内安歇，损坏屋宇，砍伐树木，牧养牲畜，非礼作践，以致亵渎神明。如有似此违犯之人，许诸人陈告，痛行治罪，仍须赔偿。

汪庸读罢榜文，已是热泪盈眶。于光看在眼里，乃不失时宜地紧跟着道："总帅，你看我大明天子如此圣明，推崇汪王，岂会不善待其子孙？倘若你等抗天兵，行逆事，纵然当今施恩怀仁，仍存江南汪王庙宇，试想你这巩昌祖茔及神道碑能不毁于兵燹吗？族人能不亡于锋镝吗？那时你又如何面对祖宗之灵和族人的亡魂？"

汪庸听了于光这一席话，不由得汗流浃背，半晌方道："将军之言，使末将顿开茅塞。只是此等大事，我一人实难作主。请将军与参政容我与部下熟商，一两日后再答复如何？"

于光道："好事从缓，这也未尝不可，只是总帅不要延宕。另外，在下不妨实告，李思齐已降，扩廓也已败逃漠北去了，徐达元帅已进围庆阳，料且夕可下。须知如此对待你巩昌，乃是皇上尊重乃祖和体恤贵族之意哩！"说罢，向汪广洋投去征询的目光，见其微微点了点头，遂道："总帅好自为之。我等权且告辞，静候佳音。"

汪庸点头道了声"好"，便起身送行。

出了府门，汪广洋谓于光道："这巩昌汪氏乃越国公三子达公之后，而下官乃越国公七子爽公苗裔。今天幸有缘相会，我且在此盘桓一两日，叙叙同宗之宜。将军请自先回大营吧。”

于光闻言，拱手道：“原来你们同宗，千里有缘相会，可喜，可贺！”

汪广洋、汪庸亦拱手道：“同喜，同喜！”

送走了于光，汪庸携了汪广洋的手回到府中，乃将众人叫出来与之相见。双方既是同宗，自然亲热了许多。汪广洋就把当今大势又详细介绍并分析了一遍，众人均频频点头称是。

汪庸见了此情，乃不失时宜地开言道：“适才汪参政及于将军所言，大家都听到了，其来意想必大家也都已清楚。天下大势，也已明朗。大明当兴，元室已亡。巩昌孤城一隅，兵微将寡，粮草匮乏。战则必败，玉石俱焚。若因我一人名节，而使百年祖陵遭毁，军民罹祸，我辈便成了汪氏逆子，百姓罪人。我看还是顺应天心民意，改事新朝吧。大家意见如何？”

汪有勤道：“古人云：识时务者为俊杰。当年陇右王率众归蒙，不仅免了军民厄难，还干出一番大事业。现在形势同那时一样，故而我等走同样的路也就不会错，况且大明皇帝赈灾济民，兵至不攻，实为仁君，必然会善待我等军民，大家不必顾忌。”

汪庸道：“老叔说得对。去年陈州左君弼率土归明之事，大家也都知道，不是很好吗！”

众人亦齐声道：“对，对！我等愿听总帅号令，走利国利家之路，改事新朝！”

次日，汪庸召集诸将属吏于巩昌城头，望北拜了四拜，算是告别了前朝，随即正式宣布归顺大明，降下大元旗号。然后，捧了户籍图册及便宜总帅府帅印，随汪广洋前往明军大营。

冯胜闻报，立遣于光出迎。

汪庸等入得大帐，屈膝叩头，道：“巩昌小卒汪庸率军民归顺大明，望乞收录。”然后奉上册籍及帅印，冯胜起身接过，乃道：“将军少礼，且请起来叙话。"

汪庸告坐后，冯胜方道："我大明天子宽宏大量，仁义素著，断不会难为巩昌军民。你等官吏将士仍各司其职，将军仍为总帅，统领军民。"说罢，将帅印复递给汪庸。

汪庸连忙推辞道："总帅一职，恳请将军另委他人，末将听命就是。"冯胜笑道："总帅不必过谦。将军此举，乃顺天心，从民意，上为国家一统，下免将士流血，实有大功于社稷，朝廷早已有意倚为西北长城，予以重用，不日便有诏旨到。"汪庸推让再三，方才跪拜领受。

汪广洋见巩昌之事已圆满解决，乃动身回京复旨；临行，拉着汪庸的手道："总帅请回去安抚人心。下官这就赶回应天，将贵处详情，面奏皇上，必有好音！"

汪庸拱手道："全仗大人美言，末将拜托。大人一路走好！"

无何，朝廷诏旨到，授汪庸为昭勇大将军，仍任巩昌等路便宜都总帅，并将前时被李思齐等强占去的临洮等州县，重新划归巩昌总帅府管辖，所属州县将吏亦由总帅选任，报陕西行省备案即可。

至此，西北一带尽收入大明版图。

欲知西疆平定之后，朝廷还有何事，请看下回。

第二十九回

汪广洋内外参政　刘伯温褒贬论相

却说当徐达在陕甘一带征战时，常遇春与副将李文忠奉命率兵，由大同进击开平，以扫清北元残余势力。元顺帝闻明军大举杀来，自知难敌，乃再向北远遁至和林。

常遇春追逐数百里，斩获甚丰，一路凯歌而还。时正暑热天气，日间酷热，夜半风凉。常遇春因常年征战，积劳成疾，又不知保养，夜间解甲后，致风寒入侵，在到达赤城西的柳河川后，陈年刀创箭伤一齐发作，才数日就不治而亡。

常遇春一生征战，杀敌无数，从无败绩，堪称明初第一猛将。自谓能将兵十万，故人戏称其"常十万"。

朱元璋痛失爱将，十分悲痛，赋诗悼念，曰：

朕有千行生铁汁，平生不为儿女泣。

忽闻昨日常公毙，泪洒乾坤草木湿。

遂将常遇春作为功勋之臣，厚葬于金陵太平门外的钟山下，又将其追封为开平王，并配享太庙，真可谓哀荣已极！

是时，翰林院学士朱升，已年逾古稀。在和朱元璋打交道的多年中，认识到朱元璋的确是个雄才大略的君主，但对其猜忌多疑和刻薄的性格也有所觉察。为避免兔死狗烹的结果，乃于洪武二年（1369），以年迈为由，请求辞官归隐。

朱元璋对朱升的请归很感意外，道："老爱卿屡屡献良策，进奇谋，居功至伟。今天下已定，朕正欲赐爵裂土以酬功，何故忽生退心？"

"老臣当初出山，是为了辅佐皇上重建汉家王朝，让百姓安居乐业，如今臣愿已了，还有何求？"朱升真诚地道，"况老臣秉性淡泊，不慕荣华，实实不敢叨天恩，受爵封。故恳请告老还乡，颐养天年。"

朱元璋闻言亦深为感动："既然老爱卿决意归隐，卿子必当超擢重用。"

朱升老泪纵横，哽咽道："臣子福薄。事君之忠有余，保身之智不足，但愿将来能如老朽归隐田园，寿终正寝，足矣！岂敢奢望重用乎？"

朱升无官一身轻，两袖清风，飘然而去。

临行，吟诗一首，道出了生命的感悟：

百战一身存，生还独有君。

越山临海尽，吴地到江分。

暮郭留晴霭，荒林翳夕曛。

归途当岁晚，霜叶落纷纷。

次年，朱升病逝于盐城，葬于南龙港。其子朱同，则留京伴驾，虽有其父获得皇帝赏赐的免死牌在手，但数年后，到底还是受户部侍郎郭桓一案的牵连而被诛。

话说朱元璋久闻关中乃形胜之地，周、秦、汉、唐，均建都于彼，而历代江南俱是柔弱的短命王朝，遂有迁都长安之念。

一日，朱元璋召群臣征询都城选址意见，道："元帝及其子孙虽然败走沙漠，但仍有一定的军事实力，时时有卷土重来的企图，一旦蒙古铁骑奔驰南下，北方就易受其侵。而应天远在东南，隔江渡水，难以及时制之，对此不可不慎重考虑。众位爱卿看看何处建都才是百年大计。"

众臣议论纷纷。有谓洛阳、汴梁，地处中原，水陆交通便利，易于掌控全国；有谓大都城高濠深，宫阙完好，建都可震慑残元；有谓京兆长安，汉、唐盛世之所在，实万年基业宝地。朱元璋听了，心知各有利弊，便也不好决断，乃向四下扫了一眼。

当汪广洋一接触到朱元璋那犀利而期待的目光时，觉得还是应该提出己见，乃道："洛阳、汴梁虽好，但是四周无险可凭，尤其是汴梁，黄河水患难防。大都虽固，但北距残元势力不远，易受其干扰。关中形胜之地，外有山河阻隔，易守难攻；内有八百里沃野粮仓，足制天下诸侯；其虽宜建都，但自唐亡后，长安凋敝，已无昔日雄风，故王气东移，在以汴梁为中轴处打转。或显于金陵、杭州，或旺于燕幽、大都。此天道循环，恐非人力能左右。"

众臣闻言，大多点头赞许，认为还是北国建都的好，道："从历朝来看，建都江南者，常常仅得半壁江山，软弱受欺，这是不争的事实。"

朱元璋倾听了众人议论，一时委决不下，乃道："都城选址乃是一件大事，不可草率。大家现在做到心中有数，全面考虑，且眼下国家初定，民生凋敝，财力匮乏，以后再定吧。"众人闻言，齐道："皇上圣明！"

"皇上圣明！都城确定是关乎社稷民生的大事，马虎不得。"汪广洋道，"如今天下初定，百废待兴，老百姓急需安居乐业。微臣想还是先选干练得力之臣，前往光复的关中等处主政为要务，这既可为大军由北入蜀做准备，同时也可考量长安的地理经济，为今后定都提供充分的依据。"

朱元璋一听此言，正合心意，遂道："爱卿言之有理！既然巩昌汪家在川陕影响颇大，你又与之同宗，那就请爱卿前往陕西主政如何？"

汪广洋叩头谢恩道："皇上差遣，微臣当得效劳！"朱元璋大喜道："如此就有劳爱卿了！"

越日，汪广洋来向朱元璋辞行，请示方略。朱元璋道："爱卿主政数处，经验丰富，老成持重，今去陕西，路途遥远，尽管放手理政，除重大问题外，均可便宜行事，不须事事请旨！"汪广洋叩首道："谢皇上信赖，微臣当肝胆涂地，誓死报效！不过还有一事请旨。"

朱元璋问道："爱卿还有何事？"

"陈宜武忠心耿耿，精明干练，且当年平叛时立有大功，故微臣离鲁时，已荐其代理登州知府。今闻其加固海防，使倭寇远遁，是以深得民心。故请皇上明察，如能授以实职最好！"

"啊，陈宜武！既其政绩优异，爱卿又再次举荐，朕自当重用！"

"皇上圣明！"汪广洋由衷感激地又叩了一个响头，才辞驾赴陕。

一日，汪广洋途经河南荥阳的崤关，见这里的山路很难行走，而自己却一年中竟两次往返这里。对着隘口上那"为政以公"石刻，汪广洋遥想大唐名相姚崇的业绩，乃暗下决心，入陕之后，要以其为榜样，做一个赤胆忠心、大有作为的名臣。有感于此，遂马上赋诗一首：

再过崤关

尽说崤陵路最艰，一年犹得两回还。

姚崇片石孤撑立，寂寞苍烟杳霭间。

其后不久，忠诚干练的汪广洋果然得以进入朝政中枢，拜爵封相，实现了自己的抱负。

汪广洋深知国以民为本，民以食为天，乃万古至理。故一到陕西，便下令废除前朝的苛政，鼓励农桑，减免税负，抑制豪强，老百姓很快就安居乐业了。随后又清查户口，丈量土地，招抚流民，奖励开荒，且倡导农民兴修水利；同时又让军队屯垦，既改善了将士生活，也防止了其无事生非的弊端。为体察民情，汪广洋还轻车简从，巡视四方。

一天，来到陇右的关山。汪广洋放眼这绵延百里，扼古丝绸之路上的要道关隘，极其雄壮，却又很是荒凉，不禁感慨万千，思乡伤别之情油然而生，乃赋诗记事：

晓渡关山

岭头丛木碍烟扉，石角枯藤挂客衣。

杜宇为谁伤远别，满山都道不如归。

在汪广洋新政的大力推行下，不过数月，社会就安定下来，渐显生机了。

洪武三年（1370），右丞相李善长生病，多日未能上朝理事，日常政事，俱由才从山西参政任上调回的中书左丞杨宪打理。朱元璋暗想："这朝中势力现以李善长为首的淮西派为主，以刘基为首的浙江派次之，余者实为杂牌军，谈不上什么门派，也无明显的领军人物。如今国家大体已定，当不能使一方独大，而须相互制衡才好。李善长久握权柄，树大根深，现既患病，何不趁机将其换去？"但又一想，"只是李善长若去，以谁代之合适？否则让杨宪独任久了，反倒又有误事之嫌。"思之良久，尚委决不下，乃召刘基询问道："李善长患病不能理政，军师看谁能代之？"

刘基道："宰辅乃百官之首，知臣莫如君。此事请皇上乾纲独断，微臣愚鲁，不堪下问。"

"任相事关社稷。古人云：兼听则明。故朕倾心请教，先生尽可大胆明言。"

"李善长从龙日久，虽有微恙，然犹能调和诸将，稳定朝政。"刘基道，"易相之事，譬如房屋换梁，须用大木方可，否则易塌。请问陛下心中可有中意人选？"

"中书左丞杨宪能否上位？"

"杨宪有丞相之才，但无丞相气度，且又兼检校之责，恐不宜担此重任。"

"汪广洋如何？"

"汪广洋虽然干练持重，但器量狭小，难当大任，恐也不比杨宪强多少。"

"那太常寺卿胡惟庸行吗？"朱元璋见刘基接连否决了无党派的杨、汪二人，不觉沉吟了一下，乃将久随自己的淮西老乡胡惟庸推出，看看刘基的意见。

"胡惟庸嘛，"刘基从朝政大计出发，决意不附和皇上之意而大胆谏言，"此人从龙已久，忠心耿耿，办事干练，实有大才，只是，只是……"

"爱卿有话，但讲无妨。"朱元璋见刘基吞吞吐吐，乃着重补上一句，"即使不当，朕也不会怪罪！"

"胡惟庸虽有大才，"刘基见朱元璋这样说，方才道，"但其有些桀骜不驯，又无容人之量。就如驾车的烈马，一旦奋蹄乱窜，诚恐难以驾驭，甚至有翻车之虞啊！"

朱元璋闻言，沉吟半晌，忽然微微一笑，道："朕知先生清高，有大才，然素来不屑于琐事，故本来不想麻烦先生，既然眼下无人可用，那只有屈就先生您来当这个首相如何？"

刘基闻言大惊，俯伏于地，连连叩头谢绝："微臣性喜清净，从来没耐心处理那些琐碎繁杂之事，且又嫉恶如仇，既无宰相之才，更无宰相之度。

总之就不是宰相的料，还是请陛下另请高明吧。"

朱元璋原本就没有任刘基为相的打算，见其如此，也就打消了心中疑虑，乃淡淡地道："爱卿平身。如此说来，那也不好勉强先生。此事待朕熟思再定吧。"

刘基又磕了个响头才爬起来："谢主隆恩！"

朱元璋见与刘基没有商量出结果，只好默默把群臣从心中过了一遍，最后一拍脑袋："用人如用器。如今天下初定，当以善政安民为要务。汪广洋为人老实，干练持重，又无党无派，应是眼下最合适的人选！"于是，乃召汪广洋回应天任职。

汪广洋接到诏旨，离陕回京。路过函谷关，夜间行走在逶迤不平的山路上，时而听到阴森的树林中传出猛虎吼叫声，不禁联想到官场的险恶、仕途的无常，心中颇感不安，然而也知机遇和风险同在，曙光就在前面！自己应大展宏图，方不负平生抱负。于是触景生情，赋诗一首：

函谷关

树木阴森虎夜号，行人愁杀路峣嶅。

谁家鸡唱寒烟里，举首东方太白高。

从陕西参政任上召回的汪广洋，被任为中书右丞，其位竟在杨宪之上。除中书右丞诰云：

中书综理百司，纪纲庶务，设丞于左右，所以赞政本而弘化功。必得济时之才、任重之器，乃称兹选。具官汪某，道足以佐文治，学足以庇民生，扬历中外十有六年。比岁，江右山东，屡参省政，克膺方面之托，乃入为中执法，振举宪纲；属陕右之地，初入职方，辍自台端，出任省寄，仅逾半载，劳效已著。朕甚嘉之！爰念功成治定之时，正立经陈纪之日，匪资硕望，曷图治功，是用命尔，复居中书，辅我大政，右辖之位，往其居之，于戏！官必择人，人惟求旧；公辅之任，朕期尔久矣！尔尚益宣才，力务展猷，为设施酌乎。古今经纶，审于事体，庶成勋绩，以副朕怀可。

汪广洋得为丞相副手，自然对皇上感激涕零，誓死报效。遂屡屡上书，废除苛政，鼓励农桑，轻徭薄赋，抑制豪强。稍后又建议清查户口，丈量土地，整饬吏治，惩治贪腐。鉴于中原战争历年频繁，人口锐减，提议从人多地少的山西，向河南、山东等地移民并奖励开荒，减免赋税。

朱元璋本是农民出身，年轻时又曾游历四方，深知老百姓的疾苦，对汪广洋的建议大为赞赏，一一批准照办施行。尤其是对于其中大移民的建议，更为重视，不仅雷厉风行地实施，而且一直实行了数十年，影响极为深远。

原来，元末黄河失修，屡屡决口，洪水泛滥成灾，致使中下游大片良田淤成沙滩，加上连年战争和瘟疫，村庄城邑多成荒墟，百姓均纷纷逃往山西南部那群山峻岭一带，苟且偷生，倒使得晋南人满为患了。汪广洋历任山东、山西参政，屡屡来往于河南大地，深知百姓疾苦和需求，故而大胆谏言："豫鲁地广人稀，田园荒芜，可以人满为患的山西洪洞县为中心，由朝廷统一调度安排，在官兵的监护下，向中原各地移民，同时拨发路费、耕牛和种子，使之开荒垦田，安居乐业，才能民富国强。"朱元璋认为此举利国利民，故纳谏实施。

汪广洋性喜吟诗。今既入中书省辅政，生活安定，乃将历年诗稿翻出整理成集。因中书省院落中的水池俗称凤池，乃将诗集称之为《凤池吟稿》，并请当代大儒宋濂为之作序，其略云：

今观中书右丞汪公之诗，益信其说。岂必然者，其公以绝人之资，博极群书，素善属文，而尤喜攻诗。

当皇上龙飞之时，仗剑相从，东征西伐，多以戎行，故其诗震荡超越，如铁骑驰突，而旗纛翩翩与之后先；及其治定功成，海宇敉宁，公则出持节钺，镇安藩，方入坐朝堂，弼宣政化，故其诗典雅尊严，类乔岳雄峙，而群峰左右如揖如趋者。此无他，气与时值，化随心移，亦其势之所宜也。

然而兴王之运，其音斯完。有如公者，受丞弼之任，吟咏所及，无非可以宣教化而弼皇猷。

金华　宋濂

洪武三年（1370）四月廿一日

开国功臣汪广洋勤于王事，足智多谋，得到朱元璋的赏识而进入中书理政，也得到大多同僚的肯定，却遭到杨宪的妒忌。

欲知杨宪如何诬陷打压汪广洋，请看下回。

第三十回

杨宪授意诬宰辅　广洋罢职回家乡

话说杨宪字希武，太原阳曲人。办事干练，其弟杨希圣曾被李善长罢黜，是以常在朱元璋面前进谗言："李善长无大才，不堪为相。"李善长是淮西人，与朱元璋同乡，深受其器重，虽然随着年龄的增长，常有懒政怠政之嫌，但也不会因杨宪三言两语就能将其扳倒。

这次见李善长因病缺位，杨宪心中大喜，本以为自己会顺利补缺，哪里知道竟让汪广洋捷足先登，不由得心中大愤："这厮表面上好好先生，实际懦弱无能，我最瞧不上眼，竟要我在其手下打杂？若其识相尚可，否则想个法儿，将其驱逐朝廷，远贬蛮荒，叫其知道我的手段！"

汪广洋是何等聪明之人，多年的交道，早已知道了杨宪为人，此时当然看透了其心事："不就是依仗着皇上的信任揽权、想作威作福吗？我只是奉命来做事的而已，何况已位极人臣，受点气算什么？肚子本来就是用来装气的嘛！"于是，凡事忍让着，不与其计较争执，任凭杨宪出头，唯尽量做好自己的事。

杨宪见汪广洋上任两个多月来，按部就班，规矩行事，竟认为其软弱可欺，乃决意将其扳倒，自己好取而代之。

一日，杨宪见汪广洋提前回府走了，而侍御史刘炳又恰前来请示公事。待公事已毕，刘炳欲起身告辞时，杨宪见旁边无人，就做了个手势。

刘炳见状，便伸过头来，恭敬地问道："大人还有何训示？"

杨宪道："历代都奉行以孝治天下，当今皇上尤重孝道啊！"

"是啊，当今皇上最重孝道。"刘炳得杨宪青睐举荐，才得升为侍御史，自然事事顺着杨宪杆子爬，"天下初定，万岁就建中都，修祖陵，以示孝不忘本啊！"

"皇上不忘本。可右丞汪广洋事母不孝，是真正的忘本之人哪！"

"请大人恕属下失职之罪。汪右丞才从陕西回来不久，其事母不孝之事，属下实未察觉，还请大人明示。"

"汪广洋有老母在堂，其在这十几年中，东至平江，北去齐鲁，往返数次，却从未归乡探母，岂是人子之道？怎堪在朝为相！"

"既有老母在堂，自当接来奉养或回乡省亲的。"刘炳这才摸清了杨宪找自己的意图，心想，"只是为这事弹劾当朝副相是不是有点小题大做？若所言不实或弹劾不倒汪广洋，自己要吃大亏的！"

杨宪见刘炳没义愤填膺表态要弹劾汪广洋，而是犹疑不决，乃道："汪广洋事母不孝一事，本相早已查实，原想参他一本，又恐人言两相不和，误了朝政大事，反为不美。你是言官，闻风奏事，职责所在，何惧之有？"

刘炳到了这时已是箭在弦上，不得不发，乃道："非是属下惧怕，只是汪上位才数月，为人又一团和气，既弹劾，那就要一箭中的，使其无还手之机，因此要考虑周全些才好。"

"对，对，言之有理！"杨宪见刘炳答应弹劾汪广洋，很是高兴，连忙打气并授以机宜，"我们选个适当时机，一箭中的！"

越日，洪武皇帝朱元璋坐早朝。众文武山呼万岁拜舞毕，内侍高声道："皇上有旨：有事早奏，无事退班！"

言未罢，一人闪出朝班，伏地叩头道："微臣侍御史刘炳有要事启奏皇上！"

"啊，刘炳，有何要事？"朱元璋见其郑重其事，乃道："爱卿平身，要奏何事？"

刘炳道："谢万岁！"复又叩了个响头，方才起身奏道："微臣参劾汪广洋事母不孝之罪！"

"汪广洋事母不孝？"汪广洋随朱元璋十余年，不离左右，未有劣迹；今猝闻此言，不仅朱元璋大为意外，众臣工亦面面相觑。

"是啊，汪广洋十余年来，贪恋官位，从不归乡省亲，也不将老母接来侍奉，岂是人子之道？"刘炳见朱元璋似对自己参劾怀疑，乃连忙辩解，"我华夏大国，历来都以孝治天下，皇上您尤重孝道；他汪广洋一个读书人，身为右丞，如此不孝，何堪立于朝堂之上！"

朱元璋本对汪广洋入相数月来，唯唯诺诺、无所作为的做派，已是不快，今听了刘炳如此言语，心中更是大为不满，乃扯着嗓子连叫："汪广洋，汪广洋，汪广洋呢？"

杨宪见状，便不失时宜地出班奏道："启奏皇上，汪广洋今天没来上朝！"

朱元璋自言自语道："没来上朝？平时不是这样啊！"回头谓随身内侍道："去汪广洋家看看，速去速回。"内侍答应一声，飞也似的去了。

杨宪怕皇上少时单独见汪广洋，使其有辩解之机，便故意将平日未奏之事，逐条陈述，以拖延时间。

无何，内侍回奏："汪广洋偶感风寒，正在家发汗，闻陛下召，随后就到。"

少顷，汪广洋蹒跚上殿，伏地叩头道："微臣偶感微恙，未能上朝，耽误了圣上大事，死罪呀死罪！"

朱元璋瞟汪广洋一眼，淡淡地道："平身吧。"

"谢万岁！"汪广洋又磕了个头，才慢慢爬起来，低着头站在那里听训。

"汪广洋，你是高邮人吧？离家几年啦？家里还有什么人？"

"启奏万岁，微臣正是高邮人。"汪广洋见朱元璋把自己叫来问起自家情况，一时不解其意，乃字斟句酌地应对道，"微臣自元至正十五年（1355）从龙至今，离家已有十六年啦！臣父去世早，家中尚有老母在堂，另外还有幼弟一人。"

"这么多年了，高邮也并不太远，你就没回家去看看老娘，或回老家祭祖？"

听朱元璋这样一问，汪广洋心里咯噔一下："这是皇上要治自己不孝之罪了！"顿时吓得扑通一下跪倒在地，连连叩头道："谢皇上提醒！微臣正有心腹事奏闻，请先赦臣死罪。"

朱元璋冷冷一笑："好，你有何要事，且大胆奏来，也好让大伙听听！"

"谢万岁！"汪广洋又重重叩了一个头，方道："微臣虽愚昧，也知忠孝不能两全。自从龙以来，从西到东，由南到北，无暇他顾，何况先时高邮还在张士诚控制之下呢。微臣曾先后数次遣人悄悄往老家寻访亲人，皆未找着，以为不是战乱罹难，便是避祸远徙，心中常戚戚不安。直到两年前，才访得家母下落并接来侍奉了数月。只是家母性情恬淡，不喜荣华，又挂念离家出走多年的幼弟未归，故屡屡欲回故乡。后微臣奉诏任职鲁、陕，便顺老母意，遣人将其送回高邮暂居了。近日回京，本想告假省亲祭祖，又蒙陛下天恩，委臣重任，微臣怎敢先私后公？只得遣犬子回老家代为尽孝。今蒙皇上提醒，微臣恳请辞职还乡，往高邮老家省亲祭祖，以赎不孝之罪。望皇上恩准！"说罢，连连叩头不止。

听了汪广洋一番言辞，众臣工不由得暗暗点头。朱元璋也觉得好像错怪了汪广洋，便不由然向杨宪、刘炳那边扫了一眼。杨宪怕功亏一篑，连忙上前启奏道："汪右丞情有可悯。现天下大定，陛下当准其所请，让其回趟高邮才好！"

朱元璋心中一盘算："这么多年来，汪广洋也算得忠心耿耿了。其入相后的做派虽不尽如人意，可也无大错，但若都如杨宪那样张扬跋扈，岂不也要坏事？"想罢，乃对汪广洋道："既如此，爱卿且暂罢相位，退居高邮，省亲祭祖，也算得是衣锦还乡，两全其美了！"

汪广洋闻言，连忙叩头谢恩："谢万岁！万万岁！"

回府后，汪广洋连夜收拾些简单行装，次日清晨便带着两个随行，悄悄赶往高邮去了。时在洪武三年（1370）六月也。汪广洋首次入相，不过百日便罢。

历经战乱的高邮，此时还是一片狼藉。人烟稀少，田地荒芜。踏上故土的汪广洋，方知物是人非，费了好大的劲，才搞清楚亲属或丧或徙的信息：堂兄继先早在至正十五年（1355）便殁于菜湖，堂弟子渊不久亦殁于苏州；后为形势及生计所迫，次堂兄八二流寓通州，幼侄也只有依叔而存，而从侄璧则远奔杭州。残破之家，虽然在至正二十七年（1367）侥幸完聚，老母得以享受了短暂的天伦之乐，但兵荒马乱之际，一家人为生存计，还是各奔东西，避地而居，幼弟广湖竟外出数年未归。

汪广洋至此，不禁大为伤感，既恨乱世造孽，又怨自己无能，归家来迟，以致数日寝食难安。没奈何，一面侍奉老母，闭门悔过；一面修葺祖坟，寄托哀思。随后又将情怀发于笔端，赋诗记事。

其一　过高邮有感

去乡已隔十六载，访旧唯存四五人。

万事惊心浑是梦，一时触目总伤神。

行过毁宅寻遗址，泣向东风吊故亲。

惆怅鉴湖烟水上，野花汀草为谁新？

其二　得杭州从侄璧书

自我离乡井，于今十六年。

汝亲罹丧乱，诸叔困颠连。

痛苦春江树，将书暮雨前。

几时携汝辈，归种水西田。

其三　哭继先兄二首

（一）

从长兄殁于菜湖，次兄八二流寓通州，子渊亦殁于苏州。

老兄奉亲日，小弟渡江年。

幸喜亲归养，哪知骨已仙。

形容存仿佛，寤寐接周旋。

想在艰难际，悲来泪彻泉。

（二）

癸巳失高邮，丁未大军克苏州。老母举家完聚，方知兄于乙未年病故。

惜离当孔棘，想见转无涯。

幽恨何时已，空悲到日斜。

幼儿依叔处，长女过夫家。

避地恒挥泪，慈亲恐见嗟。

　　汪广洋突然被罢官返里，心中当然明白是他人中伤所致。然思前想后，也认识到自己的人生确实有些欠缺，如今也算功成名就，衣锦还乡，虽然是黄粱一梦，但也并没什么遗憾了。

246

后又想到金殿上皇帝的突然变脸，更忆起数年前同门好友郭奎，因朱文正犯罪而连累被诛之事，自己又常常惊出一身冷汗："伴君如伴虎啊！皇帝连坚守南昌立有大功的亲侄儿朱文正都不放过，何况于我？"想到这儿，汪广洋不禁又为自己能全身而退感到庆幸！释然之后，遂不由得吟起了陶渊明的名句："采菊东篱下，悠然见南山。"

田园之乐让汪广洋暂时忘了烦恼，而京城的杨宪却仍旧惦记着他："这老汪近在咫尺，只是被皇上暂时打压了一下，还大有东山再起之望，不过那时对我可就不妙了。"想罢，又把刘炳找来计议一番，末尾还再次叮嘱："打虎不成，就可能反被虎伤，我等不能不虑。"

次日，刘炳又参奏道："前相汪广洋奉旨还乡，不闭门思过，却频频骑驴外出，还称这卸磨之驴温和好使。这岂不是指斥皇上吗？"

朱元璋闻言大怒："有这等事？朕将其罢职还乡，不过是小惩，其怎敢怀恨在心，骂朕卸磨杀驴呢！"

杨宪见火候已到，连忙进谗道："汪广洋心怀怨望，当严惩不贷！何况高邮乃张士诚旧都，那一带其旧部不少，陛下不可不防。"刘炳见状亦接口道："汪广洋罪在不赦，请皇上明断。"

朱元璋毕竟是明主，知江山初定，还当以稳定为上，况且汪广洋一贯忠心耿耿，又屡屡立功，纵有小错，也不宜诛杀。想罢，乃道："汪广洋罪不至死，权且将其远贬吧。"

杨宪见一招不能使汪广洋致命，那远贬也好，便道："汪广洋曾任职的浙赣鲁陕等地，均不宜安置，且将其发往海南安置如何？"

朱元璋把手一挥道："好，就将汪广洋贬往海南安置吧。"

汪广洋接到朝廷谪贬的旨意，顿时心惊脖子凉，哪敢争辩？伏地三呼万岁之后，口称领旨，便带上随身衣物，立即上路，晓行夜宿，径直往海南而去。

欲知汪广洋谪贬能否回归朝廷，请看下回。

第三十一回

朱元璋疑奸查杨　汪广洋封伯拜相

话说汪广洋来到夏日炎炎的广州，白天看书写字，时或到那水池边的树荫下纳凉，夜间便来到石屏台上消暑，享受着轻轻吹来的晚风，倒也很舒坦。有道是心静自然凉，汪广洋此时什么也不想，只默默地在台上焚香打坐，等待着月儿的升起。

少时，明月东升，光临大地，汪广洋的心里不由得泛起了波澜，朦胧中又仿佛看到了希望，乃轻吟七绝一首：

> 玉液池边夏木青，石屏台上晚风轻。
>
> 道人心静不知暑，默坐焚香待月明。

岭南那蒸腾的氤氲之气，在细雨迷茫中，让汪广洋感到与故乡的气候大不相同，山城刚刚下过雨，便马上有了秋天的萧瑟气息。此时登上百尺高楼远眺，面前大海茫茫一片，无边无际；身后山峦峰顶之上，白云飘浮不定，就如同世事茫茫的人生。联想到自己无故被贬至此，汪广洋便不由得有了迟暮之感、无奈之叹，但又想到自己还应该振作起来，要像冯唐那样，在这化外南天，尽量为国家为民众做些有益的事，是以将这婉曲之意寄于诗中：

登南海驿楼

海气空濛日夜浮，山城才雨便成秋。

冯唐头白怀多感，倚遍南天百尺楼。

此时的汪广洋差不多就是充军的囚犯，不仅无职无权，还要受到监视和控制，哪里还能做什么事？也只好顺其自然，听天由命，在屋里看看书写写字；天气好时，时或还能外出逛逛，既能散散心，也还能顺便了解些民情。

一天，汪广洋来到白云山，见那片片白云，在山顶上飞来飞去，飘浮不定，就好像是自己的境遇：多年的梦想，总是事与愿违，不能实现，还一直东南西北地到处奔波，如萍漂泊；此时的心中，更怀念家乡，想着白发老母，真不知自己这个岭南游子，何时才能返乡尽孝。是以感慨良多，遂赋诗以记之：

白云山上白云飞，腾达年来与愿违。

鹤发慈亲应记忆，岭南游子几时归。

话说杨宪轻而易举地驱除汪广洋之后，便自以为手眼通天，乃一面肆意提拔侍御史刘炳、翰林编修陈桱等亲信，同时又捕风捉影，开始打击淮西派中的一些人。前时其就在皇上面前谓李善长老病怠政，不堪大任；而朱元璋正好也想敲打敲打李善长，于是就顺势让李善长居家养病。现在自己略施点小手段，又将汪广洋谪贬了，看样子皇上对自己是言听计从的；为防李善长东山再起，于是寻个机会，又在朱元璋面前进谗道："李善长名虽在家养病，实则韬光养晦，以退为进，居心叵测，陛下不可不防。"

杨宪这样结党营私、急躁冒进的做法，反倒让朱元璋对其起疑了："丞相是要带好一班人，理好朝政，这小子党同伐异，想干吗？李善长年老懒政，也情有可原，怎就谓其居心叵测了？怕倒是这家伙居心不良，要独断专权吧！"

此时的杨宪利令智昏，又教唆刘炳以"断案不公，诬陷好人"的罪名，弹劾刑部侍郎左安善，于是引起了以李善长为首的淮西集团的极大不满。

是时李善长虽托病在家，实则有暂避锋芒之意，但其仍是淮西派的主心骨，对于朝中动静，自然了如指掌。今见杨宪如此横行，心想："杨宪这小子太跋扈了，若不早除，朝中就没我等淮西人的位置了！"乃与胡惟庸等密商道："可将杨宪诬陷大臣、培植私党等不法行为和证据悄悄透露出去，待皇上起疑，其死期就到了！"

不久，朱元璋便听到了一些有关杨宪的不法信息，乃命身边的心腹太监秘密核查得实，不禁大怒，但转念一想："此事非同小可，不可一误再误。不过，杨宪属半个浙东派，还得听听刘伯温的意见才好。"乃当即宣刘基入宫觐见。

刘基入宫朝见毕，朱元璋问道："爱卿近日身体康复了吗？"

刘基答道："托皇上的福，微臣告假在家静养多日，近来好一些，但还未复原。"

"爱卿近日可听到有关杨宪的传闻？"

"微臣年老，又素喜清净，既告了假，就更是闭门谢客，不问外事，故没听到有关杨宪的什么传闻。"

朱元璋肚子里骂了声："这个精明的老滑头！"嘴里却道："啊，没听到？那朕就说给你听听。"

"微臣洗耳恭听。"

"是这样，"朱元璋便把听到的和查实的情况，一股脑儿都说了出来后，又郑重地说了一句："此事关朝局，该当如何处置，请老爱卿直言不讳。"

刘基低着头，眯着双眼，静静听完朱元璋的话后，稍一沉吟，便道："以微臣浅见，这杨宪不仅狂妄专权，而且居心叵测！此事最好先从刘炳处打开缺口，看看汪广洋一事的来龙去脉，才好定夺。至于左安善诬陷好人事，有记录在案，三方对质，即可明白，不劳圣虑。"

"对，对！"朱元璋点头道，"如杨、刘无勾结，情有可原，若是杨宪唆使，那就是欺君罔上，诬陷大臣，罪不可赦了！"

"皇上圣明！就是这个理。"刘基见朱元璋火上来了，便趁机浇点油，"若任由杨宪屡屡诬陷宰辅，排斥异己，岂不乱了朝纲，架空了皇上！其意欲何为？"

朱元璋办事干练不拖拉，主意已定，便立即将刘炳传来御审。

朱元璋两眼紧盯着刘炳半天，才厉声说了一句："刘炳，你且将汪广洋一案始末，如实奏来！"刘基赶紧补充道："此事万岁业已查明，你只需拣要紧的如实说，两次弹劾汪广洋，是你掌握了证据或是道听途说的呢，还是受人唆使的呢？"

刘炳见朱元璋满面冰霜地盯着自己，还有刘基那绵里藏针的问话，顿时吓得屁滚尿流，差不多昏了过去："完了，完了！落在这两个人之手，任你有飞天的本事也糊弄不过去了！"想罢，便叩头如捣蒜："启奏万岁，罪臣一时糊涂，两次弹劾汪广洋，都是受杨宪唆使和胁迫，现已懊悔无及。"说着便将杨宪如何唆使，自己如何被胁迫之事，竹筒倒豆子，和盘托出。

朱元璋与刘基对望了一眼，刘基会意，道："刘炳，你听清楚了，今天皇上问话，是要将汪广洋一案搞清楚。你既不能攀诬，也不能自污，若所言不实处，现在改还来得及，否则可就是欺君大罪啊！"

"罪臣所言，句句是实，并无半点虚妄。"刘炳到了此时，就怕剥皮实草，只好实话实说，以求速死了。

亲自听了刘炳的供述，朱元璋大大地吃了一惊："在自己的眼皮底下，大臣们竟如此胡作非为，这还了得！尤其是杨宪，身为检校，知道的事太多，若不早除，后果不堪！"于是，命胡惟庸主审杨宪诬陷大臣、结党营私、扰乱朝纲一案，并命刘基从旁协助。

证据确凿，杨宪抵赖不了，只好乖乖低头认罪。皇上一声令下，将杨宪、刘炳明正典刑，其党羽分别贬官、流放，概加惩处。

汪广洋被诬陷之事真相大白，杨宪一伙也被惩处了，朱元璋乃遣专使至海南，将其召回朝廷。

汪广洋见自己的冤案得以昭雪，心情特别舒畅。当在回京路上来到广、赣交界的韶关黄塘驿时，天色将晚，望着那远处山峰上的紫色云烟和凌江水面上的圆月，以及衙役们击鼓点灯的热闹场景，汪广洋很是喜悦，乃不由得借景抒情，赋诗一首：

黄塘驿

天际孤峰生紫烟，江头好月向人圆。

馆夫争道黄塘近，挝鼓烧灯又换船。

汪广洋召回朝廷后，被任为右丞相，辅助左丞相李善长理政。——以前从元朝旧制尚右，现改为尚左了。

是年冬十一月，朱元璋亲御奉天殿，大封功臣：

封李善长为韩国公，徐达为魏国公，常遇春之子常茂为郑国公，李文忠为曹国公，冯胜为宋国公，邓愈为卫国公；功臣庙中的，自汤和以下二十三人皆封为侯；随后不久，又封中书右丞相汪广洋为忠勤伯，御史中丞刘基为诚意伯。

至于以下的文武百官，自然亦论功行赏。

其赐汪广洋之诰曰：

朕观往古俊杰之士，能识真主于草昧之初，效劳于多艰之际，终成功业，可谓贤知者也。汉之张子房、诸葛亮，独能当之。朕提师渡江，入姑孰，中书右丞汪广洋同诸儒来谒，就职从征，剸繁治剧，屡献忠谋，驱驰多难，先见之哲，可方古人。今天下已定，尔应爵封，特加尔开国翊运守正文臣、资善大夫、护军、中书右丞忠勤伯，食禄三百六十石。於戏！尔尚益坚初志，克懋忠贞，训尔子孙，以光永世。

鉴于宋元皇室孤立无援的弊端，朱元璋效仿古时封建制度，除太子朱标外，大封诸皇子为藩王：先封次子朱樉为秦王，三子朱棡为晋王，四子朱棣为燕王；后又封了热河的宁王、辽东的辽王、甘肃的肃王等边塞之王，并且每一个王府都配有军队。意在让他们北防残元，内拱皇室。哪知后来诸藩尾大不掉，酿成靖难之祸，又是事与愿违！当然那是后话了。

洪武四年（1371）正月，已年过花甲的刘基，深知伴君如伴虎的道理，而且自己平时又疾恶如仇，得罪了许多同僚和权贵，因此，在功成名就之后，并不为荣华富贵所惑，而是毅然急流勇退，以病老为辞，辞去一切职务，恳请告老还乡。

朱元璋建明称帝之后，已对大臣渐生猜忌之心。尤其是曾任太史令和御史中丞的刘基，人谓其不仅神机妙算，而且上识天象，自然让当今皇上不放心。现见其既主动归隐，朱元璋便乐得做个人情，准其所请，为示恩宠，竟下旨免除青田县租赋一年。

刘基回青田老家后，远离朝政，口不言功。即使邑令前来，亦托词不见。唯饮酒赋诗，弈棋抚琴，粗茶淡饭，自娱自乐，真正做个超尘脱俗的山野村夫。

刘基前脚才走，丞相李善长亦知趣地以病老为名辞位。朱元璋也当然照准，随即便拜汪广洋为左丞相，以参政胡惟庸为右丞相。

胡惟庸，淮西定远人，与李善长同乡且甚为亲近。其一直随朱元璋左右，虽无赫赫功劳，却办事干练，又善于逢迎，故深受赏识，遂一步步升到宰辅地位。

汪广洋既得为丞相，见朝中大事已定，乃递上奏章："中原大地，已是安定，唯西南一隅，尚未归化。今我大明朝，君圣民富，兵强马壮，正当出兵西南，完成一统江山的千年大业。臣请万岁圣裁。"

朱元璋接到汪广洋的奏章，连连称好，乃与众大臣商议，一致赞成扫平西南，以安天下。于是令汤和为征西将军，廖永忠为副，率舟师溯江而上；傅友德为征虏前将军，汪兴祖为副，率步骑由秦陇南行，大军分两路伐蜀。

时原蜀主明玉珍已死，其子明升袭位，哪里挡得住明军水陆两路进攻？不过数月，明升便兵败乞降，蜀地遂平。

平蜀役中，汪兴祖为陆路前锋，一月之间，连克阶、文诸州，乘胜进至五里关。那关依山傍水，高大险峻，易守难攻，加上敌军顽抗，屡攻不克。汪兴祖见状，不禁急躁恼怒，乃口衔利刃，一手扶梯攀缘，一手持盾护身，亲冒矢石，舍命冲向城头。哪知才循梯上至城墙半腰，便被飞石击中，跌落尘埃，头开脑裂，死于非命。汪兴祖素善待将士，深得军心，此时众将士见主将阵亡，愤怒至极，均发疯样呼啸而上，拼命厮杀，终于攻克了该关。

朱元璋得到汪兴祖血洒疆场的凶讯，大为哀悼："是儿壮烈，世间少有，真英杰也！"乃命按皇子礼仪归葬金陵，特赐镶金托云龙纹玉带及诸多金银瓷器等为葬品，并追封为东胜侯，且优赏其子，并予以铁券。

蜀地平定后，朱元璋又令傅友德为征南将军，沐英、蓝玉为副将，率大军三十万，往征云南。不过年余，云南亦平。

至此，华夏已成一统。只有北元余孽仍常来扰边，后经徐达、李文忠、冯胜、蓝玉等先后数次北伐，将残元势力驱灭殆尽，北疆方才平静。

汪广洋经过近年宦海沉浮的际遇，深知鸟尽弓藏的道理，况且自己封爵拜相，人臣已极，还有何求？便把一切都看得淡淡的了。今见胡惟庸喜欢揽权逢迎，自己便乐得清闲自在，饮酒赋诗，除大政方针、军国要事必须过问外，日常事务，任凭胡惟庸做主，即使其有不法之处，汪广洋也常是睁只眼闭只眼，马虎过去而已。

欲知汪广洋这样无所作为之举会引来什么后果，请看下回。

第三十二回

汪广洋广东勤政　刘伯温青田终寿

话说朱元璋知道胡惟庸能干事，却又恐其专权难以驾驭，故想用汪广洋做个笼头去制约这匹野马，不想汪广洋竟听之任之，无所作为，竟让自己大失所望。

光阴易过，时不我待。

洪武六年（1373）正月，朱元璋见汪广洋仍因循守位，乃决定再次敲打一下。于是，在便殿召见汪广洋，责其怠职无为，贬为广东行省参政。

汪广洋虽是外贬，倒也见得开，心想："李善长、刘基都以病老为辞，归隐山林，自己现在离了这是非之地，也许是件好事。"乃伏地叩首："谢主隆恩！微臣当洗心革面，勤政为民，不负皇上所托。"然后从容赴任而去。

话说汪广洋这第二次贬往广东，一路上风餐露宿，经梅花盛开的庾岭来到岭南，看着如诗如画的大好河山，触景生情，乃吟诗一首：

> 一剑南来两鬓星，肩舆随处看丹青。
>
> 岂知庾岭梅边客，却上交州海角亭。

汪广洋此次虽也是谪贬，但与上次来广东不同，那时几乎形同充军，无职无权。这次毕竟任的是行省参政，是执掌一省行政的大员，自然安下心来，还是像原先在别的省一样打理政务：主抓吏治与安民。首先是废苛政，奖农桑，轻徭减赋，让老百姓安居乐业；其次是抑制豪强，整吏治，惩贪腐，辟出一个清平世界。因广东地区东南临海，而西北山地又多未开化，汪广洋深为资源闲置未开发而感到可惜，乃根据不同情况，或奖励开荒与渔业生产，或鼓励城乡贸易与海外通商，使人尽其才，物尽其用。不过年余，广州已市面繁荣，农村亦丰衣足食矣！

南方多竹木，广州市里房屋，亦多为竹木或草木结构，故常有火灾发生。汪广洋鉴于此，除督促官府宣传防火知识、加强防火措施外，还于明洪武七年（1374），筹聚资金，耗时数月，在广州有名的五仙观后面山顶上建了一座钟楼，并铸了一口高九尺、径六尺、重万斤的青铜巨钟，悬于其上，专门用于报警。钟音浑厚洪亮，能声闻十余里。因该钟只有在遇火警等灾难发生时才准撞击，故人称禁钟，楼也因之称为禁钟楼。该楼分上下两层，下层楼基为红砂岩砌成的方台，上层为木质结构，通高五丈有余；因其建在市中最高处，故人们又称其为岭南第一楼，此楼也就成为广州一大景观。

汪广洋为体察民情，在春耕夏种之时，还轻车简从，巡视四乡。当来到边远地区或大山深处时，总会看到那里基本上还是属于半开化，甚至是未开化的蛮荒之地。除了劳动工具简陋、生活方式原始外，最让汪广洋痛心的是，十多岁的学龄孩童，总是蓬头垢面，裸露文身，到处喧闹游逛，不去上学，也无学可上；稍大些的，也只是练习传统的弓弩狩猎技术，去采果打猎，没有一个好的谋生手段。感慨之下，赋诗以记之道：

> 山磜款獠爱喧哗，垢面文身到处家。
>
> 试问年年事何事？强弓劲弩旧生涯。

作为一省的地方行政长官，汪广洋对缺乏教化的山民生活状况充满了同情与忧虑，同时也更觉得为官一任，造福一方，是每个官员的应尽责任。为此，乃特命南海县在里水镇大布村，采取民办公助、因陋就简的方式，筹办民间学校，由县训导就地选拔并带教几个识文断字之人，暂时充任先生，以试教顽童。

一个月之后，那简陋的教室中居然书声琅琅，顽童们也已初识礼仪。汪广洋亲往查验得实，心中大喜。于是，命各县推广里水的办学方式。优先使用秀才，同时选拔一些粗通文墨之人，由县教谕、训导统一培训后，至乡校任教；校舍多借用寺庙、祠堂及大户人家空屋；教材就采用《三字经》《百家姓》《千字文》等国学启蒙读物；经费由省县财政补助部分，汪广洋自己首先捐出半俸，以为表率，同时发动官吏乡绅及商人捐献若干，从而形成了一股全民办学之风。

如此一来，山野儿童遂逐渐有了识字受教的机会，同时也让乡民们受到了相应教化，社会风气亦随之有所好转。

上有老下有小的汪广洋，日间忙于政务，夜深人静之时，免不了思乡之情。

一天，忽然一封万里家书摆上了汪广洋的案头。居身荒远之地，最能体会到"家书抵万金"的诗意了！汪广洋怀着无比兴奋的心情，郑重地打开书札，就像看到了亲人们的面容。高兴的是知道老母身体康健，孩子们天天盼望自己的信息，心里感到无比的激动和快乐，乃立即挥毫赋诗一首：

岭南喜得家书

稽首开书札，倾心想面颜。

一官居领檄，万里别乡关。

最喜慈亲健，都忘两鬓斑。

尤闻小儿女，日日望回还。

想着离家万里的宦游生涯，汪广洋轻拂着斑白的鬓发，不免感慨万端：这既有思亲之情，更有思乡之意，虽身处逆境，但也更能激发自己奋进有为的信心与毅力。

再说贬了老好人汪广洋，朱元璋的心里又忆起前些年刘基评价相才之说，心想："刘基是浙江派的首领，虽已告老还乡，但其大名在外，谁又能保证其老实隐居，不会东山再起？"

此时已升为左丞相的胡惟庸，也揣测到主子的心事，何况也早对刘基心存嫉恨，乃指使别人诬告道："刘基在家乡占了一块据说有王气的、名叫淡洋的地方，打算做自己的坟墓，实有图谋不轨之嫌。"

早就对刘基放心不下的朱元璋，听到诬告后，心想："这还了得！"乃褫夺了刘基的封爵，不过开恩，禄米照旧。

刘基接得诏旨，知是遭小人中伤，大为惶恐，乃立即随使者进京，当面向朱元璋谢罪："草民素来听天由命，从无非分之想，故屡次辞官返里，留恋田园，以尽天年。至于微臣曾上疏建议在淡洋设巡检司一事，是因那里历来是不法分子聚集之所，想请朝廷防患于未然罢了。"

朱元璋看着诚惶诚恐、老态龙钟的刘基，想着其十多年来，数次归里隐居之事，知道是自己多虑了，但又一想："这刘伯温上知天文，下识地理，可谓神机妙算，不可不防。"便佯笑道："先生不必顾虑，此事乃外人传闻，然事关社稷，朕也不得不做个样子；何况不如此，也不好请先生回京伴驾啊。"

见朱元璋这样一说，刘基知道其对自己仍不放心，也就只好留在京城，闭门思过，而不敢擅自提出回归乡里。

随着刘基、李善长的相继辞官隐居，朱元璋觉得朝政每每不如意，尤其是不能容忍胡惟庸一家独大，乃于洪武七年（1374）四月，将广东参政汪广洋又召回朝中，任为左御史大夫，想再次用其制衡胡惟庸。

汪广洋接到诏令，心想："这不是赶鸭子上架为难我吗？我岂是干御史大夫的料？"但敕命煌煌，怎敢不从："且走一步看一步，听天由命吧。"

当汪广洋离粤北归，乘船到达太平的采石山下时，天色将晚，这里是其当年投笔从戎处，特有感情，便在牛渚矶暂歇。

入夜，汪广洋看着一轮明月悬挂在平静的江面上，随之又听到那唱和答对的轻快歌声和婉转舒缓洞箫声，真是好一幅江月渔歌互答图！汪广洋那本来平静的心情也不由得泛起了波澜，乃在初夏的习习凉风中独斟独饮。畅饮过后，还余兴不减，口占一诗道：

牛渚矶头江月明，倚歌闲答洞箫声。

夜凉老子兴不浅，自把浊醪时一倾。

汪广洋回京后，便老老实实地就任左御史大夫一职。这本是握有监察百官大权的美差，但同时又是得罪人的苦差事，故面对强君权相，汪广洋如履薄冰，战战兢兢，哪能有所作为？只好随遇而安，见机而作，听天由命。

却说刘基在朱元璋、胡惟庸猜忌中，心情郁闷地过了年余，身心早已疲惫不堪。洪武八年（1375）正月下旬，刘基感染了风寒，竟一病不起。

朱元璋知其病重，乃命胡惟庸登门探视，并带御医前往赐给汤药。

哪知刘基服药后，病情未见丝毫好转，反而日益加重，饮食锐减，且觉得腹中沉重如石，痛苦万分。刘基自知将不久于人世，乃忍着痛苦，勉强伏在床头上写了一份恳请赐骨还乡的奏疏。

朱元璋看着那歪歪斜斜、毫无生气的文字，料刘基已是病入膏肓，乃传旨恩准：在特遣人员的护送下，由其子刘琏陪伴返乡。

刘基回到家后，拒绝一切药饵，唯以稀粥薄糊勉强维持生命。六十五岁的病老之人，怎经得起如此自残和折腾？洪武八年（1375）四月十六日，后人称为"三分天下诸葛亮，一统江山刘伯温"的刘基，终于得以在青田老家寿终正寝了。

未几，检校密告德庆侯廖永忠在家偷偷穿着绣有龙纹的袍服。朱元璋闻之大怒，谓左右道："这廖永忠当年去接小明王渡江来应天时，酗酒误事，导致小明王葬身鱼腹，虽是天意，但其渎职大罪，已是百身难赎，尚不自省！今天下大定，怎能容其再生叛逆之心而祸乱社稷乎？"乃传旨将其赐死。

时任大理寺卿的李仕鲁为官刚直不阿，一身正气，以敢于犯颜直谏而著称。见朱元璋过于崇信僧道，乃上书劝其崇儒戒佛。在上疏数十次都不被采纳的情况下，李仕鲁心中也火了，道："微臣屡劝陛下崇尚儒家圣学，舍弃佛教异端，然终不见听，既如此，微臣还陛下朝笏，乞归故里。"说罢，即将朝笏放于地上。

朱元璋见李仕鲁竟敢还笏乞休，怒火万丈，心里骂道："你这明里是劝我崇儒戒佛，暗里是嘲笑老子出身和尚！既不想为我所用，那就让你立即回老家！"当即大喝一声："武士们，将这个目无君上的李仕鲁，掼下殿去！"

左右答应一声："遵旨！"提起李仕鲁便扔了下去。就听得"扑通"一声响，李仕鲁头撞金阶，脑浆崩裂，顿时身亡。

这一文一武并无大罪之臣，差不多同一时间死于非命，给朝廷上下以极大的震动。吓得文武百官每天上朝时，都战战兢兢，不敢多说一句话，不敢多走一步路。

洪武九年（1376）二月，朱元璋遣御史大夫汪广洋，前往秦淮河畔的夫子庙大成殿，祭奠先师孔子，并命将提出"民贵君轻"观点的孟子牌位驱逐殿堂："君命天授，下驭万民。怎可尊卑倒置，坏了规矩！此等人怎允其配侍孔子！"

汪广洋闻言大吃一惊，嘴里连连道："这，这……"

朱元璋不悦道："这，这，这什么？传旨下去，《孟子》一书中的相应内容，以后也要删去，免得谬种流传，蛊惑人心。"

汪广洋闻得此旨，不由得汗流浃背，连连称是。

左御史大夫本是监察百官的首脑。汪广洋在这个职位上待了两年，仍奉行沉默是金的信条，从未参劾一个人，连自己也感到实在说不过去。

这年九月，朱元璋因身子不爽，有十来天没临朝视事。而退隐在家的李善长及其子李祺，既没有入宫朝觐，也未上表问安，竟无一点表示。

汪广洋觉得机会来了，乃联合右御史大夫陈宁上疏劾奏李氏父子："前丞相韩国公李善长，身为国家大臣，不思皇恩浩荡，反而恃宠而骄，圣上龙体违和，其装聋作哑，不觐见，不问安，全无人臣之礼；其子李祺，身为驸马都尉，不仅不尽半子孝道，竟趁机连续六日不入朝，更有失臣子本分。臣等奏请皇上治李氏父子不忠不孝之罪。"

朱元璋接到两个御史大夫联合弹劾李善长父子的奏章，虽然一眼就看穿了汪广洋耍的小聪明："对现任宰相胡惟庸结党营私、专横跋扈的种种不法行为，视而不见，却拿因病致仕的前任丞相一些鸡毛蒜皮的小事做文章，真是好笑！"转而又一想，"其这样做，毕竟是有了一个想作为的姿态，应该是脑子开了点窍吧。"乃当面夸了一句："爱卿不避权贵，敢于参劾丞相，忠心可嘉！"

汪广洋伏地叩首道："此微臣等职责所在，敢不尽心竭力？"

越年，朱元璋以中书右丞相胡惟庸为左丞相，御史台左御史大夫汪广洋为右丞相。

欲知再次拜相的汪广洋有何作为，请看下回。

第三十三回

朱元璋一心制相　汪广洋三次谪边

话说汪广洋再次拜相，心知是朱元璋还是想以其制衡胡惟庸，但又知胡惟庸为朱元璋所倚重，且是淮西派的首领，自己哪里是其对手？是以仍然采取以不变应万变的策略，事事调和，容忍默让。即使朱元璋面谕或敕责，汪广洋仅是叩头认罪，一副唯唯诺诺的样子，过后依然如故，谨小慎微，始终奉行着不求有功但求无过的信条，对朝政从不主动置词，这又令朱元璋十分失望。

洪武十一年（1378）二月，明太祖朱元璋，命皇太子朱标诣中都祀皇陵，长期郁闷的汪广洋乃主动奏请保驾前往。朱元璋暗想："太子仁孝，得持重老成的汪广洋辅佐，有利于将来的政局稳定。"乃欣喜道："爱卿不辞劳苦陪太子祀皇陵，太好了！"接着转过来谓太子道："汪广洋乃前朝进士，当朝丞相，满腹经纶，智慧超人，屡献奇谋，朕倚为子房，我儿当视之为师。"

朱标道："儿臣谨遵圣命！当常常向汪相请教。"

汪广洋慌忙伏地道："谢万岁夸奖，微臣怎担当得起？"又向朱标行礼道："微臣德薄才疏，实不敢承受请教二字。"

朱标生性善良，禀赋宽厚，类似其母马皇后。虽深知汪广洋的为人与才气，但也知历代帝王素忌太子与朝臣有私交，故对汪广洋只能是敬而远之。此次得到如此近距离接触的好机会，自然高兴万分。君臣二人一路交谈甚欢，从天文到地理，从远古到近代，从风土人情到为政得失，无所不谈，极为融洽。

汪广洋来到朱帝故里，为这里的壮丽河山而感染，乃赋诗一首云：

过临濠十八里滩

宋太祖战胜于此

芦荻萧萧吹晚风，白沙如雪阵云空。

翻思宋祖麾兵后，百二山河破竹中。

朱标读罢，称赞道："先生大才，吟得好诗！前两句写景抒情，后两句借古托今。借用宋太祖挥师征战的典故，告诉人们，战争并不仅仅依靠山势的险要、地利的优越，更要靠人的意志和智慧，学生于此亦获益良多。"

汪广洋拜谢道："蒙太子夸奖，微臣惶恐得很。太子仁厚聪慧，实社稷之福！"

转眼一年又过去了。洪武十二年（1379）八月，汪广洋生了一场大病。朱元璋为示恩宠，特敕谕慰问："卿当钧轴之任，政务伤神。秋伏感于暑毒，不能朝参，此情可免；朕每旦临朝，未尝不念爱卿也。然智人达士，惟顺时调护，则神气清爽，微恙自不能为害也。以此慰劳爱卿，望体察朕意。"

汪广洋望诏谢恩，三呼万岁，感激得涕泪交流。

汪广洋病重休养在家。时登州太守、检校陈宜武正好来京述职，便常陪伴在汪广洋身边，与之赋诗唱和，以聊解其心中郁闷。

半个月后的一天，汪广洋自觉神清气爽，病有渐愈之象。便在陈宜武的陪同下，步出东华门，来到宫城东边的月牙湖畔。两人对坐饮酒，赏月吟诗。病中的汪广洋，既为有陈检校这样的知己伴随在身边而深感庆幸，又为家乡百姓遭受水灾，自己却清贫无力救助而叹息。感叹之下，乃步陈检校韵，赋诗一首云：

病中次陈检校见寄韵

东湖把酒看明月，胜会于今有几人。

乡国已非前日富，乾坤空寄一身贫。

竹西歌吹经年断，江上芦鲈入梦频。

偶向建龙关北望，碧云秋树拥仪真。

月余，汪广洋病愈。

无何，南方占城国王阿答阿者，遣其臣阳须文旦进表及象、马、土产等物件。中书省臣没有及时上奏，恰巧宫内太监因事出外，见到占城国使者，便回宫将此事奏报了皇上。

朱元璋自称帝后，为不让大权旁落，素来事必躬亲，常为朝政愁得睡不着觉。看着朝中百官和周围富人的悠闲而奢侈的生活，很是羡慕嫉妒。曾自嘲写了一首打油诗：

百官未起我已起，百官已睡我未睡。

不如江南富足翁，日高丈五犹披被。

及其闻得中书省臣没及时上奏占城国朝贡之事，心中大怒，立即召使者来见，问明情况，叹曰："朝政隔绝蒙蔽的祸害，竟至到了这等地步，还了得！"于是敕责中书省臣："朕居中国，抚缉四夷，彼四夷外国有至诚来贡者，吾以礼待之。今占城来贡方物既至，你等宜及时奏告，以礼迎进觐见。怎么反而置若罔闻呢？身为宰相，辅佐天子，出纳帝命，怀柔四夷的人，难道该是这样的吗？"

丞相胡惟庸、汪广洋见皇上斥责，皆叩头谢罪。朱元璋冷笑一声："蒙蔽寡人，岂能一声罪该万死，就能了之？"乃决计趁机敲打追击，"胡惟庸，你身为首相，可知此事？"

"陛下，中书省公事繁忙，"胡惟庸辩解道，"以前一些往来琐事都是汪相受理处置，大事才与臣商办。这占城国来朝事，臣尚未闻，实应负失察之罪，请陛下处罚。"

"汪广洋，你亦位列宰辅，可知此事？"朱元璋说着，又提高了声调道，"你须如实奏来。"

汪广洋见胡惟庸把这锅甩到自己头上了，已是有口难辩，早急得汗流浃背，今见朱元璋如此问话，不禁吓得连连叩头，结结巴巴道："这，这，微臣该死，微臣该死！"

朱元璋见汪广洋如此，更是不快，把手一挥道："该死不该死，回头再说吧。现在朕只问你一句：你可知此事？"

汪广洋心想："这事连内臣都知道了，如何能推脱得掉？"乃大着胆子道："臣，臣等知道此事，只是当时天色已晚，次日又逢诸事不宜的凶日，故而耽搁了。死罪呀死罪！"

朱元璋从占城国一案中，已明白了中书省的隐情："胡惟庸奸猾专权，结党营私，已成尾大不掉之势；汪广洋胆小怕事，早已没有了当年的锐气，任凭胡惟庸一手遮天，尸位素餐，竟不敢发奸揭恶，实有负朕托。至于如何处理此事，还须好好斟酌。"想罢，便淡淡地道："都下去吧！"

胡、汪二人同声道："谢陛下！"

胡惟庸正转身欲走，汪广洋忽然道："万岁，臣有本启奏！"

朱元璋甚感意外，问道："有何本奏？"

汪广洋手捧奏章，跪拜道："微臣老病昏庸，有负皇上重托，恳请辞职回乡，望圣上恩准。"

内侍接过奏章，呈上龙案。朱元璋看罢，心想："这汪广洋看似老迈昏庸，胆小怕事，实欲明哲保身，不想得罪人，还精明得很哩！既不愿为本朝效劳，那就莫怪朕把你当一枚弃子来用了！"想罢，诡秘地笑了笑，挥了挥手道："朕知道了，此事改日再议吧。"

朱元璋自建明称帝以来，朝廷建制，参照唐宋历代朝典，总体分为中书省、都督府、御史台三大块：中书省主政，都督府主军，御史台主监察。这元朝已被驱逐，华夏一统，军务已单纯些了；百官监察自有一套体系，有御史台掌管，检校暗查，皇上督察，谁敢徇私？唯独中书省这块，事多如牛毛，繁杂似乱丝，虽有双相两参政及诸多属官，仍是文牍山积，政务难裁。

作为皇帝的朱元璋，怕大权旁落，那真是宵衣旰食，日理万机，勤政亲为。虽然四十多岁，精力正充沛，但毕竟只有一个脑袋一双手，整个国家大事，如何能管得过来？最终还得仗丞相辅佐，这就得让丞相分去一部分权力，这本来也是无可奈何的事。

自丞相李善长归隐后，杨宪、汪广洋、胡惟庸三人先后为相。久之，杨、胡二人结党营私、专横跋扈的不法行为，就让朱元璋有大权旁落之感，于是便安排精明持重、忠心耿耿的汪广洋入相，意在制衡，防止一方独大。哪知汪广洋慑于当时的政治气候，知道当今的天子一言九鼎，是个猜忌心极重的人，怎敢大胆直谏？同时也知自己无党无派，势单力孤，根本不具备跟淮西派、浙江派抗衡的实力，又怎敢出手去管中书省的事？于是到头来伴君如伴虎、言多必失的古语，在汪广洋的脑海里占了上风：明哲保身，沉默是金！

汪广洋想洁身自保，朱元璋怎肯放过？先是很滑稽地任命其为监察百官的御史大夫，想让其与众朝臣斗。后又让其入相，想让其钳制胡惟庸，好让自己左右逢源，紧紧把控朝政。哪知汪广洋数年毫无作为，让朱元璋大失所望。

这次的占城国一案，让朱元璋深深感到皇权受到了很大的威胁：结党营私的胡惟庸，平日里专权跋扈，贪污受贿，政由其出。内外奏章，凡是不利其自己的，便扣下不呈，甚至生杀废黜大事，有时也不奏告便径自执行，遇有麻烦事了，便轻轻一推，诿过他人。而汪广洋不以国事为重，不敢发奸揭弊，畏相竟甚于畏君，岂是为臣之道？这中书省一家独大，长此以往，那还了得！乃决意废相！

朱元璋虽决意废相，然也知不可贸然行事。一下子废除已实行两千多年历史的相位或一次性废去双相，都会牵动朝局和震动全国，代价太大，应一步一步来。如此是先拣个软柿子捏呢，还是先拔掉硬刺头？得好好考虑一下。

御史中丞涂节早就觊觎相位，及见因占城国一案，皇上大为光火，斥责两相后，便认为机会来了，乃上奏道："微臣风闻刘基是服了胡惟庸的药而被毒死的，此事不知是真还是假，刘基乃国家大臣，请问皇上，此事是否要搞清楚？"

"当然要搞清楚！"朱元璋一听，顿时兴奋起来，这真是想睡觉就来了枕头，"刘基去世已四五年了，如何能搞清楚？爱卿有何高见？"

涂节见朱元璋这样说，正中下怀，忙道："这事汪广洋应该知道。"涂节之所以这样说，是欲把火引向两相：如汪广洋说不知，则有失职、庇友，甚至欺君之嫌；若说是胡惟庸所为，不仅胡给攀上了，汪自己的三项罪名照样也脱不了！

朱元璋闻言点了点头，乃召汪广洋问道："今有人告发刘基是在京时被人下毒致死的，你知道吗？你知道是谁干的吗？"

汪广洋大惊道："启奏万岁，微臣从不知有这回事，更不知是谁干的。"

朱元璋不悦道："你身为宰辅，又聪明盖世，怎么会不知道呢？听说还是胡惟庸带去的药哇，难道你真的不知情？"

"请万岁容微臣剖析。"汪广洋免冠叩头道，"刘基于洪武八年（1375）正月染病，因医治无效，后才回到老家，于四月病逝的。刘基老谋深算，智慧非常，别人恐怕也难以算计到他；若其真发觉有别人谋害，纵然不能面见皇上申诉，起码也会在遗表中奏闻。至于微臣，年老昏聩，在刘基起病到去世数月间，确实没听到其中毒的传言；若说是别的人下毒，其又怎会告诉微臣而自取其败呢！"

朱元璋本以为自己已把胡惟庸牵扯出来了，汪广洋要将功赎罪，会顺杆而上，将胡惟庸的种种不法行为揭露出来，那就好为以后铲除胡惟庸存一个铁证。现在既然汪广洋不识相，那就只好先拣这个软柿子捏了。乃声色俱厉斥责道："自朕登极以来，待汝不薄，拜相封爵。可十多年来，你早已失去当年风采，而是沉溺诗酒，事事调和，随波逐流，荒于政事，唯浮沉守位而已。今既不能抑奸除弊、为国效忠，那又有何面目立于朝堂？着贬往海南，即日离京！"

汪广洋听罢口诏，惊得面如土色，汗流浃背，连连叩头，颤声道："罪臣领旨谢恩，吾皇万岁，万万岁！"

汪广洋被押解出朝，自知性命难保，乃求回府带上衣物路上备用。其府邸狭窄简陋，人仅三仆两妇而已。广洋未敢进家，唯叫仆从入内去取。少顷，仆从拿出一个包裹，里面除衣裳鞋袜外，就是一方歙砚、一块徽墨，一支湖笔、一叠宣纸，以及几本书籍和一个封皮上题有《凤池吟稿》四字的诗稿本。后面跟出一个年近三十的妇人，正是小妾陈氏。

汪广洋谓陈氏道："我今前往海南，回归无期。匣中尚有纹银二三十两，你且将其尽数取出，把这几个家人打发了，你也自谋生路去吧。"

陈氏眼含泪水道："谨遵老爷之命。只是公子们游学未归，权且留一个女仆看家吧。至于妾身自然要跟随老爷前去的。"

汪广洋闻言，点了点头道："留一个看家的也好。你也是书香之后，在我家多年无果，还是趁早自寻出路，免得误了终身。"

陈氏哽咽道："老爷才高识广，智慧超群，奴家甚为钦佩，况待奴又恩重如山，妾身自然生死相随。"

汪广洋闻言，心中一热，却连连摇手道："使不得，使不得！此去海南，隔江渡水，山路崎岖，你一介妇人，如何去得？况我尚自顾不暇，生死未卜，何能带你同行？听我话，自去寻个好人家，也可了却我一桩心事。"

陈氏没有回言，便转身跑回府中。须臾拿了一个小包袱出来，道："府中事已安排好。"说着，给了每个仆妇一点银两，然后对汪广洋道："我们上路吧。"

汪广洋见家里事已处理好了，便对解差道："我们上路吧。"又对陈氏道："你也与大家趁早散了吧。"

陈氏点了点头，道："大家听老爷话，趁早散了吧，我陪老爷也就此上路了。"

汪广洋一愣："我刚才不是已经说了，叫你不要跟我一道去，如不然，你就在家里待着吧。"

陈氏冷笑道："叫我看家？这家徒四壁，有什么东西值得看守？"说着向解差挥了挥手道："趁早走吧，晚了就出不了城了！"又对汪广洋道，"老爷不要嫌我累赘。这山高路远，你年纪大了，身体又不好，叫我如何放得心？"说着，将两个包裹一并，背在背上，道："走吧！"

汪广洋叹了口气道："我自作孽，如何还要连累你受罪呢！"说着，便移步向前走去。

陈氏赶紧跟将上去，边走边说道："这是前世的缘分，说什么连累呢。说一句不中听的话，就是老爷在外面死了，我也会随你而去，决不独生！"

汪广洋闻言，顿时泪如雨下，哀叹道："何必呢，何必呢，说什么疯话！"考虑到陆路艰难，乃乘舟溯江西行。

欲知汪广洋这第三次贬往海南的结果如何，请看下回。

第三十四回

汪广洋太平丧命　如夫人高邮殉情

话说汪广洋这第三次贬往海南时，已是寒冬年近，汪广洋见自己却要冒着飞雪离开京城，离开亲人而远贬他乡，心中感到无限的凄凉和绝望，不由得暗暗吟诗自叹：

雪中渡江

薄露寒容惨，残年归思多。

南京亲舍远，冲雪过清河。

小舟在朔风中艰难而行，江浪打得小船摇摇晃晃。坐在船头的汪广洋，望着落日的余晖，心中悲哀极了。此时此景，就像在预示着自己的人生：在凄厉的风浪中，一步步走向终点！

汪广洋回顾自己这一生，青少年时，虽有些平淡，可从科举得中后，特别是自太平从龙后，还是有了施展才能的机会，干出了一番大事业，出将入相，人臣已极，本无所憾，就想着等个合适时机告老还乡了。只是从这近几年的朝政风气来看，已与往日大不相同：圣上之意，高深难测，猜忌暴戾，大理寺卿李仕鲁，因崇儒抑佛之事与皇上搞僵，不合当面还笏告休，便被其掼死金阶！如此谁还敢轻言辞职归隐？即使神通广大、年过花甲的刘伯温，辞官回乡多年，不也是屡遭猜忌，死了还难得安宁吗？而臣僚间，尔虞我诈，相互拆台，甚至诬陷倾轧，也每每让人心惊肉跳。以致自己不敢作为，唯饮酒吟诗，打发光阴，这既是借酒消愁，也是怕招人妒忌，吃力不讨好啊！即使如此，仍难解困境。三次入相，三次罢斥。俗话说，事不过三，这第三次怕是不能幸免了。幸好自己这次召对前几天，心绪不宁，便暗暗向儿子们作了些交代了，以防不测。随即命长子子持、三子子元以游学为名，远赴山东登州，次子子守以探亲为名，前往苏州、高邮一带，静观朝中动静。不出所料，孩子们前脚才走，自己就出事了。

思前想后，汪广洋很是忧虑。却忽然想起了"是福不是祸，是祸躲不过"的俗语，便自嘲道："权且听天由命，烦闷何益？"乃随手翻开《凤池吟稿》，看到的是自己早年习作的一首小诗：

对竹

我家湖水上，长与竹为邻。

今夜月明里，相看如故人。

现在重新读来；汪广洋大为感叹："田园之乐是多么美好啊！清贫见高节，自由能任意，陶渊明真圣贤也！往后我还有机会过上这样隐士生活吗？"

叹罢，又随手一翻，看到在广东时写的一首诗：

村团社日喜晴和，铜鼓齐敲唱海歌。

都道二年生计足，五收蚕茧两收禾。

看到这首诗，汪广洋忆起在广东参政任上的往事，为自己在那儿做了些有益的事而感到欣慰。老百姓在庆贺丰收的社日集会时，是多么的欢乐！那震耳欲聋的铜鼓声和大众演唱的渔歌曲简直就是一幅广州民间集会狂欢图，同时也将历史长河中留下的铜鼓文化发扬光大了！想到这，汪广洋的脸上居然隐隐露出了一丝难得的笑容。

汪广洋又随手翻了下，翻到当年凭吊恩师余阙的一首诗：

吊皖城余青阳用郭奎韵

一死信许国，百战固婴城。

胜捷谅匪伐，感时悲自鸣。

云胡连祚绝，乃俾梁栋顷。

惜无鲁良史，何由著忠贞。

严严大节堂，大志凤已铭。

我欲解身剑，为公扫长鲸。

柒盛尚未展，精气亘弥横。

涉江俯余垒，行人念用兵。

巡远有遗则，昭兹垂令名。

汪广洋瞑目忆当年，自思："是恩师的教诲，才使得自己文中进士，武参军机，成为大明开国元勋，封爵拜相，位极人臣，光宗耀祖，已是不虚度此生了。只可叹恩师未能见到这一切，就为国捐躯了，不过恩师的高风亮节、道德文章，一定是会名垂青史的！而学生我到底的结局又如何呢？"

想到这里，汪广洋又忆起同门师兄弟的郭奎，那亦是人中龙凤的彦俊之才，只可惜受朱文正一案连累而被诛。两下一类比，汪广洋不寒而栗："看样子这回我是难逃郭奎的下场了！"想罢，连连摇头叹息。

是年除夕的黄昏，小舟来到太平。这里是汪广洋的从师处和发迹之地，二十多年来屡屡经过此处，心里都有一种特殊的情感。此时又来到这里，汪广洋心里一动，正欲叫停船上岸，忽后面赶来一只快艇，有人高喊："前面船上乘坐的可是汪广洋汪丞相？"

解差连忙高声答道："我等正是汪丞相的从人，请问你有何贵干？"

"我是朝廷使者，前来传旨的。"那边船上答道，"快叫汪广洋到这船上听旨！"

"是，是！"解差连连答应，便命船家抛锚，然后搭上跳板。

汪广洋自听到快艇上人的喊话，便惊出一身冷汗："不好！"再一听到是来传旨的，更是吓得手足无措，面如死灰："完了，这下真的完了！"

在解差和艄公的搀扶下，汪广洋颤巍巍地上了快艇。船头上四个带刀校尉，分立两旁，中间昂然站着一个太监打扮的人，将手中一个黄缎镶边的卷子慢慢打开，道："圣旨下，汪广洋接旨！"

汪广洋赶紧扑通一声跪倒叩头："罪臣汪广洋接旨，吾皇万岁，万万岁！"使者尖着嗓子宣读圣旨：

丞相广洋从朕日久。前在军中，屡闻乃言，否则终日无所论，朕以相从之久，未忍督过；及居台省，又未尝献一谋划，以匡国家，民之疾苦，皆不能知；间命尔出使，有所相视，还而嘿不一语，事神治民，屡有厌怠；况数十年间，在朕左右，未尝进一贤才。昔命尔佐文正治江西，文正为恶，既不匡正；及朕咨询，又曲为之讳。前与杨宪同在中书，宪谋不轨，尔知之不言；今者，益务沉湎，多不事事。尔通经能文，非愚昧者；观尔之情，浮沉观望！朕欲不言，恐不知者谓朕薄恩。特赐尔敕，尔其省之。钦此！

汪广洋接得所赐书，又惭又惧。慢慢地叩了九个响头，方才挣扎着起身，谓使者道："请钦差大人赐给文房四宝，并借个清净之处，罪臣要写个谢罪表。"

使者道声："好！"便吩咐左右："照汪丞相的要求准备好，闲杂人等不得打扰。"

汪广洋慢步进入船舱，艰难地写了"谢罪表"三个字，就再也写不下去了。回想自己这二十四五年来，真是忠心耿耿，任劳任怨，从东到西，从南到北，参赞军机，主政行省，风餐露宿，出生入死，没有功劳也有苦劳。纵然是近些年尸位素餐，无有建树，也是不得已而为之，没犯死罪呀！罢，罢！今日不自我了断，他日也许会显戮午门，甚至还要连累三族啊！决心一下，乃在贴身内衣的腋下，一边写了个"隐"字，一边写了个"埋"字。然后整理了一下衣冠，默念道："太平啊太平，你我有缘啊！到底是良缘善缘，还是孽缘恶缘？今日是一了百了，在此了却尘缘也好！"道罢，叹了口长气，便投缳自缢了。

良久，在船头上等候的使者有些不耐烦了，向身边的一个随从做了个手势。那人会意，乃轻手轻脚地推开舱门，愣了一下，转身对使者结结巴巴道："大，大人，汪，汪丞相他，他……"

使者闻言"哦"了一声，立刻明白了什么，乃把手一挥，几个人便进入舱内，将汪广洋解了下来。使者伸手去其鼻孔摸了摸，已全无气息，便叹了口气，道："皇上只不过是让丞相自省思过，怎么就遽然弃世了呢？"说罢，收起谢罪表，看看汪广洋身无长物，便复至船头，谓解差道："汪丞相已自缢身亡，你等将其搬回小船，明天一早上岸后，找个地方将其埋葬了吧。"解差应了一声，趁着天还没完全黑下来，将汪广洋的尸体搬回了小舟。

陈氏早已在这边听到了消息，不敢啼哭，便含着眼泪赶紧将丈夫尸体迎上船来，叩了三个响头，然后拿出一锭银子，交给解差道："连日两位辛苦了！今晚是大年夜，且请上岸找个客栈，好好喝两杯，也算过个年，我自在船舱中好好陪老爷过这最后一夜。"

陈氏出自官宦之家、书香门第，颇有些见识。知道事到如今，哀伤无益，乃含悲忍痛，整理着丈夫那一点遗物。待时过夜半，万籁俱寂时，料定无人窥视，才从头至脚，由外及里，细细查看，坚信丈夫一定会留下遗嘱什么的。

功夫不负有心人。三番两次之后，陈氏终于发现了汪广洋贴身内衣腋窝下那"隐埋"两个字！略一思索，便明白这既是叫将自己的尸体隐埋，以免他日有破棺戮尸之虞，而更是有暗示子孙隐姓埋名、远遁避祸之意。

次日，陈氏上岸，在江边找到一棵弯脖子的大松树，就请人将汪广洋埋在那树下。待解差走了，陈氏便用随身的剪子，将树皮削去一块，并在上面深深地刻了"广泽"两个字。

依陈氏本意，就想在大松树上自缢殉夫，可又一想："自己这一死了，老爷的遗嘱如何能告诉家人？那岂不误了大事！"想罢，毅然扯下树上的汗巾，再将墓地的地形地貌及附近村落之名记清楚后，便星夜奔回应天。

陈氏回到应天，并不敢进家，日间只扮作乞丐远远暗察动静，入夜则悄悄至家门前窥视窃听，意在等公子们回来。

一日夜半，陈氏正在府门前不远处打瞌睡。忽闻沙沙声传来，乃瞪着大眼睛察看。不一会儿，果见一人蹑手蹑脚来到门前张望，于是轻轻学了声猫叫："喵！"只见那黑影赶紧离开府门并扭头四下观望。

陈氏见其形似二公子，便起身轻轻咳嗽了一声。那人迟疑欲去，陈氏赶紧上前几步，轻声问道："子守？"那人闻声方大胆上前轻声应道："姨娘！我是子守。"

陈氏知这里不是谈话之处，乃把子守引至偏僻处，将近日之事详细说了一遍，最后方道："因防人追杀或暗算，我回来后，没敢进家门，只在远近躲避等你兄弟回来。现在你回来就好了，待天明后，我陪你赶到太平去，把老爷的墓地指给你看，就算完事了。"

"好。"子守哽咽答应了一声，接着就把自己在外听到不幸的消息后，便连夜赶回家来探望之事，简单说了下。说着说着，天已破晓，娘儿俩便混出城门，一直往太平奔去。

两人找到大树下的小土丘，含泪拜了几拜。陈氏道："公子，天色将晚，这几天你也累了，快去前面找个客栈早早歇息，明天上午再到这里来走一遭，把地方记牢了，再赶紧去山东找到那兄弟俩，遵老爷遗嘱，隐姓埋名，安顿好家小，待风声过去，再好好将老爷改葬。我事已了，近日就要先走一步了。"

"姨娘为何要先走？又要到哪里去？我们一起走不好吗？"

"我不宜在此多露面，随便找个地方过一夜，明天一早就赶回应天，甚至去高邮老家看看，再做道理。"

两人互道珍重而别。

次日清晨，汪子守匆匆吃过早饭，便又到其父墓前拜了两拜，并将当地地名及地形用笔详细记录下来，然后来到江边，找了只小船渡过大江，一直朝山东奔去。

汪子守一路风餐露宿一个多月，才赶到山东登州的福山县，见到了大哥子持和小弟子元。

原来汪广洋为山东参政时，见被朱元璋派到自己身边的陈宜武，为人正派老实，又心地善良，乃对其刻意亲近，大力提拔，不几年便将其保举为登州太守，独当一面。前些年汪广洋任相时，就曾将家事相托："下官年事渐高，三个孩儿愚鲁憨厚不成器，他日还望照顾一二，以免冻馁。"陈宜武自然谦逊一番，满口答应。及后来汪广洋生病时，碰巧陈宜武来京述职，汪又旧话重提，当面再三嘱托。陈感其恩，闵其情，遂慨然允诺，并带子持同往登州一游，临别，又在属下的福山县悄悄帮其置了一点田产，以防不测。故而此次子守找来，弟兄三人才得以团聚。

陈宜武在前些时就得到汪广洋惨遭不幸的消息，不免暗中为之叹息：

"这个好好先生怎么会如此下场呢？"接着又一想，"姜还是老的辣啊！是该我报答知遇之恩的时候了。"正嗟叹时，子持、子元忽至，陈宜武忙将二人延至后堂，悄悄告之乃父之事，且道："令尊之事，下官已从塘报中得知。贤昆仲且暂忍悲伤，权且到福山宝庄避避风头，也勿多露面，以防不测。"二人闻言，连忙跪倒叩谢："请大人看在先父的面上，救我兄弟一命。"陈宜武扶起二人，道："下官受令尊大人厚恩，没齿不忘。贤昆仲自放心隐居，有事我自会照应的。"二人得陈宜武允诺，再三叩谢："既得大人庇佑，我们兄弟便去福山了，以免在此给大人惹来麻烦。"陈宜武道："如此也好。"

弟兄三人在福山相见。子守乃将前前后后事细细说了一遍，又将父墓地形图摊开并解释清楚。三人便将墓地图供上并摆上供果、三牲及茶酒，郑重其事地叩拜奠祭了一番。随后就在家中深居简出，闭门读书，欲等待风头过去后，再考虑去将老父骨骸搬来重新安葬。

当汪子守渡江北上之时，陈氏先是赶回了应天府中。见了两个留守的家人，问明家中没有事故，便放下了心。乃将老爷在舟中自尽并埋葬于太平某处之事，简要说了说，然后道："家中无事就好。你们就在家守着，公子们哪天回来也还有个住处。我明天且到老爷故乡高邮看看，也好觅个安身之所。"

陈氏胡乱歇了一晚，次日便寻了一只小船顺江而下至瓜州，再经运河北去，三天后便到了高邮。

待陈氏找到州西熙和巷内丞相老宅时，已是人去房空。询问邻居，道是："汪家已外出多时，至此未归，想是出远门了吧。不过奇怪的是，这附近的几户本家好像也一齐走了。"

陈氏闻得此言，心知是本家惧怕受牵连远遁了，不由得"啊"了一声，乃表明了自己的身份，然后掏出一锭银子，道："我家老爷已不幸辞世，这块银子放你这里，明日请为之寻一安身墓地吧。"

邻居道："啊，原来是夫人驾到。只是这丞相墓地之事，小的无力应承，还是夫人明日自家裁定。"

"我没工夫了，今晚就要回老家，这事就重托您。"陈氏深深施了一礼，"这墓地只要能安身、不暴尸荒野而已，其余不须计较。拜托，拜托！"说罢，不由分说，丢下银子径自去了。

次日清晨，人们发现汪府墙外的树上有人自缢，不免惊叫起来并赶紧报告官府。知府少不得差人前去勘验。

那邻居知道此事非同小可，不敢隐瞒，便把陈氏所言，全盘托出，同时交出了那锭银子。那吴知府倒是个明白人，谓人们道："汪丞相辞世多日，这位如夫人是来殉夫的，可敬，可叹！本官当上奏朝廷，请求旌表。"说罢，又把银子还给邻居道："既然陈夫人亲自托付了你，那你就将其收殓好，寻个地方安葬了吧。多余的银子就算赏你的了。"

有官府发话，况且银子也不少，邻居便将陈氏安葬在城西十五里茅塘港口旁自家那块地里，并为之立了块石碑，以备其后人前来寻找。是以当地人便称其为丞相夫人坟。随着年代的久远，人事的变迁，后人便以讹传讹，将该坟称为丞相坟了。

欲知汪广洋后人如何安身立命，请看下回。

第三十五回

朱元璋废相集权　汪氏子避祸分迁

　　话说朱元璋在未得天下之时，希望天下雄才和谋略之士都为己用。那时候其尚有容人雅量，放手让徐达、常遇春等率军四处征战；刘伯温、汪广洋等也可以无所顾忌，直抒己见，参赞军机。只是自古君臣共患难易，同富贵难。朱元璋自建明称帝、一统天下后，便猜忌功臣谋士，必欲尽除之才放心，为的就是确保皇权至上的家天下！

　　朝纲之中，首先就是皇权与相权之争。丞相擅权不行，尸位素餐也不行。

　　李善长久居相位，朱元璋惧其树大根深，乃以心腹人杨宪代之；当见杨专横跋扈，自己有被架空之虞，便用忠贞精明的汪广洋牵制之。哪知汪广洋已窥透了其中的奥秘：朝风变了，皇帝更变了，自己已无力改变这大局。于是只好凡事忍让，不与杨宪计较，任凭其出头，即使这样还是被其诬以"侍母无状"而远贬。

后朱元璋不容杨宪专权，将其杀死，又任淮西老乡胡惟庸为相，并重新启用汪广洋，先后任其为御史大夫、右丞相，意欲再次制衡独断专行的丞相胡惟庸。此时汪广洋面对的是乾纲独断的皇帝和强势的左丞相，知道不可作为，只得一如既往，事事调和，随波逐流，沉溺诗酒，明哲保身，安居守位，总以维稳为上。

朱元璋见丞相不是专权乱政，就是浮沉守位，思虑再三，乃决定废除流传两千年的丞相一职而自掌朝纲。于是借占城国朝贡一事，先把软弱无依的汪广洋拿下，第二步再考虑用个绝妙之计灭掉棘手的胡惟庸。

朱元璋见汪广洋知趣自缢后，念其昔日功劳，又实无过恶，子弟们也未为官为宦，便没株连其家人，而是任其自生自灭。后来，当汪广洋的侍妾殉夫之事上报到朝廷时，朱元璋查问后，知陈氏乃是被罚入官的陈知县女儿，顿时大怒道："被没入官的妇女，只给功臣家。文臣怎么得到？"便颁下敕令命法司调查，意在显汪广洋生前亦有罪恶，即使死了，也须制裁一下；而更重要的是借此敲打朝中众臣工，为下一步动作找茬。

当时有好事者，见先有德庆侯廖永忠在家被杀，大理寺卿李仕鲁金殿掼毙，今又见老好人汪丞相受贬身死，等等大臣被灭之事，便作打油诗一首，以讽刺朱元璋滥杀功臣，诗曰：

前脚才受贬，随后又断头。
只因皇上疑，临死不知由。

残冬已过，转眼已到洪武十三年（1380）春，正月初四日，御史中丞涂节道："微臣有一密奏，请皇上御览。"内侍接过密奏，呈在龙案上。

朱元璋把手一挥，待内侍退到远处时，方打开密奏瞟了一眼，就不动声色地合上了，然后谓涂节道："朕知道了，你且退下。"接着又问群臣道：

"众卿是否还有本奏？"

言方罢，御史大夫陈宁出班道："微臣也有一密奏上奏万岁。"朱元璋接过一看，也便收了起来，仍问了一句："众卿还有本奏否？"

丞相胡惟庸上前奏道："启奏陛下，微臣家后花园中一水井内壁上，今日清晨忽开出一朵鲜艳奇花，臣以为是祥瑞之兆，不敢私瞒，故欲请皇上前往观赏，不知可否？"

朱元璋一听："啊，有这等事？朕与众爱卿且前去观赏观赏。"接着吩咐道，"这新年里老百姓都在过年，就轻车简从吧。"

胡惟庸道："那微臣先行一步，好准备接驾。"

当朱元璋与群臣走到离胡惟庸家不远时，导马的太监云奇，忽然紧紧拉住缰绳，拦住车驾，不让前行，其口急不能成言，而是以手直指胡宅，哇哇大叫！众人见状，甚是惊诧。

朱元璋见状，当即喝令回宫！待登上宫城瞭望，见胡府内外之人，东奔西窜，不禁大怒，谓近臣道："怪不得人言胡惟庸欲反！今日竟敢阴谋刺王杀驾！"立即传旨："御林军围住胡府，不许走漏一人，并将反贼胡惟庸拿来见驾！"

少顷，胡惟庸被推至金殿跪下时，已吓得面似死灰，汗如雨下，全身颤抖，叩头如捣蒜，嘴里结结巴巴道："微臣有罪该死，请万岁开恩！"

朱元璋看着胡惟庸那副怕死的可怜相与平日里大不相同，心中无限快意，却不动声色地问道："胡惟庸，你知罪吗？"

"微臣知罪，"到了这时，胡惟庸已猜到涂节、陈宁两人的密奏内容，知道今天难以蒙混过关，只得先顺着朱元璋的杆子爬："微臣一时糊涂，独断专行，擅权乱政，贪赃枉法，还望万岁饶罪臣一条性命。"

"胡惟庸，也算你有自知之明。尽管你避重就轻地自己承认的这三条，哪一条都是死罪了！"朱元璋冷冷地说了一声，又突然厉声道，"你今日刺王杀驾的谋逆大罪，为何又不痛快地统统招认了呢？"

朱元璋这番话让胡惟庸吓得昏了过去！半晌回过神来辩解："微臣虽罪该万死，但已贵为宰相，是一人之下，万人之上，为何还要刺王杀驾？这谋逆大罪万万吃罪不起！何况微臣是文官，手下无一兵一卒，如何造反谋逆？这是小人诬陷，请陛下明察！"

"你是不见棺材不落泪，"朱元璋冷笑一声，抓取龙案上的奏折甩到胡惟庸的面前道，"你自己好好看看吧，早有人揭发了，况且朕与各位大臣也都亲眼看到了你府中的花招，你怎能抵赖？"

胡惟庸此时保命要紧，赶紧翻开奏折来看。只见涂节密奏上是谓自己一手遮天，培植死党，密谋造反；陈宁密奏上是谓自己内结大臣，外连将帅，更与残元联络，伺机夺取大明江山。胡惟庸看罢，心想如今只有死里求生，再不济，也要拉个垫背的！便朝上叩了个响头道："陛下，涂节、陈宁这是商量好了的诬陷微臣，欲断皇上一臂，请皇上明察，以处二人反坐之罪；不然，请皇上将我等三人发三司会审，看看涂节、陈宁是何时何地如何得知微臣阴谋的，也好把其所指的死党叛将、外帅内臣，尽行挖出，还大明一个清平世界。"

胡惟庸这狠毒一招，差不多让所有人都大吃一惊，也大大出乎朱元璋所料。好在朱元璋早已成竹在胸，把手一挥道："且将胡惟庸与涂节、陈宁一同送至天牢，分别关押，听候处理。"

武士口称"领旨"，便来押解三人。涂节、陈宁见状大叫："冤枉啊！皇上！胡惟庸这是反咬一口，请皇上明察！"

朱元璋谓群臣道："众位爱卿，对于胡惟庸谋反一案，你等有何高见？"

众臣见皇上钦定为谋反的大案，谁敢异言？遂齐声道："事关谋逆，自然依法严处！请皇上圣裁。"

朱元璋点点头道："众卿所见极是。胡惟庸就凭独断专行，擅权乱政，贪赃枉法这几条，已够死上几回了，何况还阴谋造反，当立斩不赦！"

众臣素忌胡惟庸霸道，今见皇上大怒，谁愿保奏？谁敢保奏！

朱元璋见群臣噤若寒蝉，乃趁热打铁，当即传旨："速将擅权枉法、图谋反叛的胡惟庸推出午门斩首并夷其三族！"

斩了胡惟庸，朱元璋又将涂节、陈宁发往三司会审。三司主官自然看皇上眼色行事，很快将涂节、陈宁与胡惟庸以勾结徇私、阴谋造反为辞，办成铁案，一并枭首。

朱元璋既斩了胡惟庸等，认为废相之事，已水到渠成，乃宣布撤销中书省，明令废除丞相制度，并规定子孙以后永远都不得再设丞相一职。

丞相废除后，其事务权限，改由原来中书省下面的吏、户、礼、兵、刑、工六个部分别承担管理，直接对皇帝负责。

毕竟罢中书省，升六部，又撤解大都督府为五军都督府，乃是朝廷改制的大事，于是正月初十，大祀天地于南郊，布告天下。诏曰：

朕膺天命，君主华夷，当即位之初，会集群臣，讲求官制，远稽汉、唐，略加损益，亦参以宋朝之典，所以内置中书省、都督府、御史台、六部，外列都指挥使司、承宣布政使司、都转运盐使司、提刑按察司及府、州、县，纲维庶务，以安兆民。朕尝发号施令，责任中书，使刑赏务当，不期任非其人，丞相汪广洋、御史大夫陈宁昼夜淫昏，酣歌肆乐，各不率职，坐视废兴，以致胡惟庸私构群小贪缘为奸，或枉法以惠罪，或挠政以诬贤，因是发露，人各伏诛，特诏天下罢中书，广都府，升六部，使知更官之制，行移各有所归，庶不紊烦。

改制的结果，就是皇帝兼管了过去宰相职能，君权相权合二为一，而且还分散了大都督府的军权，使军政大权真正集于皇帝一人手中。朱元璋再也不怕被人架空了。

朱元璋经胡惟庸一案，不仅废除了丞相，而且借机株连了一大批内臣外将，杀了三万多人。当时有个著名的文人孙蕡，也被牵涉此案，临刑时有感于朱元璋滥杀，乃吟诗一首云：

鼍鼓三声急，西山日又斜。

黄泉无客舍，今夜宿谁家？

　　经过胡惟庸一案，接着朝廷废相等大事的施行，早已自尽的汪广洋，早已不受人注意了。在山东福山的汪家三兄弟鉴于此，乃决定由子持、子守秘密前往太平，将老父骨骸迁到山东来，而留老三子元在家悄悄筹备墓地。

　　汪子守到太平是轻车熟路，趁人不注意，将老父骨骸取出后，便用重金雇了一条小船，顺长江，入运河，直至下邳，然后雇了一乘骡车，改走陆路，顺利回到了福山，悄悄将老父妥善安葬，兄弟们奉老母隐居福山乡下，低调生活。

　　数年后，贤德的马皇后和仁厚的太子朱标先后去世。年老的朱元璋，已无人敢劝，益发暴戾凶残，猜忌功臣。为了家天下的永久，为了皇权的稳固，竟先后以谋反的罪名，将原左丞相韩国公李善长、大将军蓝玉、曹国公李文忠等绝大多数功臣宿将诛杀，受牵连者达十几万人。

　　朝廷如此的蔓引株连，让隐居福山乡下的汪氏三兄弟恐惧不安。此时老母李氏已过世，为避免一网打尽的惨剧，汪广洋的三个儿子合议，果断地将三家六孙分散迁居避祸。

　　老大子持字衡平，携子彦才及长侄彦深，秘密迁徙到田地荒芜的东昌府陶山（现山东省临清市）隐居，改称仲氏；随后又将父母骨骸隐葬于枣科里（今八岔路镇杨二庄村）。虽是隐葬地下，但其仍为明代通行的圆形砖室穹隆顶墓，并嵌有墓志一方，详细地记载了墓主的生平。

　　老二子守字国防，仍隐居福山。老三子元，字冠军，迁往烟台，改为王姓。

　　兄弟三人虽分居避祸，但始迁陶山的汪子持，仍数度秘密往返福山、陶山间，以维系家族亲情，其辞世后，亦匿葬于陶山而不敢公开树碑立传。

永乐后期，气候好转，汪广洋之孙彦才、彦深才复为汪姓，为区别于附近汪氏，便自称"枣科汪"。因其祖上曾封为忠勤伯，乃以"忠勤"为堂号，称忠勤堂。福山、烟台处改为王姓者，后来也大多改回了汪姓。

陶山汪氏自丞相孙汪彦深、汪彦才二公复姓后，才小心翼翼地进行着一般的家族活动。为避免意外麻烦，其后人乃立汪彦深、汪彦才二人为始迁祖，而对于上代祖先墓地仍讳莫如深，只有家族中的嫡长子知道墓地的确切位置。

天长日久，随着世事的变迁，后代只知自己是丞相汪广洋的子孙，而对先祖的墓地，却在口耳相传中逐渐失记了，虽然极少数人还有些模糊的印象，但确切位置已是不能认定了！这实在是忠勤堂汪氏子孙的一块心病。

国史、地方志与家谱，并称为中华三大史学体系。各自承担着应该记载和保存的历史资料。《明史·汪广洋传》中，虽有其死亡的信息，但没记载葬身何处；由于陶山汪氏心有余悸，怀掘墓鞭尸之虞，故在宗谱里也没有记载其具体葬所。只有明隆庆年间的《高邮州志》记载曰："相公坟，不详其名、代，或曰，丞相汪广洋坟也。其坟方三十余亩，在城西十五里茅塘港口。"但从这里看来，茅港的相公坟为汪广洋坟也只是一种说法，州志并没有定论。故而六百年来，大明丞相汪广洋的墓地，竟成了一桩迷案。

尾　声

忠勤堂汪氏为大明丞相汪广洋后裔。其源于徽州，迁于高邮，隐于福山，显于陶山。陶山今属临清市。汪广洋在此处的后裔有三万多人。

六百多年来，忠勤堂汪氏，一直没弄清楚其先祖汪广洋的墓葬确址到底在哪儿。只把茔墓作为"衣冠冢"来虔诚拜祭。

2009年汪氏忠勤堂裔孙，捐资28万元修葺祖茔墓园。9月20日丞相墓地一期工程正式奠基。在后来平整土地的过程中，挖土机操作时，竟在一尺多深的地下，无意中碰到了古砖！而且越挖越多。人们便意识到地下有古墓，且很可能就是老祖宗汪广洋的墓葬！于是立即停止挖掘，并马上向临清市文物部门汇报。当年12月，经文物部门发掘并证实，此处确实为汪广洋的墓葬所在，此结论，同时也与族中德高年长者的口传位置非常吻合。至此，汪广洋葬于何处的迷案，在六百多年后的今天，终于大白于天下！

2009年10月，临清市成立了汪广洋文化研究会，其初始目的是为了弘扬祖德，激励后人。后来确定的宗旨为：通过对丞相汪广洋的思想、文化及实际经历的研究，来挖掘和弘扬中华民族的优秀文化，更好地为建设和谐社会做出贡献。

2010 年农历庚寅正月初五，在修葺一新的墓园内，举行了有三万多人参加的祭祖大会。

2009 年始建的汪氏文化馆，2012 年正式对外开放。展馆内设家族史、越国公、忠勤伯等三个展厅。忠勤伯展厅分前言、汪广洋生平简介、活动遗迹、风华早年、风云盛年、飘摇暮年、历史贡献等栏目，并附有汪广洋年谱及其诗集《凤池吟稿》。该集由元末明初文学家宋濂作序，共收集了汪广洋 603 首诗词，具有较高的文学价值。由其裔孙汪寿杰老师主笔注解的《凤池吟稿注解》已基本完稿，全书 40 多万字。

2013 年 10 月 10 日，山东省政府发文公布认定：临清市八岔路镇杨二庄村西 300 米的汪广洋家族墓，为第四批省级文物保护单位。

鉴于汪广洋是江苏省高邮市历史上出的最大官，当临清市汪广洋文化研究会在对汪广洋的思想、文化进行热烈研讨之时，高邮也掀起了研究汪广洋的热潮，并且临清与高邮两地为此还进行了互访对接。

2014 年 3 月 1 日《扬州日报》的《今日高邮》上，发表了高邮市政协主席倪文才先生的文章《惆怅甓湖烟水上——明初丞相汪广洋后裔寻访记》。

2014 年 10 月 15—17 日，高邮市电视台台长王俊坤率领电视专题片《汪广洋》摄制组，前来临清市汪广洋家族墓园采访拍摄。

随着现代网络和报刊的传播，有了全国汪氏宗亲的联谊，以及临清与高邮两地的互动，对汪广洋思想、文化的研究，必然会越来越广泛越深入！